たてがみを捨てたライオンたち

白岩　玄

集英社文庫

たてがみを捨てたライオンたち

直樹

冬の洗濯は手がかじかむので自然と縮こまりながらの作業になる。風は冷たく、見上げた夜空に浮かんでいる三日月も心なしか素っ気ないように見えた。ベランダには夜の闇で色味を失った洗濯物がハンガーに吊るされて並んでいる。残りはネットに入れて洗った可南子《かなこ》の下着類だけだった。

昔から洗濯は嫌いではない。ただひとつだけ、女の人のパンツを干すときに、未だに気持ちがざわっとする。取り込んだものをたたむときも、やわらかすぎて頼りないため、いまひとつシャキッとしないという問題があるのだが、干すときの難点としては、ピンチハンガーの洗濯ばさみでパンツのどの部分をつまめばいいのかがわからないのだ。前に可南子に訊いたときは、ちょうど股間の部分を自分はつまむようにしている、そこが一番生地が伸びなそうだから、と言っていた。でも洗濯ばさみで股間をつまむのがイメージ的に痛そうで、結局聞いたことを無視して、今は毎回違うところをつまんで干している。

空になった洗濯かごを持って暖房のきいた暖かい部屋の中に戻ると、可南子がリビングとつながっている寝室のベッドで横になっていた。つわりがつらいのだろう、ここ最近はずっとああやって苦しみ続けている。実際につわりの女性を間近に見るのは初めてなので基準がわからないのだが、可南子は特にひどい方だと思われる。ほぼ一日中吐き気があるため、会社も何度か有給を取って休んでいるし、何か食べるとすぐに気持ち悪くなって吐いてしまう。もともとスリムな体形も、最近では目に見えてやつれてきていた。望んでできた子どもとはいえ、あそこまで苦しんでいるのを見ると気の毒になる。とにかく今は自分のできる範囲で、彼女が少しでも楽に過ごせるようにするだけだ。

洗面所にかごを置きに行ったあと、キッチンに戻って後回しにしていた洗い物を始めた。マイホームを購入する際に一目見て気に入ったシステムキッチンは、前に住んでいたマンションよりもシンクが広くて洗い物が楽しくなる。共働きなのに職場まで電車で一時間はなかなかつらいが、これから子育てすることを考えれば、遠くても広い家に住むことにしたのは間違っていなかったのだろう。きれいになった食器で水切りをいっぱいにし、濡れたフライパンをコンロの火にかけたところで可南子のうめき声がした。

「どうかした？」

「吐くぅ」

コンロの火を止め、急いでビニール袋を持っていったが間に合わなかった。うつぶせの状態でベッドの外に顔を出した可南子が盛大にゲロを吐く。まだ傷のついていないフローリングの床にべちゃべちゃと落ちて広がり、胃液の臭いが立ちのぼった。第二波を回収するためにビニール袋を口元に持っていく。可南子が袋を自分の手で持ったので、垂れ下がっていた髪が汚れないように後ろで束ねてやりながら背中をさすった。えずいては荒い呼吸を繰り返しているのが見ていて本当に不憫《ふびん》になる。

「あぁ～……つらいよぉ」

うっ、うっ、うっ、と背中が揺れて、どうやら今度は泣き出したらしい。片手で髪の束をつかんだまま、ティッシュの箱から二、三枚抜き取って可南子に渡した。涙を拭い、一緒に口も拭った妻に水を飲むかと訊いてみる。

「……うん、ちょっと欲しい」

キッチンに浄水を汲みに行き、グラスを渡してから汚れた床の掃除をした。駅員の日常ってこんな感じなんだろうかと想像しながら、晩ご飯の残骸であることがうかがえるそれをティッシュで集めて拭き取っていく。自分でやると言って体を起こそうとする可南子を「寝ときなよ」と制止した。毎日世話をしていれば、慣れるし汚いとも思わなくなる。

「大丈夫？」

片付けを終えてから声をかけると、ベッドに横になっている可南子のあごがわずかに振れた。

「いつものゼリーが切れてたから、コンビニまで行ってくるね」

フルーツゼリーは可南子が気持ち悪くならずに食べられる唯一のものだ。さすがにそれだけでは栄養不足なので普通のご飯も作っているが、満足に食べられたことはあまりない。

「他に何か欲しいものがあったら買ってくるけど」

「いや、いい。ありがとう……」

少し落ち着いたらしい可南子の様子を気にしながら家を出た。車通りの少ない住宅街はひっそりとしていて夜風が冷たく、歩いている人の姿もない。ダウンジャケットのジッパーを首元まで上げ、ポケットに両手を突っ込んでコンビニまでの道を歩いた。しんとした寒さが服や皮膚を通して染み込んでくるようで、自然と早足になる。

昨日の夜、二人でテレビを観ているときに可南子がこんなことを言っていた。自分は本当に恵まれている、去年子どもを産んだ友だちと話していたら、旦那は妊娠中にほとんど何もしてくれなかった、こっちがどれだけつらくても、仕事が忙しいのだと言い張って、明け方まで残業したり、休みの日も仕事に行ったり、妊娠前とまったく同じ生活を続けていたと散々愚痴を言われたそうだ。それをその友だちは未だに根に持っていて、たしかに稼ぎはいいけれど、一流企業に勤める男なんかと結婚するんじゃなかったと思っているらしい。可南子は僕がそういう家庭を顧みない旦那じゃなくて本当によかったと喜んでいた。

「やっぱり結婚相手は自分の痛みとか苦しみを分かち合ってくれる人じゃないときついよね」

可南子が僕の肩に頭をのせながらしみじみと言ったその言葉が、今でも耳に残っている。僕がそのときに感じていたのは大きな劣等感だったのだ。可南子の友だちの夫に対する、わかってないなという優越感はあるにしても、そんなものは誰かに息を吹きかけられたら飛んでいってしまいそうな程度のものだ。

最寄りのファミリーマートで、一つ二百円のフルーツゼリーを四つ買って帰ってくると、トイレのドアが開いていて、可南子がまた吐いていた。コンビニの袋を床に放り出し、駆け寄るままに膝をついて背中をさする。どうやら胃液だけらしく、便器に溜まった水の中に黄色い泡が浮いていた。レバーに手をかけてトイレの水を流した可南子が、ぐったりして後ろの僕にもたれかかる。まだ新築の家の匂いがするトイレの中で、腕を回して華奢《きゃしゃ》な体を抱きしめながら「つらいね」と言って肩をさすった。

「ホントにつらい。毎日吐いてばっかりだよ……」

可南子の苦しみが自分のことのように染みていく。でも気がつくと、可哀想だという気持ちがどこかに行って、妙に冷静になっている自分がいた。こうして世話をするたびに、体の中に溜まっていっているこの居心地の悪い感情は何なんだろう。不満でもないし、かといって愛しさでもない感情が、近頃ずっと蓄積している。

「……ゼリー買ってきてくれたの？」

「うん」

「ありがとう。ごめんね、全部やらせて」

ううん、と短く首を振る。このままだと可南子に対する思いやりが消えてしまいそうだったので、自分の気持ちをごまかすように体を起こした。不安定になった自分を支えるために浮かんでくるのは仕事のことだ。明日の会議で発表する企画書をもう一度練り直してみようかと考える。

「ちょっとだけ仕事してくるよ」

そう言うと、可南子は驚いて僕を見上げた。

「え、家で仕事しないって決めたんじゃなかったの？」

「うん、でも明日の会議で出す企画書がまだ微妙にできてないから」

可南子の視線を振り切るようにトイレを離れてリビングへと向かった。あの企画書のどこをいじろうかと思いを巡らせる。でも、ノートパソコンの前に座って一通り企画書を読み返してみたところで、今あるものが生まれ変わるようなアイデアはまったく出てこなかった。

慎一

一人暮らしの女の家は、なんでこんなに白を基調にしているんだろう。壁の色はともかくとして、家具や電化製品までやたらと白が多い気がする。もちろん部屋が広く見えるとか、清潔な印象になるのはわかるのだが、ここまで白で押されると、自分がそういう色でいたいのかなと意地悪な見方をしてしまう。この国では純真な女が好まれることが多いから、せめて部屋を白くすることで少しでもそこに近づこうとしているのだ。

靴を履き終えて顔を上げると、さっきまで同じベッドで寝ていた女が寒そうに手をすり合わせていた。いつの間に着替えたのか、もともと着ていたグレーの薄手のセーターに、上品さのある青のプリーツスカートを穿いている。一部がぼわっと膨らんでいた髪の寝癖も、今ではちゃんと直されていた。ただ化粧が落ちているため、すっぴんに近い顔だけが幼く見える。明かりの落ちた奥の部屋では、つけっぱなしのテレビの画面がちらちらと色を変えていた。

「じゃあまた連絡するわ」

うん、とうなずいた女が「おやすみなさい」と笑みを浮かべる。あらためて見るときれいな顔のつくりをしていたので、美術品でも観るようにまじまじとしばらく眺めてしまった。

「何？」

戸惑いつつも頬を赤らめている女に「いや」と笑って首を振る。腕を引いて女を抱き寄せ、形だけの愛情表現をしてからそっと離れた。笑みを作って軽く手を振り、玄関のドアを押し開けて外に出る。たちまち冷気が体を包んで思わず身震いした。廊下の塀の向こうにある家々の明かりをぼんやり見ているうちに、後ろのドアからかちゃんとロックのかかる音がする。

十二月も半ばを過ぎたからか、ゆるくエアコンがきいていても夜中のタクシーは肌寒かった。運転手は無口な男で、車内にはずっとラジオが流れている。シートにもたれて目を閉じると、ついさっきまで一緒にいた女との一夜が思い出された。俺が勤めている広告代理店に派遣社員として来ている女で、たしか歳は二十五歳だったはずだ。フロアが違うので普段は関わりがないのだが、忘年会で知り合ってラインを交換し、何度かラリーをしたあとで、あっさりデートにこぎつけた。雰囲気のいい和食の店でご飯を食べて、何度か行ったことのあるバーに移り、軽く酔いが回る程度に酒を飲んで、彼女を家まで送っていった。そうなるとあとはもう特に努力をしなくても、すべてが勝手に進んでいく。まるで一度プレイしたことがあるゲームをもう一度プレイしているようだった。マンションの前で停めてもらい、メーター分の料金を払って外に出た。エントランスへと続く短い階段を上がり、玄関ゲートをカードキーで解錠する。エレベーターに乗り込んで十七階のボタンを押したあと、上昇する個室の中でシャツに染みついた女の匂いを嗅いでみた。幸せとはまるで違うが、それとよく似た匂いではある。

にっちもさっちもいかないな。

玄関のドアを開けて靴を脱ぎ、上着をハンガーにかけてから風呂の自動給湯ボタンを押した。たぶん精神的なものなんだろうが、夜遅くに帰ってくると部屋の明かりを全部つけようという気がなくなる。間接照明だけを灯した薄暗い室内を歩いていって、途中でエアコンをつけてから冷蔵庫の扉を開いた。一度は缶ビールを出しかけたものの、寒いしウイスキーにしようと思い直す。ロックグラスにかち割り氷を入れたあと、酒の棚に並んでいるウイスキーを取り上げてとくとくと注いだ。

喉の熱さでようやく少しまともになって食卓の椅子に腰かける。雑然としたテーブルの上には、今朝飲んだコーヒーのマグカップの他に、未開封の封書やDMが溜まっていた。うんざりしつつも手元に引き寄せ、クレジットカードの請求書やセールのお知らせをするDMをひとつひとつ確認してはゴミ箱へと入れていく。どいつもこいつも「谷坂《やさか》慎一《しんいち》様」と言いながら俺のことなんかちっとも考えてなどいやしない。途中でワインボトルのイラストが描かれているハガキがあったので、次はなんだと引っぱり出すと、数年前にひいきにしていたフレンチレストランの移転の案内だった。でも表面《おもて》の宛名が自分と元妻の連名になっている。予期していなかった名前を見たせいで、休みなく動いていた手が止まってしまった。

葵《あおい》がこの家を出ていってもう二年が経つが、たまにこういうことがある。結婚していたときは二人で外食をすることが多かったので、離婚したことを知らない店の人間が、未だに俺たちを夫婦としてとらえているのだ。

宛名のところに印刷された「谷坂慎一・葵」の文字に視線を留める。たった二年とはいえ、彼女が自分の姓を名乗っていた時間があったことが、今では冗談のように感じられた。そのときの自分たちがどんなふうに日々を過ごしていたかを思い返してみても、覚えているのはいくつかの楽しかった思い出と、離婚前のひどい諍《いさか》いだけだ。もちろん他にもあるにはあるが、二人の間にできた溝が深すぎて、今ではそれらをうまくたぐり寄せることができない。

ため息を吐き、グラスに残っていたウイスキーを一息で飲み干した。ふと視線を送った棚の上に、見慣れぬものが載っていたので目を留める。果実酒を作るときに使う、赤いふたがついた大きな空き瓶だった。以前は梅酒を作っていたが、いつからか飲まなくなったので、ずっと使っていなかったやつだ。瓶の中には「倫理」と書かれたハガキ大の紙が入っている。数年前に仲間内の飲み会で知り合って以来、プライベートでずっと仲良くしている須田《すだ》が作ったものだった。先日、俺の家で二人で宅飲みをしていたときに、その九つ下の須田が赤い顔をして言ったのだ。

「慎一さんは離婚してからホントにつまらない男になりましたよね。昔はあんなに女遊びしてたのに、近頃の覇気のなさときたら隠居したじじいかと思うほどですもん。まだ三十五でしょ？　もっと女と遊んでください。だいたい独身なんだから誰に気を遣う必要もないじゃないですか」

須田の言う通り、離婚して以来、色恋にはほとんど関わっていなかった。別に元妻に未練があるわけではないのだが、以前のように女と遊ぼうという気が起こらなくなったのだ。あらためてそれを伝えると、須田は焼酎のグラスを机に戻して、細身の体によく合っている大きめのニットの袖をまくりあげた。

「じゃあわかりました。俺がとっておきの方法を教えてあげます」

須田は俺の家のことならなんでもわかっているかのように、台所の流しにしまってあった果実酒用の大きな空き瓶を持ってきた。続いて白い紙と油性マジックを取ってきて、何やら字を書き始める。きゅ、きゅ、きゅっとマジックの先が擦れる音がして、現れたのが「倫理」の文字だ。「なんだそれ」と俺が顔をしかめると、須田は「まぁ見ててください」と笑みを浮かべて、瓶の赤いふたを回してはずし、「倫理」と書いた紙を入れた。そして文字が見えるように紙の位置を調整して、再びきちんとふたを閉めた。

「これで大丈夫です。慎一さんの倫理はここに閉じ込めておきましたから。これからは何も気にせず、もっと自由に遊んでください」

閉じ込められた倫理を見せられて呆気《あっけ》にとられてしまったが、なかなか面白いアイデアではある。そんなふうにして隔離されると、馬鹿らしいと思っていても、自分の体から倫理だけがすっぽりと抜き取られたみたいだった。そういう経緯もあって、ここ数日はプライベートでブレーキをかけないようにしていたのに、昔の自分と同じように女と寝てみた結果がこれだ。特に幸せにもならなかったし、どうでもいいことに金と時間を使ってしまった気がしてならない。

振動音がして、食卓の上に放ってあったスマホを取り上げると、さっきの派遣の女から『今日は楽しかったです』とラインが来ていた。指紋認証でロックを解除し、定型文のように『俺も』と打って、一瞬すべてを投げ出したくなる。力を借りるようにして棚の上にある「倫理」に目をやり、いっそのことだと別の女にも誘いのメールを送ってみた。途中からやけくそになっている自分がいたが、ブレーキを踏まずに突き進んでいるのが面白くもある。結局、計五人の女に食事の誘いのメールを打った。ビバ、独身生活だ。すっきりしない毎日を送っているのなら、考える暇がないくらい遊べばいい。

幸太郎

壁にかけられている時計に目をやり、深いため息を吐いて仕事に戻る。昼にうちの市役所で起こったシステムトラブル。それ自体は仕方のないこととはいえ、日中に処理できるはずだった書類のデータを残業して打ち込まなければいけないのがバカらしかった。こんな日に大好きなアイドルのライブを観に行く予定を入れているなんてツイていない。今日はぼくの二十五歳の誕生日なのだ。

残業を嫌がっているのはもちろんぼくだけではなく、市民課の職員全員のいらだちが部屋全体に広がっている。誰もが自分のデスクで黙々とパソコンのキーボードを叩いている光景はかなり異様で、姿が見えないのはKポップアイドルのライブを観に行くために半休を取った綿貫《わたぬき》さんだけだった。綿貫さんは四十代前半の女性職員で、職場の中でもダントツで浮いている人なのに、本人はあまり気にしている様子がない。普通は不測の事態が起きたら、たとえ半休を取っていても気を遣って多少は残ったりするものだ。

なのに綿貫さんは実にあっさりと「お先です！」と笑顔で言って、自分の用事を優先した。ぼくもあれくらい我を通せればいいのだけれど、自分がアイドルのファンであることは明かしていないし、バレたら気持ち悪がられそうだから未だに言えない。

早めに終わって解放されるなんていう奇跡が起こるわけもなく、結局仕事が終わったのは夜の九時過ぎだった。時計の文字盤をうらめしくにらみながら、念のためにここからライブ会場までの移動時間を計算してみる。今からダッシュで電車に乗っても、着く頃には終わってしまっているだろう。

がっくりと肩を落として席を立ち、飲み残しのコーヒーが入ったマグカップを給湯室に持っていった。中には若い女性職員が二人いて、強い口調で何か文句を言っている。危険を察してそっと聞き耳を立ててみると、綿貫さんの悪口だった。

「あのババア、ホント腹立つわ。みんなが忙しそうにしてるのに一人だけ笑顔で帰るとかありえなくない？」

ぼくもそれについては同意だが、綿貫さんはいい加減な仕事の仕方をしているわけではない。勤務態度は真面目な方だし、与えられた仕事はきちんとこなすタイプだ。でも職場の和を乱す人間は、この国では嫌われるのだろう。会話が切れるのを待って給湯室に入っていき、手早くマグカップを洗ってその場を離れた。自分も決して人望のあるタイプじゃないから、飛び火するのを避けるためにも、なるべく長居はしたくない。

市役所を出て、クリスマスムードがただよう街を横目に見ながら足早に駅に向かったものの、思い立って商店街がある方へ歩いていった。誕生日にライブに行けなかった自分をなぐさめるために、大好きな担々麺の店に寄って帰ろうと思ったのだ。アイドルにハマる前、食べ歩きを趣味にしていた頃に見つけた店で、そんなに有名な店ではないのだけれど、そこの担々麺と海老《えび》レタスチャーハンの組み合わせが最高だった。職場の人には教えていない、ぼくだけの穴場スポットだ。

店に入ってカウンター席につき、寡黙な店長さんに注文をすませると、スマホでツイッターを開いてライブの感想を検索した。今日参加した人たちが「最高だった」「神セトリだった」と書いているのを見て、嫉妬にも似たうらやましさが湧いてくる。ざっと目を通したあとで、今度はえりちょすの名前を検索欄に打ち込んだ。えりちょす（本名・森下《もりした》えりな）はぼくが二年近くハマっているアイドルグループ「ラグドール」のメンバーで、彼女がいるからぼくはライブにも行くし、握手会にも参加している。まさか自分がアイドルにハマるなんて思ってもみなかった。

足元に置いてある、仕事用のリュックに入れてきた二本のペンライトのことを考える。この前のライブで雨に濡れたのがよくなかったのか、ライトのつきが悪くなっていたから新しいのに買い替えたのに、使えないなんて残念だ。最近はライブのチケットも取りにくくなっているから、ぜひとも今日は行きたかった。

気持ちを切り替えようと、両手で強く顔をこすったところで担々麺がやってきた。カウンター越しに受け取って、にんにくを少量加えてから抽《ひ》き出しに入っている箸に手を伸ばす。まずはれんげで橙《だいだい》色《いろ》のスープをすすると、期待通りの味が口の中に広がった。大量のひき肉と、きざんだ玉ねぎ。この店の担々麺は、何度食べても絶対にぼくを裏切らない。

スマホを見ることもなく、三分の一ほど食べたところで海老レタスチャーハンがやってきた。これがまた担々麺との相性が抜群で、交互に食べると、それぞれのうまさがからみ合って、どんどん積み重なっていくようなところがある。ときおり水を挟みながらも、猛然と食べ続け、残りわずかになった頃には額に汗をかいていた。何度すすってもうまいスープを健康のために途中で切り上げ、グラスの水をお代わりして一気に飲み干し、ふうっと完食の息を吐く。

最高だ。ケチのつけようがない、百点満点の夕食だった。

紙ナプキンで口を拭き、折りたたんだそれを空になったチャーハンの器に放り込む。食に集中していた意識が戻ると、店内にいる他の客に目が行った。食べるのに夢中で気づかなかったが、店に入ったときよりも少し客が増えている。ぼくの席の斜め前では、カップルと思われる二十代半ばくらいの男女が、仲良さそうに話しながら担々麺を食べていた。どちらも色の違うニット帽をかぶっていて、すすったときに麺が少し跳ねたのか、男の前髪についたスープを女の子が笑いながら紙ナプキンで取ってあげている。その子が小柄で可愛らしい、割とタイプの子だったので見とれてしまった。

ふと気がつくと、さっきまでの幸せな満腹感がどこかに消えていた。どんぶりに残っている橙色のスープが目に入り、誕生日に一人で担々麺を食べていることに思い至る。別にこれが不幸だなんて思わないけれど、もうちょっと他に過ごし方がなかったのかと自分のプライベートの非リアぶりに呆れてしまった。でもまぁこれもすべて、ライブに行けなかったのが悪いのだからしょうがない。

勘定をして店を出たあと、ほてった体に冷たい夜風を浴びながら駅の方向へと歩いていった。途中にあったケーキ屋で、誕生日ケーキでも買って帰ろうかと足を止めてはみたものの、家で一人で食べるのはさすがに虚《むな》しくなりそうだ。

さっきの女の子と一緒にケーキを食べられたらな……。

甘い妄想に浸っていたのも束の間、鏡面になっている店の柱に自分の姿が映っているのに気がついて、何を言ってるんだブサイクが、と自嘲した。混み合った電車に揺られ、駅前のコンビニで特に食べたくもない明日の朝の分のパンを買って家路につく。

木造アパートの二階にある自宅の玄関のドアを開けると、真っ暗な部屋に迎えられた。実家から送られてきた野菜の入った段ボール箱を足で壁際に寄せ、家に上がって洗面所で手洗いとうがいをする。垂れ下がっている照明のひもをカチンと引くと、１ＬＤＫの見慣れた部屋が浮かび上がった。ノートパソコンが置かれたローテーブルと、えりちょすのグッズがところ狭しと載っている洋服だんす。奥にある寝室の敷きっぱなしの布団の上には、寝間着が脱ぎ散らかされたままになっている。一人で住んでいるのだから、今朝自分が出ていったときとは違う景色が広がっているわけがないのだけれど、自分だけで作り上げている、代わりばえのしない生活に飽き飽きしているのも事実だった。いっとき例外があったとはいえ、高専を卒業し、二十歳で市役所に入ってから五年間、もうずっと同じような生活を続けているのだ。

とりあえず電気ストーブをつけ、手に血が巡るのを待つあいだ、上着を着たままスマホをいじった。ラグドールの公式ブログをチェックしたあと、拾い上げたテレビのリモコンを画面に向けると、数秒の間があってからCMの元気な声が響く。番組表のボタンを押して細かな文字に目をこらしてみても、興味をそそられるような番組は見つからなかった。

床にごろんと横になってスマホを見ると、えりちょすから誕生日を祝うモバメが来ていた。月額数百円を払えば、指定したラグドールのメンバーからメールが届くというサービスによるものだ。毎年誕生日には自分の名前入りのお祝いメールが届く仕組みになっていて、まるで恋人に宛てているような距離感の近い文面を読むと、少し幸せな気持ちになった。たとえこのメールが他のファンに送られているのと同じものだとわかっていても、えりちょすが一生懸命考えて作った文面であることに違いはない。今日会えるはずだったえりちょすの幸せをあらためて祈った。彼女がケガなく楽しい気持ちでライブを終えられていますように。それが叶ってさえいれば、ぼくの誕生日はもう十分だ。

直樹

会議室から出て一人になると、途端に落胆が大きくなった。企画が通らなくて落ち込んでいても、みんなの前では気丈に振る舞わなければいけないと思っていたからかもしれない。でもどんなに顔に出さなくても、誰が有能で誰が無能か全部わかってしまうのが企画会議だ。社内の人間の評価というのは恐ろしいくらい共有されてしまっている。

編集部のデスクに戻り、紙切れになった数枚の企画書に少しのあいだ目を落とした。おまえの企画はどれも真面目すぎて面白くないと、前から上司には言われていた。新書というのは読んでみようという気にさせてなんぼだ、どれだけ中身がちゃんとしていても、読まれなければ意味がない、おまえは読者を信用しすぎだ。上司の厳しい声が頭の中によみがえり、自然と小さなため息が出る。自分の目から遠ざけるように企画書をバッグにしまい込んだ。もうすぐお昼の時間だが、このまま昼食を食べに行くと、暗い気分のまま食事をすることになりそうだ。気持ちを切り替えるために、今朝校正から上がってきた原稿のチェックをすることにした。

主に新書や実用書を扱っている小さな出版社に勤めて八年、自分はどれくらい成長したのだろうかと近頃よく考える。普通は同じ会社に八年もいると、ある程度成果を出していて当然なのに、自分がそれに該当しているとは言いがたく、社内でも期待されていない方のグループに入れられているのはわかっている。今までこれといったヒット作を担当したこともなく、重版したのも書き手が持ち込んできた企画が優れていたものだけだから、自分の実力とは言いがたい。

ただひとつだけうまくなったと言えるのは、原稿の疑問出しだ。他人が書いた原稿を丹念に読み込み、修正箇所を的確に書き込んで著者に戻す作業だけは早いし、向いていると自負している。僕はどうやら相手のしたいことを汲み取って、それが気持ちよくできるように手助けするのが好きらしい。でもこの会社だと、その基本的な編集者としてのスキルだけでは半人前と見なされるので、どうしても企画力が必要になる。

一通り修正箇所を書き込んで、間違いがないかどうかを頭からもう一度見直した。得意なことをしたことで多少自信は回復したが、作業が終わると、また手持ち無沙汰になる。すぐ近くのデスクでは、体重が百キロを超えている巨漢の山下《やました》さんがコンビニの焼き肉弁当を食べていた。雑誌や書類が積み上げられた編集部の散らかり様が変に臭いをこもらせるのか、おいしそうというよりも、不快感の方が先に来る。可南子だったら吐いてるな、と辟易《へきえき》しつつ逃げ出すように席を立った。

踊り場に段ボール箱が積まれた階段を一階へと下りながら、「転職」という言葉が頭をよぎる。疑問出しはできるのだから、企画を重視しない出版社に移れば、もうちょっと活躍できるんじゃないか。そう思っても、結局実行できないのは、実際に移って何も変わらなかったときが怖いからだった。あとは給料のことを考えると、今より低くなる会社ではどうやっても働けない。

「宮田《みやた》ぁ」

後ろから呼ばれて、振り返ると江崎《えざき》さんが階段を下りてきた。ランチに行かないかと誘われたので、ちょっと驚きはしたものの、二つ返事で快諾する。七つ年上の江崎さんは、簡単に言ってしまえば、僕がこんなふうになりたいと思っている男の先輩だった。会議でもいつも企画を通す、ものすごく仕事のできる人で、それなのに他人を見下したりする高慢なところがまったくない。さっきの会議でもひと際存在感があったからか、ふがいない自分を思い出して恥ずかしくなった。二人でご飯に行くのが久しぶりだったため、隣を歩くだけでもどこか緊張している自分がいる。

枝が剝き出しになった街路樹が立ち並ぶ通りを歩き、会社の近くのラーメン屋に二人で入った。お昼時はいつも混んでいるのに、今日は時間が遅いこともあって、待たずに座ることができた。カウンター席には午後の仕事に備えて黙々と熱いラーメンをすする背広姿の男たちが並んでいる。食券をカウンターに出して麺の硬さやら何やらを店員に告げると、江崎さんに結婚生活はどうかと訊かれた。

「まぁ、それなりにやってます」

「そっか。まだ半年くらいだもんな」

左手の薬指にはめられている銀色の指輪が目に入る。江崎さんはすでに二児の父親のため、同じ結婚指輪でもずっと指になじんでいた。自分のはまだ新しいから、変にぴかぴかして浮いているし、カップルが浮かれてペアリングをつけているみたいに見える。もともとアクセサリーをつけない人間だったから、余計に気にしてしまうのかもしれない。

運ばれてきたとんこつラーメンと餃子を食べ始めると、会話は必要じゃなくなった。互いに空腹を満たすため、食べることに集中する。最初はそのうまさに頭の中が占拠されたが、半分ほど食べたところで子どものことを言いたくなった。まだ家族以外には話していないし、安定期にも入っていないから言わない方がいいのはわかっていても、江崎さんに自分のいいニュースを伝えたかった。

「そういえば、子どもができたんですよ」

「えー！　マジで？」

予想以上の反応だ。「よかったじゃんか！」と背中を叩かれ、その衝撃がさらに頬をゆるませる。妊活と呼べるほどのことはしていないため、特に何かを頑張ったわけではないのだが、自分ができる側の人間に入れたようで誇らしかった。

「まぁ、まだ安定期入ってないんで、どうなるかはわかんないんですけど……」

「あー、そっか。じゃあ内密にしとくわ。でもよかったなぁ」

妊娠の話題が場の空気を変えたのか、それからは食事を続けながらも妊婦のつわりの話になった。五歳と二歳の子どもがいる江崎さんは、どちらのお子さんのときも仕事が忙しくて、奥さんを一人にすることが多かったそうだ。

「男ってホントに変化ないだろ？　体つきも変わんないし、お腹にいるって感覚も持てないしさ。俺なりに気を遣ってはいるつもりだったけど、二人目が生まれてから嫁さんに言われたよ。全部一人で背負わされて、相当しんどかったって」

気遣いのできる江崎さんでもそんなものなのかと意外だった。でも、間近で仕事ぶりを見ているからこそ、この人の場合はしょうがないよなと思う。ウチの会社は江崎さんが担当している書籍のヒットでどうにかもっているようなものなのだ。もし彼が家庭を優先して仕事量を減らしてしまったら、決して大げさな話ではなく、社員全員が路頭に迷うことになりかねない。家族との時間を犠牲にしても、大きな仕事を成すために己のすべてを注ぎ込んでいる仕事人間。本音を言えば、自分もそういう生き方がしたかった。

憧れがそうさせるのか、江崎さんの横顔にはできる男特有の色気がにじみ出ているように見えた。こういう人を好きになる女の人はきっと少なくないだろう。仕事ができる男の人には、戦場で戦う兵士のような疲労感と孤独の匂いが染みついている。

「お、浦野《うらの》だ」

江崎さんに言われて振り返ると、隣の席に通されたのが後輩の浦野くんだった。長めの髪にゆるいパーマをかけている浦野くんは、生意気で計算高いところがあるからあまり好きなタイプではないが、まだ三年目でありながらきちんと結果は出している。今日の企画会議でも、有名な将棋棋士に原稿を書かせる約束を取り付けてきて部長から褒められていた。

「江崎さん。こないだ言ってた企画、ダメだったじゃないですか」

「バカやろ。あれはもともと捨て石なんだよ」

僕にはわからない話で笑っているので、邪魔にならないようにしばしのあいだ地蔵になった。仕事のできる有能な二人に挟まれると、自分だけが取るに足りない存在になってしまったようで、気持ちが自然と内向きになる。浦野くんは、僕にはまるで興味がないのか、結局僕らがお勘定で席を立つまで話しかけてこなかった。

翌日は昼から出社することにして、午前中は可南子の妊婦健診に付き添った。つわりがひどくて一人で動くのが無理そうだったし、これまでは可南子のお母さんが付き添ってくれたので、今回は自分がという気持ちがあった。だいたい妊娠は二人で引き起こした体の変化なのだから、病院に毎回一人で行かせるというのは変な話だ。可南子が道中吐き気を催したときのために、エチケット袋を用意し、風邪の予防のためにマスクをして二人でバスに乗り込んだ。

初めて来た産婦人科は、総合病院の中の一角にあった。けっこう大きな病院で、いろんな科があるために患者さんの数も多く、その対応に追われるように看護師さんがせわしなく動き回っている。内科や整形外科の前を通り、角を折れて進んだところが産婦人科になっていた。待合室のソファには様々な大きさのお腹をした女の人や、婦人科系の病気で来ているのかもしれない女の人たちが診察の順番を待っていた。

「あー、気持ち悪い。でも今日はちょっとだけマシかも」

可南子がマスクを引っぱり下げて、ペットボトルの水を飲む。僕らの隣で雑誌を読んでいる女の人は、タートルネックセーターのお腹の部分が、まるでスイカでも入れているみたいに膨らんでいた。慣れない場所に少しだけ緊張している自分がいたが、僕のように付き添いで来ている男の人も二人いて、産婦人科に男性が来るのは今ではそんなに珍しいことではないようだった。みんな待合室のテレビを観たり、スマホをいじったりして、それぞれの時間を過ごしている。でも一見普通に見えるこの光景も、ここにいる妊婦たちのお腹にそれぞれの赤ん坊が入っているんだと思うと不思議な気持ちになった。目に見えないのに丸くなって眠っている胎児までもが一緒に順番を待っているみたいだ。

テレビの中の気象予報士が、夜からは雪がちらつくところもあるでしょうと言っている。この時期に都内で雪が降るなんて珍しいなと思っていると、可南子が会社に妊娠の報告をいつするかについての意見を求めてきた。これまでも本当に吐き気がひどいときは有給を取ったりしていたが、これからもそういう日が増えるようなら、妊娠のことを黙っているわけにはいかないのではないかと不安そうな顔をしている。

「ねぇ、どう思う？　上司には言っておいた方がいいかなって思うんだけどさ、安定期に入るまでは言いたくない気持ちもあるんだよね。もしダメだったときのダメージがでかいし、そもそもつわりで会社休んでる人なんてうちにはいないしね」

「そっか。でもまぁ休むなら言っておいた方がいいんじゃないかな。どうせいつかは話さなきゃいけないんだし」

「そうなんだけど、つわりで休みたいっていうのが通じるのかなって不安もあるんだよね。前に子どものいる友だちから聞いたんだけど、やっぱり職場の人には言えなくて、会社のトイレでよく吐いてたって言ってたし……なんていうか、つわりなんかで休むとさ、甘えた奴だと思われそうで嫌なのよ」

「うーん、気持ちはわかるけどね。今は体を第一に考えた方がいいんじゃないかな。この時期に無理して流産したら、それこそ元も子もないでしょ？」

妊娠経験者を含めても、つわりというもののとらえ方が人によって違うのが難しいところではある。いずれにせよ可南子が判断するしかないし、僕にできるのはこうして話し相手になったり、家事を引き受けたりすることだけだ。

「あれ？　こんなところに挟まってた」

調子の変わった可南子の声に目を向けると、手に持っている母子手帳に見覚えのあるエコー写真が挟んであった。最初に妊娠を告げられたとき、まるでプレミアのついたチケットが取れたかのように、「じゃーん」とにやけ顔で可南子に見せられたやつだ。そんなに早くできると思っていなかったので、すごく驚いたし、でも同時に嬉しかった。自分でも意外なほど、本当に体から何かが溢れ出すくらい嬉しかったのだ。どちらかと言うと閉じている傾向がある自分の心がまるごとすべて裏返しにされ、厚い雲がさぁっと散ってきれいに晴れ渡るようだった。その感動は今では薄れてしまっているが、こうして写真を目にするとちゃんと存在しているんだと思えるし、守るべき命があるんだと実感できる。ただ、江崎さんが言っていたように、普段の生活では子どものことを考える時間はほとんどなかった。男の人は写っている白いものの大きさ分しか子どものことを考えられないのかもしれない。目に見えているものにどうしても引っ張られてしまうというか、今は子どものことよりも、可南子の体調を気にしている時間の方がはるかに多い。

長い待ち時間の末にようやく順番が回ってきたので、二人で一緒に診察室に入った。迎えてくれたのは四十代くらいの愛想のいい女医さんで、軽く頭を下げた僕に、後ろの椅子を勧めてくれる。勝手のわからなさに戸惑いながらも、部屋の隅にあった折りたたみ式の椅子を出して、可南子の後方に控える形で腰かけた。見た目は皮膚科とか内科と変わらない普通の診察室で、産婦人科だからといって何か特別なものがあるわけではないようだ。

短い問診のあとに「ちょっとお腹を診ましょうか」と女医さんが言って、可南子が難儀そうに席を立つ。旦那さんはこちらでお待ちくださいと止められたので、支えようとした手を止めて、可南子が水色のカーテンの向こうの部屋に入っていくのを見送った。女医さんもいなくなったため、診察室に一人残される。

やがてカーテンの向こうから不明瞭な話し声が聞こえてきた。耳で拾ったいくつかの単語から推測するに、可南子はこれから内診台に乗るらしい。ドラマとか映画でしか見たことがない、あの奇妙な椅子に可南子が乗せられている姿を思い浮かべる。あれはどういう仕組みで脚が開くようになっているんだろう。気になって目を向けてはみたものの、自分に見えるのはきちんと閉め切られている水色のカーテンだけだった。

「順調ですね。心拍もちゃんと確認できますよ」

「あぁ、よかったです」

「見えますか？」

「ホントだ。心臓動いてますね」

　まるで秘密のやりとりをしているみたいに、女医さんと可南子の声がする。心臓が動いているなら一安心だが、おそらくモニターで見ているであろう映像を一緒に見られないのは残念だった。先に戻ってきた女医さんが「赤ちゃん元気ですよ」と教えてくれる。少しすると、可南子もカーテンを開けて戻ってきた。相変わらずしんどそうではあるけれど、僕と同じく、その表情から順調だったことに対する安堵感がうかがえる。

　診察を終えると、ロビーのソファで支払いの精算が終わるのを待った。もらったばかりのエコー写真をスマホのカメラで撮ったものを、可南子がラインに貼り付けて自分の家族に送っている。妊娠十二週目の赤ん坊のエコー写真は、前回のものよりも子宮の中の胎児が大きくなっていた。まだまだ完璧な人の形をしているわけではないが、確実に育っていることに違いはない。

「なんかありきたりな感想かもしれないけど、妊娠ってやっぱり意識変わるね」

　スマホをバッグにしまった可南子が言うので「どういうところが？」と訊き返した。

「いろいろだけど、一番大きいのは『流産』って言葉のとらえ方が変わったことかな。

だってこれだけ時間もお金もかけて、しんどい思いもたくさんして、それで途中でダメになったら相当落ち込むと思うもん。まぁどれくらい子どもが欲しいかとか、人によって重大さは違うのかもしれないけどさ、たとえそうでも、今は会話の中で『流産して……』って聞いたりすると、自分のことみたいに胸が痛む。前みたいに『あぁそうなんだ』って気の毒になるくらいでは流せないよ」

説得力のある意見になるほどなと感心する。でも男である自分には、その重みを実感するのは難しかった。たとえばもし今流産したとしても、僕は可南子と同じ分だけ胸を痛めることはできないだろう。やはり実際に命を宿す人間とそうでない人間のあいだには、簡単には埋められないほどの溝があるのだ。

「どうかしたの？」

「いや、そういうの聞くと、こっちは全然変わってないから。元の自分のままだよ」

「そう？　変わってくれてる方でしょう？　毎日サポートもしてくれてるし、妊娠を子育ての一環とするなら、直樹《なおき》はもう十分にイクメンだと思うけど」

可南子が言ったその一言をすんなり受け止められなかった。イクメンなどという流行《はや》りの言葉を自分に当てはめてほしくない。でも、それをわざわざ口に出して相手に伝えようとまでは思わなかった。悪気がないのはわかっているし、彼女にとっては褒め言葉のつもりなのだろう。

「あ、精算終わったみたいだね」

可南子が画面に表示された番号を見て立ち上がる。一緒に立とうとしたものの、タイミングを逃したせいか、ソファから体が離れなかった。僕に気づかず、一人で窓口で支払いをしている可南子の背中がどういうわけか遠く感じる。まるで透明な水色のカーテンが、僕と可南子の関係をさえぎっているようだった。

慎一

小さな手でへたくそに握られた鉛筆がいくつもの不格好な円を描いていく。二歳になる姪の奈々花《ななか》は、大人には解読不可能な謎の図形を熱心に描き続けていた。短い脚を広げて俺の膝の上に座っているのが愛らしい。やわらかい髪に守られた頭に鼻を近づけると、ほんのりと甘い幼児の匂いがした。

「普段はすごく人見知りするのに、兄貴は全然大丈夫だね」

俺のために出されたチョコレートを口に入れながら妹の七海《ななみ》が言う。昔から子どもと動物には好かれるので、自分としては特に不思議でもなんでもなかった。俺からすれば、泣かれたり寄りつかれなかったりする人は、単に感情をコントロールするのがへたくそなのだ。子どもも動物もこちら側の心の落ち着きで安全かどうかを判断しているのだから、意識的に心を落ち着かせて体の力をうまく抜けば、まず嫌われることはない。昔、風の谷のナウシカの映画でもやっていたじゃないか。怖くない、とこちらが平常心を保っていれば、凶暴なキツネリスも一度は噛《か》んだ指を舐めて、体中を走り回るくらいにはなついてくれる。

「つーか前に会ったときよりもでかくなったよな?」

俺が同意を求めると、七海は「そりゃそうでしょ」と呆れていた。

「この前会ったときは、まだ一歳になったばっかりだったじゃない。自分の姪っ子なのに関心薄いよね。まぁ兄貴らしいと言えば兄貴らしいけど」

妹のあきらめ方に笑う。関心が薄いことに異論はないが、別に嫌っているとか避けているわけではなかった。ただ普段生活していて顔が思い浮かぶことが少ないだけだ。でも今日久しぶりに会って、奈々花の先行きが楽しみになった部分はある。前は髪がちゃんと生えていなかったので気づかなかったが、奈々花は身内の俺から見ても可愛いと思える子どもに育っていた。妹に似て目の形がきれいだし、まつ毛も長くてハーフっぽい顔立ちをしている。子どもはみんな可愛いと善良な人たちは言うけれど、実際には見た目に大きく差があるものだから、奈々花が容姿に恵まれたのが誇らしかった。このまま順調に育ってくれれば、普通の女の子とはちょっと違う人生を送ることができる。

「これからはもう少し間隔を短めにして会いにくるよ」

言ったのだけれど、七海は信用していないらしく、「どうだか」と笑いながら立ち上がってキッチンへと歩いていった。さすが付き合いが長いだけあって、どの言葉に真《まこと》があるかを見分けるのに長《た》けている。もっとも俺の方も上手に嘘を吐こうとは思わないので、そういう意味では妹といるのは楽だった。きょうだいというのは奇妙なものだ。他人なのに他人ではなく、まったく別の生き物でありながらも、どこかでつながりを感じている。もし自分が一人っ子だったら、俺はもっと自分の殻の中に閉じこもった人間になっていただろう。

妹が奈々花の分のオレンジジュースを持って再び食卓に戻ってくる。夕食を食べていくかと訊かれたので、そうさせてもらおうかと思ったものの、休日出勤している妹の夫が晩には帰ってくると聞いてやめにした。元ラガーマンでやたらと体格のいい義弟は、とにかく明るくて熱い男であるために波長が合わないし絡みづらい。正直最初に紹介されたときは「なんで妹がこんな男と？」と困惑したくらいだったのだ。

「そんなこと言わないでよ。健太郎《けんたろう》も兄貴と仲良くなれないって言って悩んでるんだから、もう少し距離を縮めてあげて」

「うーん、でも真面目すぎてつまんないんだよ」

夕方になると、テレビが置かれているソファスペースに三人で移った。子ども向けの教育番組が始まるそうで、そこで流れるオープニングの歌が奈々花の大のお気に入りらしい。俺が子どもの頃からやっている有名な長寿番組だったが、今の出演者やキャラクターたちにまったくなじみがないせいか、しばらく観ていても入り込むことができなかった。昭和生まれの人間としては、やはり自分が観ていた頃の、じゃじゃ丸、ぴっころ、ぽろりに愛着がある。

「ねぇ、そういえば離婚の話、聞いた？」

膝の上に座らせている奈々花の両腕を、歌に合わせて動かしながら「聞いたよ」と答える。親父の定年と共に持ち上がった両親の離婚話。四十年近く連れ添ったのだから、今さら離婚してんじゃねぇよと個人的には呆れている。でも、終わりに向かっている人生だからこそ我慢したくないのかもしれなかった。二人はそれぞれ今年で六十五歳と五十八歳になる。

「したいならすればいいんじゃねぇの？」

「それがそう簡単な話でもないのよ。お母さん、離婚するのにお父さんからのお金は受け取らないって言うの。財産分与で年金も含めて半分もらえるっていうのにさ、一円も受け取らずに出ていくって言うんだよ？」

「それの何が問題なの？」

「生活していけるわけないじゃん。最近はパートもしてるみたいだけどさ、これから歳もとっていくのに、いつまで働けるかわからないでしょ？　そうなったら私たちが養っていかなきゃいけなくなるんだよ？　それでも離婚すればいいって気軽に言える？」

あまりにも興味がなさすぎて、そこまで考えていなかった。今のところお金に余裕はあるが、この先ずっと面倒を見てくれということになったら、そうやすやすと引き受けるわけにもいかなくなる。育ててもらっておいてなんだが、なるべくなら互いの面倒は互いで見てほしかった。もしかすると両親はまだ二十年以上生きるかもしれないのだ。

「私はお母さんの気持ちはわかるけど、現実問題としては複雑だよね。今まで考えないようにしてたけど、いよいよ来たなぁって」

子ども向けの明るい歌が急に空々しいものに聞こえる。二人のあいだにある溝の深さを知っているからこそ、離婚はやめてくれとも言いにくかった。奈々花のほっぺたをつまみながら、このくらいの歳に戻れたらどんなに楽だろうとうらやましくなる。大人になると現実的な問題しかない。

冷たい小雨がぱらつく中で傘を差し、取引先の接待客が乗ったタクシーが見えなくなるまで頭を下げる。仕事の会食からようやくのことで解放されて腕時計に目をやると、水滴のついたオメガの腕時計は夜の十時を示していた。少し遅いが、今日はせっかく実家のある横浜にいるのだし、訊くだけ訊いてみようと母親にラインを打つ。するとすぐに既読がついて返信が送られてきた。

『まだ起きてるよ』

もともと頻繁に帰省する人間ではないし、葵と離婚してからはますます寄りつかなくなっていたが、直接話した方がいいこともある。俺が母親と話をすれば、あるいはお金の問題が多少はソフトランディングするかもしれなかった。わずか数時間の説得で老いた母親を養わなくて済むのなら、こんなに安上がりなことはない。

大きな家々が立ち並ぶ、イルミネーションの輝く住宅街を歩く途中、寒さで体がぶるっと震えた。さっきまで小雨だったものが今では雪に変わっていた。発泡スチロールを粉々にしたような小さな雪が、アスファルトの濡れた地面に積もるでもなく降り続けている。しばらくその場に立ち止まって意味もなく雪を眺めていた。どういうわけか葵の顔が浮かんだが、細切れになった過去をいくつか思い出しただけで、また愛想のない夜空へと戻ってしまう。

鍵を持っていなかったのでインターホンを鳴らすと、ラインで事前に伝えたとはいえ、突然の息子の帰宅に母親は驚いているようだった。開けてもらった玄関の引き戸から中に入り、懐かしい匂いをかぎながら靴を脱ぐ。家の中は何も変わっていなかった。奈々花が生まれたことで、靴箱の上に飾られている家族の写真がちょっと増えたりはしているが、基本的にこの家は俺が出ていったときのままだ。

居間に父親の姿はなく、母親に訊くと奥の部屋でテレビでも観ているんじゃないかと言う。その言い方に敵意がなかったので、ひょっとするとそんなには嫌っていないのかと勝手な推測をしてしまう。

「元気にしてるの？」

うん、とだけ答えて、母親が出してくれた温かいお茶に手をつける。天井の蛍光灯がついているのに居間の中は薄暗かった。母親の後ろにある台所や、俺が子どもの頃からある古めかしい食器棚、食卓の脇にあるファックスなんかが妙に所帯じみている。まぁ実家というのは往々にしてそういうものなのかもしれないが、それにしたってあまりにも夢がなさすぎだった。こんな寒々しい古びた家で、仲の悪い初老の夫婦が同居しているなんて、他人事ながら息が詰まりそうになる。

「あのさ、離婚するってホントなの？」

切り出し方がわからなかったので、単刀直入に訊いてみた。母親は長年家事をしてきたしわの多い両手をいたわるようにさすりながら、「ええ」とすぐにうなずいた。

「本気で言ってんの？」

「私は本気よ」

まっすぐな目を見て、意志が固いらしいことを理解する。心の中でため息を吐き、どうしたものかと腕組みをした。別に離婚するのは構わないが、それによって生じる現実的な問題をこの人はどこまで考えているのだろう。パートに出ていると言ったって、それだけで老後も安心して暮らしていける収入を得られるとは思えない。

「お金のことは大丈夫だから。少し前から働きに出てるの」

すでに妹から聞いた情報を繰り返されただけだったが、「働きに出ている」という言葉が、ただのパートとは違う高収入を予感させた。知り合いの花屋さんで店員として雇ってもらっているらしい。アルバイトとそう変わらないいんじゃないかという言葉を呑み込んで「へぇ」と感心してみせた。それで月いくらもらえるのかという質問に、母親は十五万円くらいだと答えた。やっぱりアルバイトとそう変わらないじゃないか。もし東京で一般的な一人暮らしをするのなら、六割は家賃で消えてしまう給料だ。

「親父はこの件についてどう言ってんの？」

「勝手にしろって言ってるわ。家は俺のものだから、おまえは出ていけって」

「話し合いの余地はなし？」

「そんなことできない人だってよく知ってるでしょ？」

母親が口をとがらせる。でも自分たちだけの問題ではないからこそ、ちゃんと話し合いをしてほしいのだ。

食卓の上に置いていたスマホが震えたので目をやると、この前飲みに誘った三つ年下の女からのラインが来ていた。ただ飲みに行く約束をしただけなのに、その日からまるで付き合っているかのようにたわいのないメッセージが送られてくる。瓶の中に閉じ込めた「倫理」のことが頭をよぎり、今はどうでもいいと返事を後回しにして電源ボタンをかちりと押した。自分では切り替えたつもりなのに、脳みその中ではその女と寝るところを想像していて、頭から追い出すようにぎゅっと強く目を閉じる。

「あのさ、俺も他人のことは言えないし、別に離婚するのはいいけど、財産分与のことかはちゃんとした方がいいよ。親父が払わないって言ったって、母さんに落ち度がないんだったら、まず間違いなくもらえるんだから」

「あの人からお金もらいたくないのよ。それで大きな顔されたら癪《しゃく》でしょう？」

「でもそれじゃ生活していけないだろ？　金はあるに越したことないって」

母親の気持ちはわからなくもなかった。お金を受け取って、あいつは俺のおかげで生活できているんだと親父に思われるのはまっぴらなのだろう。でも結局はそのプライドがしわ寄せとなって子どもの方にやってくるのだ。なんとか金と感情は別だということを呑み込ませる必要があった。でも言い争いは相手を頑なにするだけだ。

熱くなるのを避けるため、いったんトイレに行くと言って席を立つ。冷たくて暗い廊下を電気もつけずに歩いていくと、角を曲がったところでトイレの水を流す音がした。開いたドアから光が射して親父がぬっと顔を出す。心構えができていなかったので、とっさに言葉が出てこなかった。親父はこれから寝るらしく、じじくさい寝間着姿でなんでおまえがここにいるんだと露骨に顔をしかめている。

「ちょっと寄っただけだよ」

訊かれる前に自分から説明したのだが、親父は別にどうでもいいのか、何も言わずに俺の横を通り過ぎていった。すれ違ったあとに、うっと顔をしかめるほどの加齢臭が鼻を突く。しばらく見ないうちにずいぶん老けたなというのが久しぶりに会った感想だった。白髪も増えて、もうすっかり老人になっている。

電気がついたままのトイレに入ると、便座が上がった状態になっていた。次に入る人のためはもちろん、飛沫で汚れることを気にして、俺ですら今では座ってするというのに、未だに立って小便をしている親父の想像力のなさにうんざりする。

どうせ親父は自分で汚したのを掃除することもないのだろう。離婚したくなる母親の気持ちがわかる気がした。

幸太郎

男子トイレの洗面台周辺には、複数のヘアワックスが組み合わさった甘ったるい臭いが充満していた。まだ二十歳くらいだと見受けられる男の子たちが、鏡に向かって熱心に髪をセットしているからだ。できるならぼくも身だしなみチェックをしたい。でも、まったく男前でもないこの見た目で鏡を使うと、ブサイクが何やってんだと白い目で見られそうだから、手を洗うだけにしておいた。毛先をいじっているイケメン風の若い男をチラ見してからハンカチで手を拭いてトイレを出る。

幕張メッセで行われた今年最後のラグドールの個別握手会の会場には、今日も大勢のファンが詰めかけていた。ＣＤを買えば誰でも参加できる全国握手会と違い、ネットでの事前予約が必要なのにこの混雑のしようだし、グッズを販売しているエリアなどは、並ぶのをあきらめてしまうほどの行列ができている。最近メディアでの露出が増えて、一般層にも認知されるようになってきたからだろう。今では女の子のファンも多いし、日を追うごとに新規ファンを獲得している印象だ。

ぼくが参加する二部の受付が始まったので、さっそく列に並んだ。並んでいるあいだは暇なため、ほとんどずっとスマホを見ている。ツイッターで握手を終えた人のレポを読んだり、何を話すのかを考えて、そのやりとりを頭の中で何度もシミュレーションしたりするのだ。そうやって入念な準備をしておかないと、ぼくみたいな口下手な人間は会話が止まって気まずい空気が流れてしまう。お金と時間を使って、そんな悲しい結果に終わってしまうのだけはどうにか避けたい。

今回はついこのあいだ発表された九枚目のシングルのポジションについて話すことに決めていた。残念ながらえりちょすは前回に引き続いてフロントには入れなかったが、自分はこれまでと変わらず応援し続けることを伝えるつもりだ。

前に並んでいる人たちが順調に消化され、ラグドールのメンバーがいるブースに近づくと、係員の人に手荷物を預けた。握手券を渡して手のひらのチェックを受ける。荷物をすべて奪われるせいか、いつもここで丸裸にされてしまう。ぼくは緊張なんかしていない、今回こそは何も気負うことなく握手できると思えていたのに、急に自信がなくなるのだ。いつのまにか心臓が大きな音を立てているし、すぐそこにいるえりちょすを直視できない。何度握手をしにきても毎回同じことになる。握手まであとわずかというところで、ぼくは思い浮かべていた理想のぼくではなくなっている。

ようやく自分の番が来て、何かに押し出されるように足を前に踏み出した。二年間通い詰めているために、ぼくを認知してくれているえりちょすが、「おー」と可愛すぎる笑顔で手を振って迎えてくれる。顔がゆでだこのように赤くなるのを感じながら手を差し出すと、テーブルの前にある柵越しに、えりちょすがぼくの手を握ってくれた。触れた瞬間に心が震える、やわらかくて小さな手だ。

「新しいシングルのポジション、残念だったね」

「うん。少しでも前に行けなくてごめんね」

「ううん。ずっと応援し続けるから。次はフロント目指そうね」

「ありがとう。いつも支えてくれて」

はがしの人が「お時間でーす」とぼくの背中に手をそえる。えりちょすは最後の最後まで名残惜しそうに手を強く握ってくれていた。時間にしてわずか五秒、でも世界中のどんな五秒より価値ある五秒だ。

自分でも気持ちの悪い顔をしているのを自覚しながら通路を歩いた。ついさっきまで手の中にあったやわらかい感触が、まだかすかに残っている。えりちょすのひとつひとつの表情を含め、交わしたやりとりを頭の中で巻き戻して何度も再生していると、レーンの外に出たところで強く肩を叩かれた。えりちょすとは真逆の存在。ぼくと同じラグドールのファンである沼島《ぬましま》さんが歯並びの悪い歯を覗《のぞ》かせて、にやつきながら立っていた。

「顔、すげーゆるんでるぞ」

私生活で得られる数少ない幸せに水を差された気分だった。顔がゆるむのは、えりちょすに会った直後なのだから当然だ。沼島さんも今日の握手会に参加していたらしく、いつものように自分の推しであるゆりっぺのグッズを体中につけていた。生写真を入れたチケットホルダーを首から下げるのはもちろんのこと、バッジやキーホルダーを至るところにじゃらつかせて、おそらく二十人くらいのゆりっぺが、全方位的に微笑《ほほえ》みかけている。おまけにそれがユニフォームだとでもいうように、こぎたないカーキ色のつなぎをほぼ一年じゅう着ているので（たぶんバッジとかをつけかえるのが面倒なのだろう）沼島さんは常に目立っていた。人の応援の仕方にケチをつけるつもりはないが、ぼくだったらそんな熱量を目に見える形にして、相手を怖がらせるような格好はしない。大量の自分のグッズをつけている三十過ぎの男性ファンは、十代の女の子にはありがたいというよりも怖いはずだ。

「今日ちょっと暑くねーか？　空調ききすぎなんだよなぁ」

沼島さんがつなぎの襟元をぱたぱたさせる。暑さよりも、若干臭うそのつなぎをなんとかした方がいいと思うのだけど、終始自分のペースを崩さないこの人に何を助言しても無駄だ。同じ職場の綿貫さんにも言えることだが、ある程度年齢のいっているオタクの人は、変なところで自己肯定感が強い気がする。明らかに浮いているのに、自分が存在していいという感覚を無遠慮に持てるところが不思議ではある。

二部の握手券はもう一枚残っているため、適当なところで別れを告げて、ふたたび列に並びに行った。初回に比べたら緊張感も和らぐとはいえ、困るのは「何を話すか」だ。さっき触れたシングルのポジション以外のことを話題にしなきゃいけない。いろいろとシミュレーションをかさねたものの、これでいいと思えるものが見つからないまま、本日二度目の握手を迎えた。

「こないだのブログの写真、観たよ。猫のコスプレ可愛かった」

「えー、ほんと？　ありがとう」

「あ、でも、えりちょすは犬の方が好きなんだよね？」

「うん。実家で飼ってるからねー。でも猫も好きだよー」

「そうなんだ」

「お時間でーす」

会話の最後に変な間があき、ぎこちなさをとりつくろうように、えりちょすが笑ってバイバイをする。後味の悪い握手になってしまった。猫のコスプレのことを持ち出したのなら、最後に「にゃー」くらい言ってもらえばよかったのだ。

自分の機転のきかなさにへこんでいると、だんだん死にたくなってくるのはいつものことだった。できるならもっと楽しくおしゃべりしたいが、学生時代からろくに女の子と話してこなかったぼくには、いきなり戦場に出て、敵の大将の首を取ってくるくらいむずかしい。だいたいタメ口になるまでにも、ずいぶん時間がかかったのだ。敬語だとどうしても語尾が長くなって、ただでさえ短い握手の時間を余計に消費してしまうことに気づいたぼくは、あるときえりちょすに「これからはタメ口でもいいですか」と訊いてみた。するとえりちょすは、それまで敬語だったのにもかかわらず、すぐさま「いいよー」とタメ口になって笑いかけてくれたのだ。その日以来、タメ口で話させてもらっているのだけれど、本音を言えばそれさえも、まだ自分にはなじみきっていない。

　いろいろと考えすぎて、このあとの三部に参加する勇気を失いかけていたときに、沼島さんがまた目ざとくぼくを見つけて話しかけてきた。渋谷のスクランブル交差点並みに人がいるのに、どうして簡単に見つけられるのだろう。沼島さんはどれだけ人の多いイベントでも、まるで警察犬のように鼻をきかせてぼくのことを見つけ出す。思えばこの人と話すようになったのも、一度ライブで隣になって話して以来、沼島さんが毎回ぼくを見つけて声をかけてくるようになったからだった。だから誤解がないように言わせてもらえば、多少一方的に距離を詰められたというか、今でも別に友だちなわけではないし、日ごろから連絡を取り合っているわけでもない。

　わざわざ追い払うほどでもないので、会場内のあいていたスペースで沼島さんと一緒に昼食をとった。握手会の日の昼食は、いつも家で作ってきた高菜のおにぎりですませている。これだと安上がりだし、ラップしかゴミが出ないからじゃまにならない。沼島さんは近くのコンビニで買ってきたらしい菓子パンを食べていた。ぼくが彼をいまいち好きになれない理由のひとつに、食べ方がきたないというのがある。ひょっとしたら歯並びが悪いせいもあるのかもしれないが、この人はどうも食べ方に品がなく、くっちゃくっちゃと音を立てて咀嚼《そしゃく》する。

「ゆりっぺにさぁ、最近ちょっと太ったねって言ったら怒られたよ。つんとしちゃって、全然しゃべってくれねぇの。金払ってんのに詐欺だよなぁ」

逆にそんなことを言える方がどうかしていると思うのだけど、沼島さんのゆりっぺに対する熱の入れようは本物なので、ぼくとは女の人に対する接し方が根本的に違っているのかもしれない。そのあとも、ゆりっぺのブログの更新頻度の少なさや、運営の批判なんかを聞き流す程度に聞いていると、場内にアナウンスが流れて「えっ？」と思わず声が出た。えりちょすが体調不良のため、三部からの握手会を欠席するという。

「あらー、えりちょす離脱かぁ」

あわててスマホでネットを開くと、ラグドールの公式サイトにも握手会欠席のお知らせが表示されていた。二部で握手をしたときは普段と変わらなかったのに、何かあったんだろうかと心配になる。とにかく情報を集めるため、ツイッターを開いて「えりちょす　体調」で検索した。会場に来ているファンの人たちにも動揺が広がっているらしく、「まじかよ、えりちょす」「えりちょす体調不良……」となげくツイートが一気に上がる。その中のひとつに、えりちょすの体調が悪くなったのは、ファンの男が彼女にひどいことを言ったからだというタレコミがあった。他にも二つほど同じようなツイートがあり、えりちょすが暴言を吐かれているのを目撃した人が何人かいるらしい。

「また変なファンにつかまってへこんじゃったのかねぇ？」

沼島さんもぼくと同じものを見ているらしく、スマホの画面を親指でスクロールさせながらメロンパンにかぶりついている。真偽はともかく、人から罵声を浴びたのなら、まいってしまって当然だ。世の中にはどこにだってモラルのない人間が一定数いる。ぼくが働いている市民課の窓口にも、いやがらせに近いクレームをつけにくる人たちがいるのだけれど、あの人たちはこちらが客をえらべないのをいいことに、私生活で溜まったストレスを発散しようとする、言うなれば暇人の代表だ。だからぼくはそういう人たちの応対をしなければならないときは、表向きには丁寧かつ下手《したて》に出ているように振る舞いながらも、心の中ではATフィールド並みのバリアを張って、いっさいの暴言が自分に入ってこないようにする。

でもぼくと違って、えりちょすはまだ十代のか弱い女の子なのだ。ぼくみたいに仕事だとわりきって暴言に耐えることはできないし、社会の闇みたいなものに対峙《たいじ》するだけの力もない。ぼくだって長年理不尽な目にあい続けることで、少しずつ耐性ができてきたのだから、それをデビューしてまだ数年の女の子に求めるのは、あまりにも可哀想すぎる。

昼食が終わると、沼島さんは三部に参加するためにゆりっぺのレーンへと戻っていった。少しうらやましくもあるが、自分はえりちょすの体調が回復するのを待つしかない。でももし本当に気分がすぐれないなら、もちろん無理はさせたくなくて、再開してほしいような、してほしくないような気持ちを行ったり来たりさせて時間をつぶした。またアナウンスがあって一瞬期待をしたけれど、今度はウッチーが体調不良で途中退席するらしい。

結局、えりちょすはぼくが握手券を持っている四部まで戻ってこなかったため、あきらめて会場をあとにした（沼島さんともあれきりだった）。どうせ振替でまた会えるとはいえ、消化不良のまま家に帰らなくてはならないつらさはある。駅までの道をとぼとぼと歩きながら、えりちょすのブログが更新されていないかどうかをたしかめていると、画面上にラインのメッセージの通知があった。差出人の名前を見て、思わずその場に立ち止まる。二年前に別れて以来、一度も連絡を取っていなかった元カノの里美《さとみ》さんからだった。

『突然ごめんね。ひさしぶりに会って話せないかな？』

いったい何の用だろうと動揺しつつも、閉じ込めていた気持ちが漏れ出してくる。短いメッセージのやりとりをした結果、お互いこのあと用事がないことがわかったので、二人でお茶をすることになった。握手会のあとに元カノに会うのはなんだかとても奇妙というか、ずっと非日常が続いているみたいで怖くはある。四ツ谷にある待ち合わせ場所のカフェに約束の十五分前に到着し、二階の禁煙席でホットコーヒーを飲みながら彼女を待った。店内はそれなりに席が埋まっていて、誰かが階段を上がってくるたびに、いちいち目を向けてしまう。里美さんは三分ほど遅刻して現れた。ぼくに気づくと、飲み物のカップを持っていない方の手を上げる。

「久しぶり」

ぼくに対して微笑んでくれた彼女の目を正面から見ることができなかった。首の周りにファーのついた黒いコートを着ている里美さんは、二年前よりもやせていた。ふっくらとしていた顔まわりの肉が取れて、からだ全体が小さくなったように見える。

「ごめんね、呼び出して」

留められていたコートの前のボタンが外され、中から現れた薄手のセーターに目を奪われた。ぴったりとしたグレーのセーターが胸のふくらみを強調している。見ないようにするのが礼儀だとわかっていても、意識をそこから離すことができなかった。彼女はぼくよりも一回り上だから、もう三十七歳のはずなのに、全然そんなふうに見えない。

「それで？　話って何？」

平静をよそおって切り出すと、里美さんはふせていた目を上げてぼくを見た。二人で向き合って座っているからか、婚活パーティーで初めて会ったときのことを思い出す。

あの日、フリータイムに誰とも話せずにいたぼくは、不慣れな場所に出てきてしまったことをひどく後悔していた。他に出会いもないからとパーティーに参加してはみたものの、自分には異性に対して引きになるようなものが何もなく、唯一公務員であることだけがアピールポイントだったからだ。でも、そんなふうに落ち込んでいたぼくに、里美さんは「横、いいかな？」と声をかけてくれた。小柄で肉づきがよく、多少化粧が濃いところは正直ちょっと気になったが、それよりも彼女がかもしだす女性特有のやわらかい雰囲気に、ぼくはすっかり呑み込まれてしまっていた。彼女の口元に浮かぶ微笑みが、自分のためだけに用意されたものであるように思えた。それまでぼくは、女の人にそんなふうに微笑まれたことが一度もなかった。なのに彼女はぼくの存在を無視せず、受け入れ、ささやかな好意を示してくれたのだ。

「あのね、ちょっとお願いがあって連絡したのよ」

里美さんの視線が手元に落ちる。言いにくそうにしているのを見て、なんとなく用件を察したものの、彼女が自分の口から話すのを待つことにした。長く重たい沈黙のあとに、里美さんはお金を貸してほしいのだと言った。

「こんなこと頼むのは本当にありえないことだってわかってるんだけど、不妊治療に必要で……」

借金よりも、お金の使い道の方にショックを受ける。まさか内容がそんなことだとは思わなかった。

「幸太郎《こうたろう》くんと別れてから別の男の人とお付き合いしてね、今はその人と暮らしてるんだけど、なかなか子どもができないの。こんなことで呼び出して、本当に申し訳ないとは思ってるんだけど、私が自分の家族に頼れないのは知ってるでしょ？　あなたしか頼れる人がいないのよ」

里美さんが両親と不仲なのはよく知っていた。付き合っていたときも交流はなかったし、勘当に近い形で家を追い出されたと本人から聞いている。でもそんなことは関係ないのだ。問題はどうしてその男がお金を用意しないのかということだ。

「……今の人は、あんまりお金がある人じゃないの。生活していくだけで精いっぱいで……」

「え、でもさ、だったら子どもだって育てられないんじゃないの？」

痛いところを突かれたのか、里美さんが黙りこむ。

「いくら必要なの？」

「……百万ほど」

予想以上の額だった。簡単に貸せる額じゃない。

「これでもまだ一部なの。今までも頑張ってきて、でもどうにもできなくて。子どもを持ちたいの。私の夢なのよ」

しぼり出すような言い方をされて、にがい記憶がよみがえった。子どもを持ちたい。彼女のその切実な願いが、あまりにも個人的なものだったために、ぼくたちは別れることになったのだ。

「最後のチャンスなの。借りたお金は必ず返すから」

「……悪いけど、それは無理だよ。力になれない」

ごめん、と言って席を立つ。自分のコーヒーはまだ半分ほど残っていたので、返却口に持っていって飲み残しを捨て、空のカップを力任せにゴミ箱に押し込んだ。いったいどういう神経をしているんだ？　元恋人にお金を借りようとするだけでもどうかしているのに、その用途が新しい男とのあいだに子どもをつくるためだと？

家に帰り、暗い部屋を明るくすると、どっと疲れがやってきた。電気ストーブをつけたあと、しばらくさわっていなかったスマホを取り出し、癒しを求めるようにラグドールの公式ブログをチェックする。すると、えりちょすがブログを更新していた。今日の握手会を途中退席したことを謝っている。

けさから少し体調がわるくて、がんばったんだけど、ダウンしちゃいました。きてくださったみなさん、ごめんなさい。今は大丈夫です。まだまださむいし、気をつけなきゃダメですね。

本当に体調が悪かったのか、別の原因があったのかはわからない。でもとりあえず本人からの報告があって安心した。こうしてすぐに、心配いらないよ、とメッセージを送ってくれるのは、彼女が一人一人のファンを大事にしているからにほかならない。せっかく来てくれたのに申し訳ないという優しさが、彼女にこういう文章を書かせているのだ。

借金を頼まれたことでかなり気持ちがめいっていたのに、いつのまにか心にうるおいが戻っていた。たとえ絶対に手に入らないとわかっていても、自分の気持ちをそそぐだけの価値がある人を想っていたいと考えるのはおかしいだろうか。やはりぼくにはえりちょすしかいない。

直樹

「びっくりしたよ。自転車でこけたなんて言うから」

包帯に三角巾までしている母親が「ごめんね、心配かけて」と頭を下げる。幸い怪我《けが》そのものは腕の骨にヒビが入った程度で済んだようだが、一歩間違えたら大怪我になっていてもおかしくなかった。なんにせよ大事に至らなくて何よりだ。まさか正月に帰ったばかりの実家に、こんな形でまた来ることになるとは思わなかった。

「ちょっと打ち所が悪かったのよ。でもまぁ利き腕じゃなくてよかったわ」

母親は恥ずかしそうに湯呑みのお茶を取り上げた。穏やかで感情の波があまりなく、いつも一人で大抵のことをこなしてしまう。母親のイメージは昔からずっとそんな感じとはいえ、やはり歳をとってくると、子どもの方が親を気にかけなければならないことが増えてくる。特にうちは母親が一人暮らしをしているから尚更だ。

「姉ちゃんにはもう言ったの？」

「ううん、まだ。あの子は心配性だから。子ども連れてこっちに来るなんてことになったら大変でしょ？」

四つ上の姉は三年前から旦那さんの仕事の都合で熊本に住んでいる。母親はやはり今までの癖で、姉や僕に心配されるのは居心地が悪いようだった。自分のことよりも可南子の体調はどうかと訊いてくる。

「あぁ。ここ二、三日は落ち着いてる。安定期に入ったから、それでつわりがなくなったんじゃないかって言ってるけど」

「そう。ならよかった。正月にうちに来てくれたときはひどかったものね。顔色も悪いし、やつれてるし。可南子さん、私に気を遣ってくれたんだろうけど、ホントに無理させちゃだめよ？」

やはり経産婦としての気遣いがあるんだろうか、母親はこれまでも「体を冷やさないように」とか「生ものはできるだけ避けるように」とかいうメールをちょくちょく僕宛に送ってきていた。自分がなかなか妊娠しなくて、子どもを二人授かったのが奇跡だと医者から言われたのも、あるいは関係しているのかもしれない。

「あ、そうだ。豆大福買ったんだけど、食べる?」

母親は僕のために和菓子を用意してくれていた。みたらしだんごと豆大福がひとつずつ。可南子が洋菓子が好きなため、結婚してからはほとんど和菓子を食べることがなくなっていた。でも本当のことを言えば、自分は和菓子の方が好きなのだ。やはり長年食べ慣れているものの方が体には合う。

母親がいれてくれたお茶と一緒に豆大福を食べ始めると、可南子がこの場にいないからか、まだ母親と同居していた学生の頃に戻ったようだった。こういう実家での生活が自分を形作ってきたのだと結婚した今はよくわかる。たとえばカレーひとつでも、母親の作ったものが味覚のスタンダードになっていて、好みの味が単に子どもの頃から食べ慣れているかどうかだけのことだったりするから、自分の趣味嗜好《しこう》がどこまで自分のものなのかが怪しくなる。

夕方まで母親の近況やら何やらを聞いたあと、もう少ししたら帰るので、今のうちにやっておいてほしいことがあったら言ってくれと切り出した。片腕ではいろいろと不便なことも多いだろう。最初は「いい、いい」と遠慮していた母親も、近くに住んでいないんだから、それくらいやらせてくれと僕が言うと、それ以上は拒まなかった。

「じゃあ悪いけど、ストーブの灯油が切れそうだから、庭の物置から出してきて入れてくれない？」

赤く灯っている灯油ストーブを覗き込むと、たしかに残りわずかだったので、その程度のことならとすぐに取りかかった。縁側から庭に降りて物置の扉を開け、灯油の入ったポリタンクを出してきてポンプでストーブに中身を移す。子どもの頃の冬の記憶を呼び起こす懐かしい匂いが広がっていく中で、母親は僕が手際よく作業するのを居間の椅子に座って眺めていた。どうかしたのかと尋ねると、笑って首を振っている。

「直樹はホントに優しい子に育ったなぁと思ってね。よく気がつくし、思いやりもあるし、母親としては言うことないわ」

そんなふうに褒められても、こそばゆくて居心地が悪いだけだった。昔から母親は僕のちょっとした気遣いを過大評価しすぎているところがある。自分からすれば全然なんでもないことなのに、彼女はそれを息子の美点だと考えているのだ。

帰りの電車の中でも、母親に褒められたことがなぜか引っかかっていた。優しい子に育ったことを喜ばれても嬉しくないのは、おそらくそうなるように求められていたことを自分がどこかで知っていたからなんだろう。別に僕の母親は「優しい子になってくれ」と口に出して求めてきたわけではなかったけれど、心の中で「離婚した父親のような男にはなってほしくない」と願っているのは子どもながらに感じていた。

窓の外には夕暮れが広がっていて、過ぎ去っていく田畑の上で茜色の夕日が動きを止めている。いずれ沈むであろうその太陽を見ているうちに、物心がつく前にいなくなった父親のことを考えていた。真面目に働かず、毎晩のように飲み歩いて家に帰ってこなかった甲斐性なし。自分はそんな男にはなりたくないが、それも食べものの好みと同じで、己の意志と母親の願望が混ざり合ってしまっている。

自宅に着いてリビングのドアを開けると、可南子がキッチンに立っていた。今日も体調はいいらしく、つわりで死にそうだったのが嘘のような明るい顔で「おかえりー」と僕を迎えてくれる。美容院に行ってきたのか、髪もきれいに揃えられていた。短くなったね、と驚いてみせると、ようやく行けたのだと満足そうだ。

「お義母《かあ》さん、どうだった？」

「あぁ、大丈夫みたい。ヒビが入っただけだったから」

「そうなの？」

「うん。本人も元気そうだったし。まぁ無理はしないようにとは言っといたけどね」

「そっか。でもちょっと心配だね」

うなずいたあと、前から少し考えていた同居の話を持ち出そうか迷った。今日、灯油を入れているときも、最近は腰が痛くて、たとえ両腕が使えても重いものを持つのがつらいのだと母親が言っていた。でも、うちの家に母親を住まわせるのは可南子に負担をかけてしまうし、自分の両親にすら一定の距離を置いている彼女がいい顔をするとは思えない。それに、もし実際に同居することになったら、僕自身も嫁と姑《しゅうとめ》との板挟みになって気疲れしそうだった。

結局答えが出ないまま食卓の上にスマホを置くと、すでに敷かれているランチョンマットの横に、母子手帳とエコー写真が置いてあった。今日の健診で撮ってきたものらしく、この前のものとは画像が違っている。

「これ新しいやつ？」

「そう。順調だったよ。すごくない？　もう完全に人の形してるでしょ」

取り上げたエコー写真を見て、おぉ、と思わず声が出る。大きな頭だけでなく、背骨や腕や脚といったものがはっきりと写っていた。現在は十六週で、可南子が言うには口もぱくぱくと動かしていたそうだ。こっちが特に何かをしているわけでもないのに、ちゃんと人間の形になっていくのが面白かった。

「あ、そうだ。つわりがなくなったの、やっぱり安定期に入ったからみたいでさ、産休のこともあるし、月曜日には上司に報告しようと思う」

「そうなんだ」

可南子の会社は産休手当も育休手当もちゃんと支給されると聞いている。そのため働き手が僕一人になっても、お金のことはそんなに心配する必要はなさそうだ。ただ、子どもが生まれても共働きを続けなければ、家のローンを到底返せないのが情けないところではあった。今は可南子も仕事が好きだし続けたいと言ってくれているとはいえ、もし今後子育てをしていく中で、やっぱり家に入りたいとなったときに、自分の稼ぎだけで家族を養えないのは心苦しい。せめて可南子に仕事を辞めるか続けるかの選択肢をあげられるくらいの年収にはなりたかった。

「急がなくてもいいけど、子どもの名前も考えないとね」

妊婦健診を受けてきたこともあって、夕食の話題は自然と赤ん坊のことになった。年収のことをぐるぐる考えていたせいか、さっきよりも妊娠が他人事になっている。

「性別わかるのっていつだっけ？」

「えーと、だいたい十八週から二十週のうちだから、次の健診のときにはわかるんじゃないかな」

「そっか」

「直樹は男の子と女の子、どっちがいい？」

「うーん……どうだろ？　元気に生まれてきてくれたらどっちでもいいけど」

「でもどっちかって言われたら？」

「そうだな……どっちかって言うと女の子の方がいいかな」

「え、なんで？」

「いや、一人目は女の子の方が育てやすいって言うしさ。あとは僕、父親がいなかったから、息子を持つのってなんか不安なんだよね」

「どういうこと？　娘だったら不安じゃないの？」

自分が口にしたことと、思っていることとのあいだにズレがあった。誤解がないように伝えたくても、どう言えばいいのかがわからない。

「なんて言うのかな、女しかいない家庭で育ったから、家の中に自分以外の男がいる状況があんまり想像つかないんだよ。やっぱり小さくても男の子だし、個人的には異性と生活する方が慣れてるっていうか……」

「へぇ～、そんなふうに感じるんだ……」

頑張って説明してはみたものの、最初のズレを解消するまでには至らなかった。話題が変わってしまったあとも、会話の合間に自分の本音がどこにあるのかを探ってみる。ひょっとすると僕が不安なのは、自分が息子を持ったときに、男親として模範になるような生き方を示せない気がするからなのかもしれなかった。実の父親のような無責任な生き方だけはするまいと誓っているとはいえ、僕自身も自分の生き方に自信を持てているわけではないのだ。

眠る前、洗面所で歯磨きをしていると、後ろから寝間着姿の可南子が現れた。見て、と言って長年着ているくたくたになったトレーナーの裾をめくり上げ、自分のお腹を見せてくる。食べ過ぎと言ったら怒られるだろうが、見ようによってはそう見えなくもない程度にお腹が膨らんでいた。たしか夕食のときに、子宮がメロンほどの大きさになっていると言っていたはずだ。

「ねぇ、夫婦生活のことなんだけどさ、もう少し我慢できる？」

もともと安定期に入るまではしないでおこうと話していたが、体を触られることに不快感があるので、その期間をもっと延長できないかという相談だった。僕個人はセックスをすることで精神的な疲れが癒される部分もあったから、お預けを食らうのはそれなりにつらかったりもするのだけど、事情が事情だから仕方がない。

「全然いいよ。可南子がしたくなったらでいい」

「ホントに？　無理してない？」

「うーん、まぁ、したいと思うこともあるけどね。でも、二人でやることだし。お互いの気持ちが揃ったときでいいんじゃないかな」

「どうしてもだったら口でしようか？」

「いや、いいよ。大丈夫」

自分の都合でできないことを申し訳なく思ったのか、ベッドに入ってからも可南子は妙に甘えてきた。僕の腕にまきつきながら、眠る前の夫婦の時間をいつくしむようにとりとめもないことを話してくる。やっぱり口でしてもらおうかな……。一度は封じ込めた性欲がまた戻ってきたため、切り出すタイミングをうかがっていると、ふと横を向いたときには可南子はすでに眠っていた。名前を呼んでも目を開ける気配はない。

がっかりはしたけれど、淡い性欲が霧散すると、それ以上落胆は続かなかった。寝室のエアコンを止め、寒くないように可南子の掛け布団を直してやる。つわりが終わってよかったな、と彼女の安らかな寝顔を見ながらあらためて思った。毎日のように吐き続けて、この妊娠初期の約二ヶ月間、可南子は本当によく頑張ったのだ。

翌日、出社すると、昼前に部長が僕を呼んだ。読み返していたゲラからのそりと顔を上げ、呼ばれたのがたしかに自分の名前だったかどうかを振り返る。いったい何の用だろう。心当たりが何もない。今やっている新書の企画にダメ出しをされていたから、それに関することかもしれない。なんにせよ、今まであまりいい知らせで部長に呼び出されたことがなかった。

怖《お》じ気《け》づきながらデスクに向かうと、部長はパソコンの画面から視線を外して僕を見た。いつも思うが、眼鏡を外すときに一瞬にらむような目になるのが怖い。

「来週から雑誌部に移ってくれ」

「えっ？」

「部署の異動だよ。今やってる仕事は向こうに移ってから引き継ぎをしてほしい」

わけがわからず、その後は何を言われても耳に入らなかった。今入ってきた情報を頭が理解することを拒んでいる。異動ってなんだ？　なんでこの時期に異動？　誇張ではなく景色がぐるぐると回り出して、この場にまっすぐ立っていることすらできなくなる。ただ、はっきりしているのは、うちの会社は基本的に書籍部が一軍で、雑誌部は二軍扱いということだ。そのため部長からは慰めとも取れる励ましの言葉をかけられたが、それはまるで意味のない音声として空気の中に消えていった。深海の底にいるみたいに、いろんなものがただただ遠い。

足元がおぼつかず、ふわふわした気分のまま席に戻った。周りの同僚たちがどうかしたのかと野次馬のようにこっちをうかがっている。ようやく状況を理解してきた中でまず初めに思ったのは、「とうとう切り捨てられた」ということだった。これまではどうにか書籍部につなぎとめてもらっていたけれど、あまり成果が出せなかったから上が見放したんだろう。

デスクの上に置いてあるやりかけの仕事がすべて無意味に思えてくる。話し声や、電話の鳴る音といった周りの慌ただしさまでもが、僕のことを突き放してくるようだった。このままでは同期にますます差をつけられるし、浦野くんはもちろんのこと、他の後輩たちにもどんどん追い抜かれていくだろう。おまけにあいつは仕事ができなくて雑誌部に追いやられたという事実が、社員全員に共有されることになる。それは自分にとって耐えられないことだった。たいして評価されていないのはもとより承知の上だとしても、それを目に見える形にされると、つらさの目盛りが二段階くらい上がってしまう。

仕事が何も手につかなくて、いったん会社から離れようと外に出た。昼時でお腹は空《す》いているのに食べたいものが思い浮かばず、普段通っている店のどこに行くのも億劫《おっくう》になる。仕方なく目についたコンビニに入って、唯一食べられそうだったサンドウィッチと飲み物を買い、歩いて十分のところにある日比谷公園に足を向けた。緑に囲まれた場所に行けば、少しはこの重苦しさが和らぐかもしれない。

閑散とした公園内を歩いて噴水広場を目指した。枝をさらした木々やきれいに澄んだ空を見ていると、会社にいたときよりも多少気持ちが軽くなる。でも鈍い痛みはずっと残り続けていた。息が苦しい、と言えばいいのか、肺の三分の一くらいで浅い呼吸を繰り返しているような状態だ。

外が寒いこともあって、噴水広場のベンチにはぽつぽつと人がいるだけだった。みんな上着やマフラーで防寒したまま、スマホをいじったり、犬の散歩をしたり、一緒にいる人と話したりしている。そんな中でピンク色の耳当てをつけた小さな女の子だけが元気にハトを追いかけていた。何かエサになるものが地面に落ちているのか、ハトは少しはばたいて逃げはしても、すぐにまた同じ場所に降り立っている。近くにいる母親と思われる若い女性は、小さな赤ん坊を抱っこひもの中に入れていた。ベンチに座ってその親子を見ているうちに、可南子が「子どもは最低でも二人欲しい」と言っていたのを思い出す。

突きつけられた現実がつらすぎて、当分は受け入れることができそうもなかった。異動しても給料が減るわけではない。ただ三十歳というこの年齢で雑誌部に移るとなると、書籍部にはまず戻れなくなる。それはつまり、今の会社ではもうずっと日の目を見ずにやっていくしかないことを意味していた。となると転職も視野に入ってくるが、果たしてそれが根本的な解決策になるんだろうか。

ハトを追いかけていた女の子は、今は母親と一緒にベンチに座ってペットボトルのお茶を飲んでいた。まだ体が小さいため、両手でペットボトルをつかんで大事そうに飲んでいる。母親は女の子がお茶をこぼすのが心配なのか、ハンドタオルのようなものを手に持ったまま娘を気にかけていた。親子の前ではハトたちが、ようやく邪魔者がいなくなったと言わんばかりにのんびりとエサをついばんでいる。

結局僕は仕事で認められたいんだな、と身にしみて思い知らされた。優しいと褒められても、家事をやることで感謝されても、そんなものは二次的なものであって、自分にはあまり意味がない。だからこのままいい夫を続けていても、きっと永遠に満たされることはないだろう。

振動したスマホを上着のポケットから取り出すと、可南子からラインが来ていた。向こうも今昼休みだそうで、『体調全然平気だよー。元気に働けるって最高だね！』とテンション高めの文面が目に入る。向こうに悪気はないとはいえ、そんなふうに楽しそうに働いている様子を伝えられると、異動の件を報告することはできなかった。

既読をつけずにスマホを元の場所にしまい込む。寒さのせいで体はすっかり冷えきってしまっていた。でもそれが本当の寒さなのかどうかがわからない。広げてみた自分の手のひらさえも他人のものみたいに見えた。

慎一

「瞬間シャキッと、エネルギーチャージ！」

爽やかな色味のワンピースを着た若い女が、はきはきとした声で同じセリフを繰り返している。CM撮影の現場は、ときに芸能人を間近で見られるミーハーにはたまらないものではあるけれど、撮影自体はたいてい地味で面倒なことが多い。特に今回みたいにセットを組まず、グリーンバックであとからCGをはめ込むものだと尚更だった。タレントが商品を手にしらじらしいことを喋っているだけなので、どこかまぬけな感じもするし、見ている側も面白くない。

カットがかかって、次のシーンの撮影に移るようだった。大勢のスタッフがいっせいに動き出し、撮影を終えたアイドルの女の子が、ノースリーブで露出している華奢な肩にブランケットをかけられて戻ってくる。お菓子やジュースなどの差し入れが置かれたテーブルの近くでは、さっきの撮影に参加していなかったメンバー二人が、新曲の振り付けらしいダンスの練習をしていた。今回のＣＭに起用された女性アイドルグループの「ラグドール」。今日来ている子たちはみんな個人の仕事を持っている人気メンバーだから、こういう時間も有効に使わないといけないのだろう。

広告代理店の営業という仕事柄、ＣＭ撮影に立ち会うことは少なくない。でも立ち会うと言ってもスタジオの端に邪魔にならないように立っているだけで何もすることがないし、こういうところが日本の会社の融通がきかないところではある。先方に失礼がないようにとりあえず顔を見せておけというのは、悪しき慣習以外の何ものでもない。

「俺、あの右側の子、すげー好きなんだよ」

俺の横に立っている前島《まえじま》さんがぼそっと手を当てて耳打ちしてくる。この二年先輩のあまり仕事ができない男がハマっているのは、センターを務めている「松野《まつの》みのり」とかいう子のようだった。どことなく暗いところがあって、その不安定さが人を惹き付けるのか、たしかにグループの中では群を抜いて人目を引く力を持っている。でもいくら近くにいるからといって、こういう仕事の現場で自分よりも一回り以上年下の女の子に鼻の下を伸ばすのはやめてほしかった。これだけ周りに人がいると誰に見られているかわからないし、いやらしい目で見ていたなんて報告されたら信用問題になりかねない。「ああいう子と付き合えると思って、この業界に入ったのになぁ。俺が相手にしてもらえるのはモデルの卵とか有名でもないタレントの子ばっかだよ」

それはあんただからだろ、と心の中で毒づきながらも、「つまんない世界ですよねぇ」と共感を示しておいた。下心丸出しの人間が避けられているだけで、テレビに出ているようなアイドルの子とも別に遊べないわけではない。

半年ほど前にも、とある有名女性アイドルグループの子と食事をしたことがあった。そのときはテレビ局で働いている大学時代の友人に頼まれて無理やり付き合わされたのだが、俺の向かいに座ったそのアイドルの子は、一般層にもそこそこ名前が知られているような子だったらしい。歳は二十一歳で、顔は普通に整っているし、背が多少低いくらいでスタイルもなかなかのものだった。ただ年齢の割に考え方が子どもっぽくて、遊びたいオーラが溢れていたから、関わると面倒くさそうだなと思った。だから友人の顔を立てるために精いっぱい楽しそうなフリをして、どうにか相手が求めている遊び慣れた年上の男を演じ切った。

でもそうしてこっちに気がないときほど、向こうから好意を持たれるものだったりする。どういうわけかその子は俺をいたく気に入り、食事会のあとも個別にラインを送ってきた。『またご飯に行きましょう』とか『今何してますか』なんていうメールが、うっとうしいスタンプと一緒に大量に送られてきたのだ。俺は基本的に全部無視していたのだが、須田にその話をしたら、「慎一さん、頭おかしいんじゃないですか？」と本気で脳みそを心配された。有名なアイドルと付き合えるチャンスなのに、完全にスルーするなんてもったいない、たとえそんな気がなくても、やらせてもらえるならとりあえずやっておけばいいと言うのだ。

「でもその気もないのに深入りしてもしょうがないだろ？」

「何言ってんすか。結婚する前はそんなことばっかりしてたでしょ？　それに相手は今をときめくアイドルですよ？　お金払ってまで握手してる男がたくさんいるのに、そんな人生で一回起こるかどうかの幸運をみすみす逃すつもりですか？」

須田の言い分はもっともだったが、頭の中でそのアイドルの子を裸にしても、やりたい気持ちが起こらなかった。いや、もう少し正確に言えば、興味がなくはないのだが、それにブレーキをかける自分がいるのだ。まるで紳士ぶっている男みたいに、社会的に価値のある女を抱いて自尊心を得ることが、ひどくみっともないことであるように思えた。

ＣＭの撮影が再開され、一度テストをしたあとで、演出家の細かい指示が入る。相変わらずお気に入りの子ばかり目で追っている前島さんに、「俺、前に有名なアイドルの子と寝るチャンスがあったんですよ」と耳打ちしようかと思ってやめにした。大手広告代理店の営業というこの仕事をしていることには別に何の不満もないが、そこで得られるメリットが、いつからか自分を幸福にしなくなったということに最近はなんとなく気づいてきている。須田が言っていたように、若い頃の俺だったらその気はなくてもアイドルと体の関係を持っていたはずなのだ。なのにそうできなくなったのは、単に俺が歳をとったからなんだろうか。

関係者に挨拶を済ませたあと、残った仕事を後輩に任せてスタジオを出た。想定していたよりも数時間早く終わったことに気が抜ける。やりかけのデスク作業が頭をよぎったが、会社に戻るのも面倒くさい。今日はもう誰かと食事でもして帰ることにした。いつもの癖で須田に連絡を取ろうとしたものの、なんだか近頃あいつとばかり会っているような気がして相手を女に絞ってみる。声をかければつかまりそうな女たちの中から誰にするかを迷っていると、既読をつけていない、いくつかの新着ラインのうちのひとつが元妻の葵からのものだった。予期せぬ相手からの連絡に驚いたのはもちろんのこと、吹き出しの中の文面を見て言葉を失う。

『ベイビーリトルのマスターが、昨日亡くなりました』

結婚していたときによく二人で行っていたバーのマスターの訃報だった。もともとは俺が常連客で二十代の前半からずっと通っていたのだけれど、離婚してからはめっきり顔を出さなくなって、代わりに葵が通っていると聞いていた。葵によると、マスターは年明けから体調が悪い日が続いていて、数日前に入院した病院でそのまま亡くなったそうだ。

『奥さんに付き添ってて、なかなか連絡できなくて。直前にごめん。仕事忙しい？　お通夜には来られそうかな』

葵がこのメッセージを送ってきたのは昼の一時となっている。撮影中にラインをチェックしなかったことを悔やみつつも、腕時計をにらんで所要時間を計算した。幸い今日は黒っぽいスーツを着ているから、どこかで黒のネクタイだけ買えば、駆けつけられなくはないだろう。『わかった。行くよ』と遅まきながら返信すると、十秒もしないうちにスマホが震えて、葬儀場のホームページがリンクとして貼り付けられた。

タクシーで葬儀場へと向かうあいだも、窓の外に目をやりながらマスターのことを考えていた。独身時代はものすごくお世話になった人で、酔い潰れてしまったときはよく家で寝かせてもらったし、俺の歴代の彼女を知っているただ一人の人だった。そしてそのマスターが唯一あの子と結婚しろと勧めたのが元妻の葵だったのだ。おまえにはああいう子が必要だよ、といつだったかマスターは言っていた。

「あの子はおまえに欠けてる部分を持ってる。俺が言うんだから間違いないよ」

だから結婚の報告をしたときは本当に喜んでいた。どんな話をしても静かに笑って聞いてくれる穏やかなマスターが、俺の肩を痛いくらいにばしばし叩いて「よくやった！」と褒めちぎってくれたのだ。

葬儀場に到着して受付を済ませると、焼香のために集まった参列者がすでに列を作っていた。小さなバーの店主ながら、たくさんの人から愛されていたのが見て取れる。たまたま通りかかった顔見知りの人に挨拶をして自分も列に加わると、長い廊下の左側にある部屋から喪服姿の葵が出てくるのが見えた。すでに焼香を済ませたのか、ハンカチで鼻の下を押さえながら俺のいる方に歩いてくる。二年前よりも葵は少しやせたように見えた。途中で俺に気づいたらしく、一瞬立ち止まってから小さく微笑んで横を通り過ぎていく。

脳裏に残像が焼き付いてしまったみたいに、ついさっき見た葵のことが頭から離れなかった。首にパールのネックレスをつけた、シンプルな黒のワンピース姿で、清楚《せいそ》な印象が強まっていたせいか、きれいになってたな、と素直に思う。それから少しあいだがあって、ようやく見ることができた祭壇には、まるで何かの冗談のようにマスターの遺影が飾られていた。その両脇には菊の花が並び、背を向けた僧侶が木魚を叩きながら読経している。いつも通りの優しい顔で笑っているマスターを遠目に見ながら、なにやってんすか、と心の中で声をかけた。そんなあっさり死なれたら、どうやって悲しんだらいいかもわからない。

焼香台に行く前に、遺族に対して頭を下げた。親しくさせてもらっていたマスターの奥さんが俺に気づいて軽く目礼をしてくれる。話には聞いていた中学生の息子さんも、学校の制服姿でその脇に立っていた。現実味がなさすぎて、誰か知らない人のお通夜に参列しているようだった。死の静けさと沈黙が、遺影に手を合わせると同時にゆっくりと体を包んでいく。

受付のあるホールに戻ると、焼香を済ませた何人かの参列者がいくつかあるソファに座って話をしていた。その中に一人でぽつんと座っている葵の姿を見つけたが、黒いジャケットに包まれた背中がなんだかひどく頼りなく見える。そのまま帰るのもどうかと思い、歩いていって後ろから声をかけた。葵は「あぁ」と笑ったものの、その顔は明らかに疲れていた。

「大丈夫か?」

今日一日泣いていたんだろうか、まだ少し赤い目が腫れている。化粧が薄いせいもあるとはいえ、顔色もあまり良くなかった。近くに自販機があったので、何か温かいものでも飲むかと訊いてみる。

小さなペットボトルの温かいお茶を差し出すと、葵は礼を言ってそれを受け取った。

三秒ほどためらってから自分もその横に腰かける。こんなに近い距離で並んで座ったのは離婚して以来初めてだった。懐かしくてよく知っている、座り慣れたソファのような安心感に思いがけず癒される。

「ずいぶん弱ってるな」

葵はお茶を一口飲むと、膝元にそれを下ろして、無言のまま飲み口を見つめていた。俺の声が届いているのかいないのか、何も言葉を返さないし、体から力の大半が抜け落ちているように見える。

「……あなたと別れてから飼いだした猫が先月亡くなったの」

まるで独り言を言うみたいに葵がそう説明した。

「もともと病気持ちだったから、いつ亡くなってもおかしくなかったんだけど、やっぱり一緒に暮らしてるとダメね。落ち込んでるときに今回の知らせがあったから、なんかちょっとまいっちゃって」

そういう理由なら、こんなに弱っているのも納得だった。自分と近しい存在を相次いで亡くせば、誰だって心に大きな穴があく。それにしても、猫を飼っていたことを初めて知った。把握していない二年間の空白が、葵を赤の他人に変えてしまったみたいだった。

関係はとっくに切れているはずなのに、一度は自分の妻だったことが、意識の前面にのぼってきた。ここまで落ち込んでいるのなら、自分がなぐさめるべきなんじゃないかと妙な使命感にかられたが、いざそれを行動に移そうとすると、急にノイズが混ざったみたいに心が乱れて動けなくなる。普段なら落ち込んでいる女をなぐさめることなんてどうってことない。そう思っても、なぜか葵に対してはうまく声をかけることができなかった。思いつくやり方すべてが不適切というか、相手を見下している気がする。

俺が迷っているあいだに、葵は自分で気持ちを入れ替えたようだった。さっきよりもいくぶん明るさを取り戻した様子で、そっちは元気にしているか、変わりはないかと近況を尋ねてくる。

「俺は特に。あ、でもウチの両親が離婚するかも」

「そうなの？」と葵は驚いていたが、ある程度両親の不仲を知っていたこともあって、すぐに状況を呑み込んだようだった。今は何のつながりもないとはいえ、一度は義父と義母になった二人に対して何か思うことがあるのだろうか。生気のない顔に過去を懐かしむような淡い笑みが浮かんでいた。

「お義父《とう》さん、離婚したら困るんじゃない？　慎一があいだに入ってあげたら？」

仲裁を勧められるとは思わなかったから、「なんで俺が」と笑ってかわした。

「無理だよ。親父とだってもう何年もまともに話してないし」

「そう？　私はあなたがあいだをもてば、なんとかなると思うけど。あなたとお義父さんって、よく似てるじゃない」

葵はそう言うと、喪服のスカートについていた白い糸くずを手で払った。どこが似てんだよ、と訊こうとしたのに、その一言が一緒に払われてしまったみたいになぜか言葉が出てこなくなる。そのとき遠くから葵を呼ぶ声がして、見ると彼女の顔見知りらしい中年の男が手招きしていた。行っていいよ、と促した俺に、葵が「ごめん、これありがと」とペットボトルのお茶を見せて立ち上がる。気がつくと、離れていくその背中を名残惜しげに目で追ってしまっていた。

家に帰ると、エアコンのきいたタクシーに乗ってきたはずなのに、なぜか寒さで体が震えた。塩を振ろうか迷ったが、今どき気にすることでもないかと思い、スーツを脱いでそのまま熱いシャワーを浴びる。体を伝い落ちていくお湯を心地よく感じながら目を閉じると、断片的な今日の記憶が浮かび上がっては消えていった。葵が俺と親父が似ていると言っていたのが引っかかる。たしかに強情なところは似ているかもしれないが、俺はあのじじいほど自分勝手な人間じゃない。

濡れた体をタオルで拭いて、部屋着のトレーナーを無造作に頭からかぶったところでインターホンの音がした。袖に腕を通しながら光っている画面を覗きにいくと、須田がぐるぐる巻きにしたマフラーの中で首をすぼめて手を振っている。相変わらず連絡もなしに来る奴だ。玄関の鍵を開けにいき、妙に腹が減っているのは、まだ晩ご飯を食べていないからだということに気がついた。冷蔵庫を物色しているうちに須田が家に上がってくる。

「慎一さん、飯食いました？　牛丼余分に買ってきたんですけど食べますか？」

手に提げた袋を見せられて、タイミングが良すぎる須田を心の底から褒めたくなった。

「おまえは本当に素晴らしい奴だ」

二人で食卓について牛丼を前に手を合わせる。空きっ腹に温かい牛丼は最高にうまかった。ほくほくした白米と、味の濃い肉ほど、互いを高め合える組み合わせはない。

「慎一さん、なんか顔が疲れてますね？」

ビールが欲しくなったので席を立つ。思い当たる節はあったが、「そうか？」ととりあえず流しておいた。須田もビールが欲しいと言うので、ついでに出して渡してやる。

「最近遊んでるからかなぁ」

再び席に戻って言うと、「そうなんですか？」と驚かれた。どうして急に遊ぶ気になったのかと理由を知りたがるので、記憶喪失を疑いつつも、おまえがそう仕向けたんじゃねぇかと「倫理」の入った瓶を指差す。須田はあんな戯れを本気にしたのかと腹を抱えて笑っていた。恥ずかしさよりも怒りが湧いて、持っている割り箸を二本とも鼻の穴に差し込んでやりたくなる。

「真面目ですねぇ。で、どうだったんすか。久しぶりに遊んだんでしょ？」

にやにやして感想を求める須田に、仏頂面で「なんもねぇよ」と言い返した。仕事の合間をぬって、この一ヶ月で五人くらいの女と遊んだが、特に楽しくはなかったし、自分が無駄にすり減っていっただけだ。久しぶりのセックスも、過去をなぞるような形式的な行為に過ぎなくて、得られるものは何もなかった。

「マジですか。それかなり重症ですね。いいなと思った女の人も一人もいなかったってことですか？」

訊かれるまでもないことだ。でも印象に残っている相手で言うと、無視できないのはやはり葵のことだった。他の女たちが薄い影のようなものとしてまとめて記憶されているのに対して、葵だけはちゃんとした色彩を持った一人の人間として話したという認識がある。須田は俺の表情から何かを読み取ったらしく、「心当たりがあるんすか？」とニヤついていた。

「まぁもうおまえだから言うけどさ、今日、葵に会ったんだよ」

「え！　なんでですか？」

「知り合いのお通夜で。おまえも一回行ったことあるよ。ベイビーリトルってバー。あそこのマスターが亡くなったんだよ」

おおまかな経緯を須田に話す。俺も葵もマスターとは親交が深かったことや、葵の方から連絡をくれたこと。

「で、終わってから二人でちょっと喋ったんだ。なんか飼い猫を亡くしたとかで、葵はダブルで落ち込んでてさ」

「ほう」

「なぐさめようかと思ったんだけど、なんもできなかったんだよな。なんか遠慮しちゃってさ。もう離婚してるしなぁとか思って」

須田は難解な数式を前にした頭の悪い高校生のような顔をしていた。話が読めないと言いたいのだろう。「それって葵さんのことをいいなって思ったってことですか?」と要約を求めてくるので、「そういうのとは違うんだけど」と首をかしげる。

「いや、だから俺が気になってるのは、なんで遠慮したんだろうってことなんだよ。別になぐさめても良かったのにさ」

「それは離婚してるからじゃないですか? お互いもう赤の他人なんだから、そこで躊躇《ちゅうちょ》するのは普通でしょ?」

もちろんそれはそうなのだけれど、須田が言ったのは理由の一部でしかなかった。俺が感じたためらいは、そんなありがちなものではなく、もっと個人的なものだったのだ。でもそれがいったい何なのかがうまく言葉にできなかった。わかっているのは、他の女たちと同じようには葵のことを扱えなかったということだけだ。

須田が肩をすくめて残りの牛丼をかき込んでいる。答えをたぐり寄せるように思い出していたのは亡くなったマスターの言っていたことだった。「あの子はおまえに欠けてる部分を持ってる」。あれはいったいどういう意味だったんだろう？　当時はあまり気にしなかったが、今になってあの言葉が俺を縛り付けている。

「なぁ、俺と葵って相性よかったと思うか？」

ふと思い立って訊くと、「体の相性ですか？」と訊き返される。須田は口の周りをティッシュで拭ってから「知りませんよ、そんなの」とそっけなく言った。

幸太郎

市役所の中では、いつもマスクをつけて仕事をするようにしている。ほこりっぽい上に空気が乾燥しているし、もし風邪でもひいてオタ活に支障があったら困るからだ。誰かを応援し続けるには健康であることが大事だと、ぼくはここ数年で何度も思い知らされた。これから春に向けて増えていくライブやイベントにもれなく参加するためにも、お金を貯めるのはもちろんのこと、体調管理をしっかりしていかないと、悔しい思いをすることになる。

調べものを終え、分厚いファイルを棚に戻すと、「森野《もりの》くん」と女の人の声がした。同期の増田《ますだ》さんが助けを求めるようにして手を上げている。午前中のピークを越えたので、今は手続きのために待っている人もまばらだった。整理番号を読み上げる機械の音に交じって、幼い子どもがぐずっている声が聞こえる。

「また例のおじいさんなんだけど」

「あぁ……」

ため息を吐いて歩いていき、保留にしてあった電話を取った。ほとんど毎日のように電話をかけてくる古賀《こが》さんという老人は、散歩中に町のよろしくないところを見つけては、市民課にクレームの電話をかけてくる。でも役所というところは、何に文句があるかによって訴えるべき課が違うのだ。そのことを何十回も説明したのに古賀さんは一向に理解しないし、とにかく説教をたれるだけなので、最近はもうあきらめて向こうの気が済むまで話を聞くようにしている。

受話器を耳に当てながら、ちらりと横目で見た増田さんはすでに仕事に戻っていた。自分が電話を受けたのだから、ひとことくらい礼を言ってもよさそうなのに、何食わぬ顔でコーヒーを飲みながら同僚と話をしている。仕事を肩がわりすることになった人間としては、「押しつけてごめん、ありがとう」くらいのことは言ってほしかった。

増田さんのような女性を見ていると、自然と重ね合わせてしまうのが、小学校高学年のときに一緒だったクラスの女の子たちのことだった。ぼくの通っていた学校は、当番制でニワトリ小屋の掃除をしなければいけなくて、同じ班だった三人の女の子はその掃除をひどく嫌がっていた。彼女たちは小屋の中がくさいと言って、男の子に掃除を押しつけ、その中でぼくだけがいつも真面目に掃除をしていた。他の男子はふざけてニワトリをつかまえようとしたり、ホースで水をかけあったりして、ほとんど使い物にならなかったからだ。ぼくが掃除をしているあいだ、女の子たちはまるで主婦の立ち話のようにぺちゃくちゃと他愛のないおしゃべりを続けていた。芸能人の誰々がかっこいいとか、昨日観たテレビのこんな番組が面白かったとか、そんな今しなくてもいいような話を延々と続けて、掃除道具には触りもしなかった。そのときの金網越しの女の子たちの顔を今でもよく覚えているのだ。たまたま目が合ったりすると、下等な生き物が何を見ているんだと、嫌そうに眉をひそめられた。そのたびにぼくは、自分がくさい小屋の中に閉じ込められた醜い生き物になったような気がしたものだった。

電話の向こうで古賀さんがとうとうと説教をしている。ちなみに今日の古賀さんのクレームは、歩道にできている小さな穴ぼこを埋めろというものだった。バス停の脇のアスファルトの一部がひび割れて陥没しているため、こんなものを放置していたら市民が怪我するだろうという訴えだ。そういうのは市民課ではなく、土木管理課に言ってほしい。

「市民が満足に暮らせるようにするのがあんたらの仕事だろう。何のために高い税金を払ってると思ってるんだ」

今まで何度言われてきたかわからない罵倒を受け止めながら、辛抱強く相づちを打ち、当たり障りのない返事をした。公務員というだけで目の敵にする人はたくさんいるし、この手の批判をされるのはもう慣れっこだ。古賀さんは今日はプライベートで何か嫌なことがあったのか、いつもよりも機嫌が悪かった。もう何年もこういう人たちの相手をしていると、少し話を聞くだけで、その人の精神状態がわかるようになってくる。でも、別に自分はそんな能力を得たかったわけではないし、できるならもっと穏やかに、普通の事務仕事をしていたかった。こんなことになったのも、職場の中で「クレーム処理は森野がやってくれる」という意味のわからない空気ができあがってしまったからだ。以前、やくざのような人が悪質なクレームをつけてきたときに、ぼくがそれをたまたまうまく処理したことがあるため、そのときの印象が今も職場の人たちの中に刷り込まれているようだった。あのときは風邪気味で熱があり、強面《こわもて》の男性がどんなに怒鳴りちらしても頭がずっとぼーっとしていて、ほとんど恐怖を感じなかったのだと、あとで何度も説明をした。それなのに職場の人たちは「いや、それでもすごいだろ」と笑ってとりあわず、以来一部の人たちからは「爆弾処理班・森野」などと言われて、今でもいいように使われてしまっている。

ようやく解放されたときには、もうお昼になっていた。事情を聞いていたらしい課長から「ご苦労さん」とねぎらわれ、そのまま昼休憩を取る。昼はいつも役所内の食堂で一番安い定食を頼むことに決めていた。食べ歩きを趣味にしていたときとは違い、今はなるべく節約をして、浮いたお金を地方ライブや握手会などの遠征費用に使っている。私生活をできる限り質素にし、好きなものに目いっぱいつぎ込む。お金の使い方としてこれ以上に正しい方法はないと個人的には思っている。人は自分が幸せになれるもののためにお金を使うべきなのだ。

アジフライ定食の、ちっともからっと揚がっていないアジフライを箸でつつきながら、スマホでツイッターを見ていると、近くの席に綿貫さんがやってきた。ポータブルDVDプレーヤーをいつも持ち歩いている綿貫さんは、今日も自分で作ってきた弁当を食べながら、KポップアイドルのライブDVDを観るらしい。慣れた手つきで両耳にイヤホンを突っ込んでいるのを見て、あそこまで自分を貫けたら幸せだよな、とうらやましくなった。ぼくなどは仕事中にえりちょすからモバメが来たときに、こっそり読んでにやけるのが限界だ。

そういえば綿貫さんは独身だが、結婚とかは考えないのだろうか。ぼんやりしたまま、ぴろりんと音のしたスマホを見ると、里美さんからのラインだったのでむせそうになった。水を飲んで口の中のものをどうにか呑み込み、おそるおそる開いてみる。吹きだしの中には『こないだはごめんなさい』と書かれていた。

『いくら私にとって切実なことでも、あんなことを幸太郎くんに頼むべきじゃなかった。本当に反省しています』

ここ数週間、ずっとどこかでくすぶっていた里美さんに対する怒りが和らいでいく。そうするとあとに残ったのは、自分から切っておいて未だに手放すことができずにいる彼女への未練だけだった。表向きはふさがったことにしている傷跡が、またじくじくとうずいてくる。

あのとき、婚活パーティーの席で出会って、とんとん拍子で付き合うことになったぼくと里美さんは、二人で一緒にマンションの部屋を借りて住み始めた。ぼくはこれまで生きてきて、里美さんが初めての彼女だったから、何もかもが刺激的だった。初めてのキスも、初めてのセックスも、初めての同棲も、ぼくにはまるで現実とは違う、どこか別の世界で起こっていることのように思えた。そしてそれは、ぼくの冴《さ》えない人生の中で得た、ほとんど唯一の幸せでもあったのだ。子どもの頃から女の子に縁がなく、クラスの女子たちからも、やんわりと、でも明確に線を引かれ、恋愛対象にはなりえない存在として、小中高と学生時代を過ごしてきた。そのため、一時期は自分のプライドを守るために、「恋愛なんてくだらないことに時間を使いたくない」などと意地を張っていたこともあった。だけど本当はどこかで、ずっと憧れやうらやましさを感じていたのだ。ぼくだって好きな子と手をつないだり、寒い日に体を寄せ合って温《ぬく》もりを分け合ったりしたかった。だから里美さんという本物の彼女ができたとき、ぼくはようやく男として一人前になれた気がした。体の内側から自信が溢れ出してきて、あぁ、みんなが手にしていたのはこれだったんだと、長年のコンプレックスが解消されたような安らぎと嬉しさがあった。

でもぼくのその幸せは、長続きはしなかったのだ。

今でも忘れることができないトラウマ。もしあの時間にぼくが帰宅しなかったら、今頃どんな生活をしていたんだろうと、眠れない夜に夢想することがある。

その日、ぼくは仕事が早く終わったので、駅前のケーキ屋で里美さんの好きなモンブランを買って帰った。それは木々の葉が枝から落ち始めた秋の終わりで、ぼくは女の人と一緒に生活をすることにようやく慣れ始めていた。彼女がいることで得られる温もりを日々感じる一方で、女の人と関係を深めていくことの難しさを少しずつだけれど学んでいた。

マンションに着いたときに、小雨が降り出したのを覚えている。洗濯物を取り込まなきゃと思いながら玄関のドアを開けると、居間からテレビの音がして、里美さんは誰かと電話で喋っているようだった。ぼくは通話の邪魔にならないように、ただいまを言わずに家に上がった。そして居間へと通じるドアを開けようとしたときに、里美さんが思いもしない言葉を口にするのを耳にしたのだ。彼女は電話の相手にはっきりと、「私、もう恋愛はあきらめたのよ」と言った。

「琴子《ことこ》だから言うけどね、今の彼のことは恋愛対象としては見てないの。だって私、前に付き合ってた彼のこと、やっぱり忘れられないもん。今でもあの人のことが好きだし、たぶんそれは一生変わらないと思うの。だからね、本当は好きな人の子どもを産むのが夢だったけど、それはもうあきらめた。子どもを産めればそれでいい。私も今年で三十五だしさ、この歳で半分でも夢が叶うなら十分よ」

ぼくはドアノブに手をかけたまま、それ以上ドアを押し開けることができなかった。里美さんが言ったことのすべてが、まるで言葉のナイフになってぶすぶすと自分に突き刺さったようだった。同時にいろんなことが腑に落ちた。まだ結婚もしていないのに、彼女がセックスをする際に避妊具を使わなくていいと言ったことや、事前に子どもができるかどうかの検査をしてほしいと頼まれたこと。そのときは、ぼくの子どもが欲しいんだと素直に喜んでいたけれど、実際はすべて自分の、自分だけの夢を叶えるためのことだったのだ。ぼくは最初からそこに含まれてはいなかった。

呆然と立ち尽くしていたことでドアがわずかに開いてしまったとき、里美さんはぼくに気づいて大きく目を見開いた。電話の内容が聞こえていたのは、ぼくの顔を見てすぐに悟ったようだった。彼女は動揺し、ひどくばつが悪そうにしていた。そのときの情景が今でもときどきよみがえる。忘れたいと思っているのになかなか記憶から消せなくて、うつむいて目を泳がせていた里美さんが、まるで意地悪をしているように何度もぼくの前に現れるのだ。

その日の夜、ぼくらは何時間もかけて話し合った。でも、ぼくの心は完全に閉じてしまっていた。彼女が必死に弁解しても、それを聞き入れることができなかった。

「たしかに子どもが欲しいのは事実だけど、誰のでもいいってわけじゃないよ？　幸太郎くんがいいと思ったから、私はあなたと付き合ったの。あなたと結婚したいのよ。その気持ちに嘘はないの」

それはそうなのかもしれない。だけど、あんな言葉を聞いたあとでは何を言われても無駄だった。ぼくは里美さんの一番じゃない。それどころか、たまたま条件が合った、都合のいい種馬に過ぎなかったのだ。

過去の傷をいろいろとほじくってしまったせいで、自分が思った以上のダメージを受けていた。目の前にちっともおいしそうじゃない、冷めたアジフライ定食があるのが見える。ぼくがユーチューブで偶然見かけたえりちょすにハマったのは、里美さんと別れてから二ヶ月後のことだった。どうやっても埋めることのできない傷を、彼女がこれまでずっと癒し続けてきてくれたのだ。

再びスマホが振動し、今度は電話の着信だった。普段メールしか送ってこない母親からの電話なのが気になってスマホを手にとる。

「あ、もしもし、幸太郎？　今、大丈夫？」

「……うん、どしたの？」

「ねぇ、あなた、『ラグドール』って知ってる？」

何かマズいことをした、たとえばネットで購入したえりちょす関連のものを、誤って実家に送ってしまったとか、そういうミスをやらかしたんじゃないかと高速で頭が回り始める。とりあえず間違って送られてきたことにするためにも「いや、知らないけど」と嘘を吐いた。うわずった声を抑えたものの、背中に変な汗がふきだしてくる。

「あら、そう。なんかね、千香《ちか》がそのアイドルグループのオーディションを受けたみたいで、一次審査？　に受かったって言うのよ。それで二次を受けるために都内に出るから、その準備もかねて、しばらくあなたの家に泊まりたいって言ってるんだけど……」

事情が全然つかめなかった。どうして妹がラグドールのオーディションを受けているんだ？　自分の中で絶対に交ざらないはずの家族とラグドールが一緒になって、奇妙な夢を見ているみたいだ。

「え？　ちょっ……どういうこと？　千香が一次審査に受かったの？」

ラグドールが二期生を募集していたのは知っている。でも一次審査に受かったということは、写真や経歴で判断される書類選考をパスしたということだ。

しばらく会っていない歳の離れた妹のことが思い出された。ぼくとは六つ離れているから、今は十九歳のはずだ。たしかに見た目は童顔で丸顔の父親に似て、そんなに悪い顔ではない。でも中学から不登校で引きこもりだった妹が、アイドルのオーディションを受けたのが信じられなかった。あいつもぼくと同じように、もともとラグドールのファンだったのだろうか。

「ごめん、もう昼休み終わりだから、あとでもう一回かけなおすよ」

残った水を飲み干して、椅子から立ち上がりながら母親に言う。仕事に戻らなくてはいけない時間だった。でももっとくわしい事情を聞きたかったし、頭の中ではずっと同じ疑問がこだましていた。

妹がアイドルに？　しかもラグドールの二期生になる？

直樹

「笹崎《ささざき》部長ってどこに行かれたかわかります？」

ゲラを広げてぼんやりと窓の外を眺めている横峯《よこみね》さんに尋ねると、マニキュアの剝げた二本の指を自分の口元に当てている。「あぁ」と理解して頭を垂れ、頼まれていた書類をデスクの上に置いておいた。数年前からうちの会社も社内禁煙になったため、喫煙者の笹崎部長はしょっちゅう外に煙草を吸いに行っている。この寒いのに、わざわざ上着を着て何度も外に煙草を吸いに行くのは相当面倒くさいと思うのだけれど、ニコチンが切れるとまったく頭が回らなくなるそうだから、これぱっかりはいかんともしがたいのだろう。

自分のデスクに戻ったあと、パソコンの脇に置いてある卓上のカレンダーに目をやった。雑誌部に移って今日で三日目。社内の事情はある程度知っていたものの、書籍部とはまるで違う雰囲気に戸惑うことの多い毎日だ。もともとうちの社長の趣味で作られたような部署で、雑誌のジャンルもグルメと育児の二種類しかないから、書籍部よりもはるかに規模が小さいのはわかっていたが、まさかこんなにものんびりとした部署だとは思わなかった。特に周りにいる人たちの働き方に違いがあって、書籍部のように互いが競い合っている感じがしない。さっき話しかけた横峯さんは、午前中から一向に作業が進んでいるようには見えないし、隣の席の寄田《よりた》くんに至っては、どう見ても仕事に関係のない釣り雑誌を読んでいる。

自分が異動になったことは、まだ可南子には伝えていない。まぁ給料は変わらないのだから、折をみて話せばいいだろう。それよりは雑誌部に来て早々に任せられた仕事に取りかからなければならなかった。

デスクの脇には、手をつけていない夏休みの宿題のように、数冊のパパ雑誌が積まれている。笹崎部長から命じられた最初の仕事は、ずっと売り上げの悪かった育児雑誌を廃刊にして、パパ雑誌にリニューアルするというものだった。

「もともと編集長をやってた奴が辞めちゃってね。君にその後釜になってほしいんだ」

「えっ、僕が編集長やるんですか？」

「人がいないからカメラマンとかライターは基本外注だけど、前の育児雑誌を担当してた奴を一人つけるから。頑張っていい雑誌を作ってくれ」

笹崎部長はそう言って僕の肩を叩いたけれど、書籍作りの経験しかない自分にそんな大役が務まるだろうか。なんにしても、子どもが生まれることをまだ会社で公表していない自分が、まさかパパ雑誌を任されることになるとは思ってもみなかった。タイミングがいいのか悪いのかわからない。

さっき一通り目を通した雑誌をあらためて手に取って眺めてみる。今まで一度も読んだことがなかったパパ雑誌は、基本的にママ雑誌と内容が似通っていて、子どものいる男性芸能人のインタビュー記事や、かっこいいパパになるためのファッションアイテムなんかが載っている。少し違うのは、やはり「父親＝休日の家族サービス」と考える人が多いせいか、アウトドア関連のものに特化した雑誌があることだろうか。でも、結局はそれも「どうすればパパとしてモテるのか」ということを掘り下げているような印象を受けた。個人的には、あまりモテには興味がない。それよりは後ろの方に数ページだけ載っている、育児に関する悩みや疑問に専門家が丁寧に答えているページの方が面白かった。泣き止まない赤ちゃんの対処法や、どんなものを食べさせるのが体のためにいいかなど、勉強になることがたくさんある。これから育児をすることになる自分としては、こういうことこそ今まさに知りたいことだった。

念のために付箋を貼り、マグカップの中に残っている冷めたコーヒーを飲み干した。自分が何に興味があるかがわかっても、雑誌としてそういうものを作っていいかは別の話だ。何より育児の知識をメインに据える雑誌は「パパ」雑誌とは言えないだろう。

進むべき道の見えなさにため息を吐く。三十にもなって一人で仕事を進められないのは恥ずかしいことだが、見当違いな道を突き進んで無駄に時間を使うのは避けたい。やはり引き返せなくなる前に、信頼できる先輩に一度相談してみた方がよさそうだ。

自分が追い出された部署に行くのは、あまり気持ちのいいものじゃない。他の同僚に会うのが嫌で、気後れしながら書籍部の中を覗くと、江崎さんがゲラの束を抱えてちょうど出てくるところだった。今忙しいですかと声をかけ、廊下の端で手早く相談に乗ってもらう。江崎さんは僕の異動については特に何も触れなかった。気を遣ってくれているというよりも、異動なんて別に落ち込むことではないと考えているように見える。それくらい彼の僕に対する態度は以前と何も変わらなかった。

「うーん……最終的には自分が読みたいと思えるものを作るしかないんじゃないのかな？」

「自分が読みたいもの、ですか？」

「うん。自分が金出して読みたいと思えるものを作れたら、そこには必ず読者がいると思うんだ。でもそれが一番難しいんだよ。作ってるうちに、時間と手間をかけたことがその本を出したい理由になっちゃって、本来の目的を忘れてしまう。だから常に自問するようにはしてるかな。本当に自分がそれを読みたいと思っているのかどうか、作りながら限界まで考える」

　霧が立ち込めていた山道に、道標《みちしるべ》を示してもらったような感じだった。礼を言って雑誌部に戻り、デスクについて仕事用に使っている手帳を開く。何も書かれていない新しいページに「自分が読みたいもの」とボールペンで書き込んだ。文字の下に線を引き、じっとその文字をにらんで、心の声にしばらく耳を澄ませてみる。

　できるなら、今の自分を肯定してくれるようなパパ雑誌を作りたかった。かっこいいパパや形だけのイクメンではなく、血の通った一人の男性が抱える悩みや苦しみに寄り添ってくれるような雑誌にしたい。僕のように、ちゃんとした父親になれるのか不安に思っている人や、男としての在り方に今ひとつ自信が持てない人もいるはずだ。でもそのためにはもう少しリサーチが必要だった。少なくとも僕自身が男性のことをもっと知らなきゃいけない。

引き継ぎ作業を少しだけして、九時過ぎに会社を出ようとすると、同じ部署の三好《みよし》さんにご飯を食べにいかないかと誘われた。三好さんは四歳上の先輩で、廃刊になった育児雑誌の担当だった人でもある。笹崎部長から説明を受けたときに、こいつが副編としてサポートしてくれるからと紹介された。僕はそれなら三好さんが舵取りをして自分が補佐に回った方がいいんじゃないかと言ったのだが、部長はそれだとマンネリになるからと笑うだけだった。当の三好さんも、僕の下につくことをまったく気にしていないのか、人懐っこい笑顔で「よろしく」と握手を求めてきたほどだ。

「これから二人で頑張っていくわけだしさ、ほら、親睦会も兼ねて」

会社の人と飲むのは好きではないが、そう言われると断りにくい。じゃあ行きましょうか、と応じて可南子に夕食不要のメールをし、三好さんのなじみの店だという焼き鳥屋で食事をした。赤提灯がぶら下がった、他の客たちの声が騒がしいカウンター席で、三好さんは新参者である僕に雑誌部の人たちのことをいろいろと教えてくれた。横峯さんは相当なゲーマーで、好きなゲームの発売日は必ず会社を休むとか、僕の隣の席の寄田くんは、去年結婚したけれど、実は今不倫しているとか、そういう話だ。三好さんは社内の人間のプライベートにやたらと詳しかった。

「三好さんはどんなパパ雑誌を作りたいとかありますか？」

少々強引な話題の変え方だったが、せっかく時間を取ったのだから、無益な親睦会にはしたくない。急に仕事の話に変えられてしまった三好さんは、それまでのいきいきとした表情を曇らせておしぼりをいじり始めた。

「んー……正直あんまりないんだよね。前の育児雑誌のときも副編だったんだけど、ただ言われたことをやってただけだし」

あっけらかんと話す三好さんに呆れてものが言えなくなる。前任者は会社を辞めたと聞いているが、同じ部署の唯一のパートナーがこんな考えでは相当なストレスだっただろう。部長がマンネリと言ったのは言い訳で、実際はこの人に編集長なんて務まらないというだけのことなのかもしれない。

なんだか騙された気分で眉間のしわを伸ばしていると、「編集長は宮田くんだから、俺はその方針に従うよ」と責任感のない言葉が飛んできた。

「いや、一緒に考えましょうよ。外注のスタッフがいるとはいえ、二人でやっていくわけですし。じゃあ質問を変えますけど、今悩みってありますか？」

「悩み？」

「男性が読む雑誌なので、なんとなくですけど、男の人が読んで勇気づけられるような雑誌がいいかなぁって思ってるんです。表面的なことじゃなくて、一人の男性としての悩みや苦しみにちゃんと寄り添えるというか。そのためにはこれから父親になる人や、今現在父親である人が、どんなことで悩んでるのかをある程度把握しておく方がいいんじゃないかっていう気がするんですよね」

「へぇ！　すごいね！　めちゃめちゃ考えてるじゃん！」

何も考えていない人に褒められても嬉しくない。三好さんは「悩みかぁ……」と遠い目をしながら、食べかけのねぎまの串をくるくると回転させた。どうやら考えるときに手に持っているもので遊ぶのが癖らしい。

「こんなこと言うのもなんだけど、俺、今結婚を迷ってるんだよねぇ」

予想外の告白に思わず「えっ」と声が出た。なんとなく、彼女とかはいない人だと勝手に思い込んでいた。

「今、五年付き合っている彼女がいるんだけどさ、その人と結婚するかどうか迷ってるんだよ。別に相手のことを嫌いなわけじゃないんだけど、五年も付き合ってると正直マンネリな部分もあるっていうか、いまいち踏み切れなくてねぇ」

よく聞く種類の悩みではある。「相手の方はおいくつなんですか？」と一歩踏み込んだ質問をしてみた。

「俺より三つ下だから、三十一だね」

「向こうは結婚を望まれてるんですか？」

「もちろん。早くしたいってずっと言ってる」

「だったら決断するべきだと思いますけど……」

「やっぱりそう思う？　でもなぁ、なんか踏ん切りがつかないんだよねぇ。ほら、結婚すると自分の時間が奪われるってよく言うじゃない？　俺、こう見えて趣味とかけっこう多いし、それができなくなるのはちょっと困るっていうか、そこを失ってまでする結婚ってどうなんだろうって思うんだよねぇ」

　三好さんは食べ終えた串を串入れに入れると、ジョッキのビールを喉仏を上下させながらうまそうに飲んだ。僕からすれば、そうやって期待を持たせながらずるずると先延ばしにすることが、今まさに相手の女性の貴重な時間を奪っていると思うのだけれど、この人はそれに気づいていないんだろうか？　自分の時間が奪われるのは嫌がるくせに、他人の時間を奪うのは平気だなんて、ちょっとわがますぎやしないか？

　結婚するか別れるか決めた方がいいですよ、などと余計なことを言うのはやめておいた。職場の人のプライベートに深入りしてもしょうがない。店員さんを呼び止めてビールのお代わりを注文すると、三好さんは「俺も同じの」とジョッキを掲げてから、逆に僕の悩みは何なのかと訊いてきた。

「そうですねぇ……」

向こうが結婚に関する悩みを話してくれたので、自分もそれに合わせようと、子どもが生まれる予定であることを明かした。家のローンのこともあるし、ちゃんとやっていけるのかが不安だ。僕の悩みを聞いた三好さんは「え、子ども生まれんの？」と大げさに驚いたあと、「タイムリーだねぇ」と笑っていた。

「このタイミングでパパ雑誌やるなんて運命なんじゃないの？」

あまり好きではない冷やかし方をされ、「いや、それは大げさですよ……」と受け流した。悩みとしては、もちろん仕事のこともあるのだが、やっぱりどうしてもプライドがあるから、なかなか成果を上げられないことに悩んでいるとは言いにくい。他に思いつくことと言えば……なんだろう？　かなり漠然としているけれど、たとえば「生きにくさ」については話してみてもいいかもしれない。特に働き始めてから、自分が一人の男として社会の中で生きていくことに気後れのようなものを感じることが多かった。

「……生きづらいなって思うことはないですか？」

「えっ？」

「いや、なんていうか、僕は男性として生きていくことに気後れのようなものを感じることがあるんです。仕事をして、ある程度の給料をもらってないと存在価値がないっていうか、たとえば家事や育児が問題なくできたとしても、仕事が人並み以下だったら男としては二流のような気がしちゃうんです。そういうのってわかりますか？」

「うーん、二流ねぇ……」

　三好さんが遠い目をする。

「ごめん、よくわかんないや」

　自分としては珍しく心を開いたのに、この人に訊いたのが間違いだった。できないことを恥と思わず、そのままの自分でいられる人は生きにくさなんて感じないのだろう。

　三好さんは僕がトイレに行っているあいだにお会計を済ませてしまった。それは困る、僕も払いますと慌てて財布を出したのだけれど、今日は歓迎会も兼ねているからと、さらに「会」を上乗せされる。結局押し問答の末におごられることになってしまい、不本意ながらも「すみません、ごちそうさまです」と頭を下げた。店の外に出て駅の方に二人で歩き始めると、「宮田くん、時間まだ大丈夫？」と三好さんが僕の顔を覗き込んでくる。

「もう一軒行かない？　この近くに『ベイビーリトル』っていう俺がよく行くバーがあるんだけど」

「いや……えーと、そうですね」

　おごってもらった手前、帰りますとは言いにくかった。次の店を自分が払って、それでとんとんというところだろう。仕方なく「少しだけなら……」と付き合った。駅前の飲屋街が続くにぎやかな道を歩きながら、三好さんは自分がどれだけお酒が好きか熱弁をふるった。仕事終わりには必ずどこかしらのお店に寄って飲んで帰るのが、もう七年近く続いている日課なのだそうだ。

飲屋街から少し離れた裏通りの細い道を歩いていくと、三好さんが「あれ？」と言って足を止めた。道の左側にある、酒樽が二つ置かれた店が目指していた場所のようだ。でも赤い口紅を持った女の人の絵が描かれている看板の電気は消えている。

「おかしいなぁ、今日は開いてるはずなんだけどな……」

念のため店の入口の前まで行くと、黒く塗られたアンティーク風のドアに貼り紙がしてあった。読みやすい丁寧な字で、「勝手ながらしばらくお休みさせていただきます」と書かれている。三好さんは「えーっ」と相当なショックを受けていた。

「マジかよー。しかもしばらくってどういうこと？」

そんなことは僕に訊かれてもわからない。おそらく何か問題が起こって店を開けるのが難しくなったのだろう。落ち込んでいる三好さんを尻目に腕時計に視線を移すと、もう夜の十一時になろうとしていた。さっきは行くと言ったけれど、終電のこともあるから、そろそろお開きにしてもらいたい。

「あの、三好さん、やっぱり今日はやめときませんか？　時間も遅いですし……」

「え、まだ大丈夫でしょ？　別の店、すぐ連れてくからさぁ」

「いや、僕、家がけっこう遠いんで、そろそろ行かないと帰れないんですよ」

少し可哀想な気もしたが、また今度付き合えばいいだろう。駅に戻って三好さんと別れたあと、急ぎ足でJRの改札を抜けてホームへと続く階段を駆け上がった。乗れるか微妙だった電車になんとか乗り込み、ようやく一人になれたことにほっと安堵の息を吐く。乗客たちの話し声がうるさい山手線の車内で吊り革を握りながら、これからあの人と雑誌を作っていくことを考えると暗い気持ちになった。窓に映る自分の顔がまるで病人のように見える。

いつもよりも三倍くらい疲れて家に帰り、食卓で仕事をしていた可南子の背中に「ただいま」と声をかけた。パソコンのキーを叩いていた可南子が「おかえり」と振り返る。

「遅かったね」

いろいろと説明したかったが、体が疲れすぎていてこくこくとうなずくことしかできなかった。脱いだ上着とマフラーをハンガーにかけ、洗面所に行こうとすると、「ねえ」と後ろから呼び止められる。

「何？」

「あー……いや、なんでもない」

「え？」

椅子の背もたれに腕をのせたまま、可南子が目を伏せている。どう見ても何かを言いたそうにしている顔だった。「どうかしたの」と水を向けると、「んー……」と宙に視線を泳がせた可南子が「はぁ」と大きな息を吐く。

「あのさ、あくまでも仮定として聞いてほしいんだけど、私がメインで働いて、直樹がサポートに回る生活ってありだと思う？」

脳みそが回っていないせいで、何の話をしているのかすぐには理解できなかった。言われたことをもう一度頭の中で嚙み砕いてみたけれど、言葉の真意がつかめない。

「えっと、だからね、これから子どもが生まれたら、私が育休を一年取って、そのあと職場復帰する予定だったでしょ？　でもそれをもうちょっと早められないかと思ってるの」

「え？　一年経たずして戻るってこと？」

「うん。それで、できればその先も、これまで以上に働きたいんだよね。もちろん保育園は探すつもりだけど、希望通り入れるかわかんないし、子どもがいると、結局会社でも仕事を割り振られなくなったりするからさ、もし直樹が仕事を減らして子どもの面倒を見てくれるなら、お願いできないかなと思って……」

珍しく可南子がどぎまぎしている。どうして急にそんなことを言い出したんだ？　ついこのあいだまで、彼女はゆっくり子どもを育てて、ゆくゆくは二人目が欲しいと話していたのだ。

来年ウチの会社が大きなプロジェクトを立ち上げるのだと彼女は説明した。それに興味があるのだけれど、育休で一年休んだら参加するには遅すぎるし、もし参加する場合は今まで以上に働かなくてはいけなくなる。

「最初は自分でも納得してたの。子どもを産んだら、目いっぱい働くのはあきらめるしかない。子どもができたときだって、それをちゃんと覚悟してたし、ついこないだまではそれでいいんだって思ってた。でも実際に目の前に大きな仕事が持ち上がって、同期や後輩の子たちがそれを任されようとしてるのを見てると、すごく悔しくなっちゃって、なんで私はできないんだろうって、そればっかり考えるようになって……」

可南子の声は沈んでいた。その同期や後輩たちは、男性や独身の女性、あるいは既婚者でも子どものいない人が多いため、数年にわたるプロジェクトにも全力で取り組むことができるのだそうだ。世間でよく言われる、出産と子育てのためにキャリアをあきらめるというのはこういうことを言うのだろう。表向きは子育てを奨励していても、本当の意味で平等な就業機会を与える会社はこの国にはまだ多くない。

「直樹の会社は、今よりもう少し仕事減らしたりはできないの？」

「……うーん、それは無理だよ。編集の仕事はたしかに時間の自由はきくけど、暇なわけじゃないんだもん。やらなきゃいけないことがいっぱいあるし、特にウチみたいな小さい会社は、働く時間を減らすっていうのは難しいと思う」

答えとして嘘を吐いたわけではない。でも内心では、そこまでして守らなければいけない仕事なのかという疑いもあった。やりがいを感じているならともかく、今は書籍部から雑誌部に移されてモチベーションも下がっているのだ。

「じゃあ辞めるっていう方向はありえない？　私はこのまま働き続けたら給料も上がっていくし、福利厚生がしっかりしてる会社だから、直樹が働かなくてもなんとか生活していけると思うんだけど」

「それってつまり……専業主夫になれってこと？」

「そんな言い方されるとあれだけど、私の給料で食べていけるなら、そういう選択肢もあるのかなって思うだけ。もちろん直樹が仕事をしたいって言うんだったら、今まで通り働いてくれたらいいよ？　私だって実際に赤ちゃんを産んでみないとわからないし、そもそもこの話自体があくまでも仮定の話だから」

でも可南子が今提案したようなことを望んでいるのはまず間違いのないことだった。もし可能なら、つまり僕が受け入れるなら、彼女は僕に専業主夫になってほしいと思っているのだ。

予想もしていなかったところからの揺さぶりを受けたせいで、自分の地盤とも言うべきものが大きくぐらついてしまっていた。ただでさえ会社からおまえは戦力にならないと通告を受けたところなのに、可南子にまであなたは仕事をしなくてもいいんじゃないかと言われているように思える。

僕が答えを返せずにいることを、可南子は難色を示していると受け取ったようだった。

彼女はうつむいてため息を吐くと「ごめん」と僕に謝った。

「そうだよね。子どもを産んだら、とりあえずは母に徹するべきだよね。でもさ、おかしいと思わない？　男の人は子どもが生まれても何の障害もなく仕事ができるのに、女の人にはそれが許されないんだよ？　産んですぐ職場復帰したら、子どもが可哀想、母親としてどうなんだ、って思われるしさ。子どもは二人のものなのに、なんで一方だけが我慢しなきゃいけないのかな」

空気がどんどん重苦しくなっていく。可南子は話しながら混乱しているようだった。妊娠によってできることが狭まってしまったことに焦っているみたいだったし、そういうふうに仕向けてくる社会に対しても怒っていた。でもその怒りをどこにぶつければいいのかわからなくて僕に当たっているのだろう。普段ならこんなふうに取り乱すような人ではないのだ。

「ごめん。一方的に言いすぎた。頭の中、整理する」

可南子は椅子から立ち上がると、「コンビニ行ってくるね」と逃げるように言って財布を取り上げた。デニムの尻ポケットにスマホを押し込み、ダウンをつかむと僕の横を通り過ぎて居間を出ていく。食卓の上には、いくつかの紙の資料とボールペンとマグカップ、それにつけっぱなしのノートパソコンが残されていた。画面にはパワーポイントで作ったと思われる難しそうなグラフ付きの資料が映し出されている。なんだか可南子の仕事に対する情熱だけがそこに留まっているみたいだった。

慎一

「着きましたよ」

急に聞こえた声に顔を上げると、エレベーターのパネルの前に立っている若い女がこちらを振り返っていた。胸元に社員証を下げているので、同じ会社の人間だとは思うのだけれど見覚えがない。ぼーっとしていたことを謝り、目礼しながら先に降りた。仕事で溜まった疲労というのは、歳をとるごとに取れにくくなっていくものなのだろうか。まだ三十五じゃないかとは思うものの、二十代前半のときのような無尽蔵のエネルギーはもう自分には湧いてこない。

守衛が立っているオフィスビルの入口から外に出て、七海との待ち合わせ場所に急いだ。短く震えたスマホの画面に、『先に入ってるね』と七海からのラインが表示される。店に入るなり近寄ってきた店員を断って店内をざっと見回すと、奥のテーブルで七海が手を上げていた。会社の人間がよく使うカフェなので、知っている顔がいないか気にしながら歩いていく。

「ごめんね、忙しいのに」

「いいよ。ちょうど休憩したかったから」

七海の隣で奈々花はベビーカーに乗って眠っていた。寝る直前まで遊んでいたのか、手には動物のフィギュアを握りしめている。二人の周りには、ついさっきまで吸ってい た仕事場のものとは異なる空気がただよっていた。やわらかさとほのかな優しさが入り混じった家庭の空気。

「で、どうだった?」

コーヒーに口をつけてから尋ねると、七海は苦笑しながら「ホント疲れた」と首を振った。いがみ合っている両親のあいだに入るため、わざわざ実家にまで行って話し合いの場を設けてきてくれたのだ。でもその努力も虚しく、あの二人は盛大に言い争いをして、さらに溝が深まる結果になってしまったらしい。

「奈々花の前でケンカしないでって言ってるのに聞かないしさ。もうダメだわ、あの二人。むしろ今までよく続いてたなって思うくらい」

親父が煙草を買いに出ていたため、七海はまず母親と二人で話したそうだ。離婚するなら夫婦できちんと財産分与をしてほしいと、この前俺が言ったことをあらためて持ち出してくれたものの、母親はかたくなにそれを拒んだ。

「私はもうこれ以上あの人に関わりたくないのよ。どんな形でもお金を受け取りたくないの」

「でもそれじゃあお金がなくなったらどうするの？」

「大丈夫よ。あなたたちには迷惑かけないから」

そんな確約はできないのに金を貰いたくないと言うのだから、母親の親父に対する嫌悪感は相当なものなのだろう。ただ、ほとんど貯金のない母親が、月の安い給料だけでやっていくのはあまりにも不安定すぎる。働き始めて自分には金があると錯覚してしまう気持ちはわかるが、病気でもして体が動かなくなったら、その唯一の収入源もなくなってしまうのだ。

やがて親父が帰ってきて、そこからは三人で話し合いが行われた。親父は居間のソファに腰かけるなり、灰皿を引き寄せて煙草を吸い始めた。奈々花がいるんだからやめてくれと七海が言っても、ここは俺の家だと言って聞く耳を持たなかった。

七海はさっき母親にしたのと同じ説得を試みた。親父は煙草の煙をくゆらせながらつまらなそうに娘の話を聞いていた。

「こいつが勝手に出ていきたいって言ってるのに、なんで俺が金をやらなきゃいけないんだ」それが親父の言い分だ。

「そうしないと私たちが困るのよ。定年まで働けたのはお母さんのおかげもあるんだから、ちゃんとお金を分けるのが当然でしょ？」と妹。

「そんなもんは知らん。出ていく奴が悪いんだ」

ただ話を聞いているだけなのに、何の譲歩もしない親父の頑固さにうんざりしてくる。俺はその場にいなくて正解だったかもしれない。

「で、それまで黙って聞いてたお母さんがついにキレて全部終わり」

母親はガタンと急に椅子から立ち上がり、目に涙を溜めながら、顔を真っ赤にして親父をにらみつけたのだそうだ。

「あなたは結局変わらないのよ。私のことを見ようとしない。自分が一番えらいって思ってる。俺に従えって思ってるのよ」

突然の涙の訴えに居間の中が静まり返ると、親父は情けないことに机を叩くことで怒りを示した。それからはもう汚い言葉の応酬だ。奈々花がすぐ側で泣いているにもかかわらず、二人は互いを罵倒し合い、母親は泣きながら居間を出て行った。

「まぁ、ざっと説明するとこんな感じ。ホント修羅場だったよ」

なかなかの地獄を味わってきた妹が不憫になる。ただ俺に言わせれば、こうなるのは初めからわかっていたことだったのだ。あのじじいが家族会議をするくらいのことで、こちらの言い分を聞くわけがない。

七海は母親がお金がいるようになったら、自分たち二人で折半しようと提案してきた。

「いいよ、そんなの。俺が出すから」と断っても、兄妹なのだから平等にしないとダメだと言う。

「いいって。七海は子どもがいるんだから、なるべく金は残しといた方がいいんだよ。それに旦那が稼いだ金は自由に使いにくいだろ？」

図星だったらしく、「それはそうだけど……」とうつむいている。優しさではなく、そうやって兄として振る舞うのが気持ちいいから寛大になっているところはあったが、ありがたいことに今は金銭的な余裕があるのだ、見栄を張っても問題なかった。

「それにさ、離婚したあとも、おまえは奈々花を連れて親父に会いに行ったりするだろうしな。俺はそういう親孝行的なことはできないから。その代わりだと思えば安いもんだよ」

「まぁ、そこまで言うなら……ありがとう」

奈々花が目を覚ましたので、少しかまってやってから三人で一緒に店を出た。じゃあまた連絡する、と手を振った七海に軽く手を上げ返し、ベビーカーを押す背中が遠ざかっていくのを見送る。父の日や母の日に七海がきちんと贈り物をしていたことをなぜだか急に思い出した。これまで家族をつなぎとめてきたのは、母親の我慢や忍耐などではなくて、七海の優しさなのかもしれない。あいつがいなければ、うちの家族はとっくに離散していただろう。

翌日は休みだったので、昼前に起きて溜まっていた仕事を片付けることにした。コーヒーメーカーでカフェオレをいれ、寝間着のままノートパソコンを開いて、まずはメールチェックから始める。休みの日に一人で黙々と仕事をするのはそんなに悪いものじゃない。二時間ほどで区切りをつけて、今日の天気を知るために窓を開けると、外は小雨が降っていた。たとえ洗濯物が干してあっても、ぎりぎり濡れなそうな細かい雨が、ひやりとした空気に湿り気をもたらしている。

遅めの昼食に、昨夜買っておいたコンビニのおにぎりを食べると、他にやることはなくなった。本当はそろそろ家の掃除をしなければならないのだが、今はそんな気分になれない。いっそどこかに出かけようかと考えながらスマホを取り上げ、いくつかのラインの返信をしたあとで、ふと須田の顔が思い浮かんだ。こうして予定がないときに、誘いたくなる相手があいつしかいないのはどうなんだろうと思いつつもリダイヤルから電話をかける。

「あ、もしもし。今大丈夫か？」

「はい、どうしたんすか？」

「もし予定なかったらさ、これからどっかぶらぶらして、そのまま晩飯食いに行かね？」

須田は「あー……」と返答をにごしたあとで、「いいですけど、じゃあ俺の休日にも付き合ってくれますか」と訊いてきた。

「今、上野にいるんですよ。なのでとりあえずそこまで出てきてもらってもいいですかね？」

俺から誘ったのだし、相手の希望をある程度呑むのは致し方ない。電車をひとつ乗り換えて山手線で上野まで行き、ビニール傘を差して須田に指定された上野公園内の噴水池まで歩いていった。同じくビニール傘を差して待っていた須田が「お呼び立てしてすいません」とにんまり笑顔で頭を垂れる。

「慎一さん、今から一緒にパンダ観に行きませんか？」

こんなクソ寒い雨の日になんでパンダなんだと訊くと、雨の日の方がパンダ舎が空いているのだそうだ。須田はストレスが溜まったときに、ときどきこうして上野まで来てパンダを観ているらしい。

「今、仕事で相当追い詰められてるんですよ。だからちょっと癒されたいなと思いまして」

フリーのライターをしている須田は、来るもの拒まずでばんばん仕事を受けているので、定期的に追い詰められてよく死にそうになっている。もっと仕事を選べよと俺なんかは思うのだが、仕事を選ぶのは三十代からという比較的まともな信念を持っているため、俺の助言は未だに聞き入れられないままだ。まぁ夕食まではまだ時間があるし、暇つぶしにはなるだろう。須田と動物園の入口まで行き、二人分の入園料を払ってやって中に入った。

「ほら、めちゃくちゃ空いてるでしょ？　パンダは雨の日に限るんですよ」

入口を入ってすぐのところにあるパンダ舎は、須田の言う通り、人がまばらにしかいなかった。日曜日なので家族連れはちらほらいるが、パンダはおそらく園内一の人気者だ、本来ならもっと混雑していてもおかしくない。

「おー、笹食ってる。いい時間に来ましたね」

屋内の飼育部屋の中にいたジャイアントパンダは、全面ガラスのすぐ近くに座り込んで大量の笹を食べていた。ただの愛嬌のある熊だろ、と興味を持っていなかった俺も、間近で実物を見ると、その愛らしさにぐっと心をつかまれる。動いている生のパンダは、さすが長年人気の動物にランクインしているだけあってその仕草のいちいちが人目を引く力を持っていた。ただついこのあいだ、ＣＭ撮影の現場でパンダの着ぐるみを見たせいで、中に人が入っているように思えてしょうがない。

「可愛すぎる……なんか七夕の後処理してるみたいじゃないですか？」

須田の独特な感想にすぐには理解が追いつかなかった。たぶん七夕に使ったあとの笹を、パンダが一生懸命処分しているように見えると言いたいのだろう。でも不思議なことに、一度そう言われると、他の見方ができなくなった。人間の脳というのは面白いものだ。それらしいフレームを与えられると、そこから逃れることが難しくなる。

パンダ舎を堪能したあとも、須田は寒さをものともせずに園内を散策して楽しんでいた。付き合いの長い俺ですら知らなかったのだが、この男は本当に動物が好きらしく、特にパンダとゾウがたまらなく好きだと言う。「あいつらは存在すべてが癒しじゃないですか？」とわけのわからない同意の求め方をしてくるので、「たしかにそうかもなぁ」と乗っかっておいた。相手が幸せそうなときは、水を差さずに相づちを打っておくに限る。

そのうち雨が上がって、雨宿りをしていた動物たちが外に出てきた。俺と須田は園内の売店でフランクフルトとホットコーヒーを買い、それを夕食までのつなぎとして食べながら順番に動物たちを見ていった。ダウンにマフラーと手袋をしていてもまだ寒いのは困りものだが、空いている動物園を歩くのは休日の過ごし方としては悪くない。こんなにのんびりとした気持ちになれたのはずいぶん久しぶりだった。

「動物園も悪くねぇな」

俺が認めると、須田は「でしょう？」と目を輝かせた。

「癒されますよねぇ。週刊誌とかの記事書いてて人間の暗い部分ばっかり掘り下げてると、ただ純粋に生きてるだけの動物がまぶしく見えますもん」

須田が尊いものでも見るように前方に目をやっている。俺たちの前にはライオンがいた。オスは大きな岩場の上で物憂げに横たわっていて、複数いるメスのうちの一頭は、手前にある水飲み場の水をぺちゃぺちゃと舐めて飲んでいる。あくびをしたオスの口から一瞬覗いた鋭い牙は、遠目から見ていても殺傷能力が高そうだった。

のそのそと岩場から下りたオスが、いかにも面倒くさそうにごろりと横に寝転がる。

以前葵が、男はライオンと同じなんだと言ったことがあった。あれはまだ俺たちが結婚したばかりの頃で、たしか彼女の誕生日にフレンチを食べに行ったときだ。大学時代に俺が家庭教師のバイトをしていた話をすると、葵は親戚のおばさんに頼まれて、新宿のとあるクラブで一年だけホステスの仕事をしていたことを明かした。意外だったので、よく覚えている。彼女はその店に勤めているあいだ、客として来る男のことをライオンだと思っていたと言った。

「ライオン？」

「そう。オスのライオンって、頭の周りにたてがみが生えてるでしょ？　あれって自分の強さを誇示するためにあるらしいの。メスにアピールしたり、別のオスに対して牽制《けんせい》したりするのに使ってるわけ。人間のオスも同じなのよ。本人は気づいてないことが多いけど、大抵の男の人には『見えないたてがみ』が生えてるの」

葵の言わんとしていることがつかめなかった。それでも耳に入ってきた単語から、もっさりとした毛を顔の周りに生やした奇妙な男がイメージとして浮かび上がった。

「それは経済力とか、肩書きとか、学歴とか、運動神経、あるいは仕事ができるかどうかだったりもするんだけど、その人が他人よりも勝ってると思ってるところを見つけ出して肯定してあげると——つまりはそれがたてがみなんだけど——男の人はリラックスするの。口に出して褒めなくても、心の中で受け入れるだけでいいのよ。それだけで男の人って居心地が良くなるものなの」

俺はメインディッシュにナイフを入れる手を止めたまま、その耳慣れない意見を咀嚼した。世間でよく言われている「男のプライドを満たしてやる」的なことなのかと尋ねると、葵は「んー」と同意せずにワイングラスを手に取った。

「まぁそういう言い方もあるけど、私はライオンだと思う方がしっくりくるかなぁ。ほら、ホステスっていう仕事柄、お客さんを下に見るわけにはいかないでしょ？　それに怒らせるとすぐに牙をむくところとか、なんだかんだ力で相手を支配しようとするところなんかも似てるから」

きちんと皮肉がきいていたことに「なるほど」と俺は笑った。ライオンだと持ち上げておきながら、裏ではしっかりと批判しているのが葵らしかったからだ。

「でもね、ずっとそういう目で見てると、なんかちょっと可哀想に思えてくるのよ。男の人って本当に勝ちたがってるの。どれだけ自分はそういうものとは縁がないみたいな顔をしてても、結局は周りと比べてるし、自分が強いかどうかを気にしてる。まるでそれがないと生きていけないみたいにね」

可哀想という言葉が自分にはぴんとこなかったが、男が勝ちたがっているのはなんとなくわかるような気がした。人によって負けてもいいところはいろいろと違うにしても、この分野だけは他人よりも優れているといううぬぼれを大抵の男は持っていて、そこでは絶対に自分の優位性を疑わないように思えるからだ。


動物園のあとの夕食は、上野の近くにある天ぷら屋に須田を連れていった。同じだけの金を払って女とデートをするのなら、須田と一緒にいる方が飯がうまい。少し高い店なこともあって、店内には酒に酔って騒いでいるような客はいなかった。慣れた手つきで黙々と揚げものの世話をし続ける寡黙な大将と、胆が据わっていそうな着物姿の女将さんが二人で店を切り盛りしていた。

「そういやさ、うちの両親が離婚しそうなんだよ」

「そうなんすか？」

わざわざ言わなくてもいいことも、須田が相手だと喋ってしまう。須田は揚がったばかりの蓮根《れんこん》にちょんちょんと少量の塩をつけると、大きな口を開けてそれにかぶりついた。やはり職人が作る天ぷらは口に入れたときの音が違う。

「熟年離婚なんかされてもさ、こっちが老後の面倒を見なきゃいけなくなる可能性が上がるだけで、なんもいいことないんだけどな。今さらそういう負の遺産を背負わせるのはやめてほしいよ」

「え、なんで老後の面倒見る可能性が上がるんですか？」

「だって離婚したら互いが互いの面倒を見るっていう選択肢がなくなるわけだろ？　介護もいらずにぽっくり死んでくれればいいけど、そんな保証もないからな」

自分で言っておいて冷たい息子だなと思う。でもそれが正直なところだし、老いていく両親に優しくしようなんていう真っ当な心は持っていなかった。残りわずかになったビールのお代わりを頼もうとすると、目ざとくそれに気づいた女将さんが心得ているというように微笑んで店の奥へと消えていく。

「まぁうちは親父がクソすぎたんだよ。家父長制なんてもうとっくに滅んでんのに、自分だけそれを引きずって威張ってたわけだからな。愛想つかされて当然だよ」

「へぇー……でもまぁよかったんじゃないですかね。ずっと仲の悪いまま添い遂げるのもなかなかつらいと思いますし、案外お父さんだってお母さんにうんざりしてたかもしれないですよ？」

「え？　なんで？」

「だって女の人とずっと一緒にいるのって大変じゃないですか？　そりゃあ慎一さんの親御さん世代の人は、妻の方が我慢してるって人も多いでしょうけど、やっぱり男と女って考え方も違いますし、何かにつけて揉めるのが普通なんじゃないですかね。慎一さんだって前の奥さんに対してそういう感情あったでしょ？」

急に過去の夫婦関係のことを訊かれて言葉に詰まった。でもたしかに、なんでそんなふうに考えるんだと首をひねりたくなるようなことは日々の生活の中で多々あった。だからたくさんケンカもしたし、結果的にはその蓄積が離婚という結論に行き着いた。

「俺、慎一さんに恋愛しろって勧めといてなんですけど、最近マジで恋愛なんかいらねぇなって思いますもん。だいたい女の人は不満が多すぎるんですよ。向こうが望んでる対応をしないと、すぐに機嫌が悪くなって、『なんでそんなこともできないの、信じられない』って、そんな怖い顔で責められてもね、こっちは女心なんてわかんないすよ。それなのに、とにかく気持ちを察することを求められる大会が年中開かれてるなんて、リアルに地獄でしかないじゃないですか」

女将さんが新しいビール瓶を持ってやってくる。須田は自分の前に置くためのスペースを作ってやると、「天ぷらめちゃくちゃおいしいです」と女将さんに満面の笑みを見せた。「あらほんと？」と喜んだ女将さんが、袂《たもと》を押さえながら空いた皿を下げようとする。女将さんがテーブルから離れるのを須田はにこにこしながら待っていた。こいつのこういう外面のよさは尊敬に値するな、と冷えたビールをグラスに注ぎながら思う。

「ま、おまえの言うことにも一理あるな。たしかに俺も、めんどくせぇって思ってたこと、けっこうたくさんあったかも」

「そりゃそうでしょう。普通はありますよ。俺、今仕事でアイドルオタクの人を取材してるんですけど、あの人たちも半分くらいはそれがイヤで逃げてるんだと思いますもん。もちろん真剣に応援してる人も中にはいますよ？　でもどっかで現実の女から逃げたいんですよ。自分の理想を叶えてくれる女が好きで、意に沿わないことをする現実の女の有り様を見て傷つくのがイヤなんです」

空になっている須田のグラスに気がついて、「いるか？」と瓶を持ち上げる。男女同権が進んだ結果、女たちの要望に男が応えきれていない感があるのは事実だ。うちは親父がわがままなだけだと思っていたが、ひょっとすると幻想の女に逃げる男たちのように、実際には存在しない従順な妻を求めているだけかもしれない。

俺たちのテーブルの隣では、背広を着た中年の男と、まだ二十代前半に見える若い女が食事をしていた。会話の内容がプライベートに寄りすぎているところから察するに、上司と部下という関係ではなさそうだ。中年の男は酒で赤くなった顔で自分の話ばかりしていた。女は自らに課せられた役割を果たすように、感心したり笑ったりしながら、男が一向に手をつけない天ぷらに箸を伸ばしていた。

須田と別れたあとも、小骨が喉に引っかかっているようで気分がスッキリしなかった。上野駅から電車を乗り継いで帰るのが億劫になり、ちょっと遠いがタクシーをつかまえて家路につく。意味なくスマホをいじるときは、心が満たされていないときだ。シートにもたれて、助手席の後ろに貼られている運転手の名前が書かれた紙に目をやった。運転手の名字がたまたま葵の旧姓だったため、なんの偶然だよとうんざりしながら窓の外に視線を移す。並走する何台もの車たちが、まるで魚の群れのように幹線道路を走っていた。着くまで寝ようと目を閉じたが、五分ほど頑張ってあきらめる。

「その植え込みのところで停めてもらえますか？」

上野から港区にある自宅までの料金は思ったよりも高かった。車を降りて、ダウンのポケットに両手を突っ込みながらマンションの短い階段を上がる。すると玄関に見覚えのある女が立っていた。ここ最近何度か遊んだ、二十六歳の看護師の女だ。

女は俺に気がつくと、明らかに不満げな顔をして、手に持っていたスマホをハンドバッグにねじ込んだ。ロングブーツのヒールをごつごつ鳴らして向かってくるので、面倒なことになりそうなのを予感する。案の定、女はどうして連絡をくれないのかと詰め寄ってきた。

「仕事が忙しかったんだよ」

今までに何度言ったかもわからない言い訳をとっさに返す。会う約束もしていないのに直接家に来るのはマナー違反だ。それに高校生じゃないんだから、連絡をしてこないのがどういう意味なのかくらい察してほしかった。そうじゃなければラインの既読無視なんかしない。

「他に女がいるんでしょ？」

深入りしないように距離を取っているのに、こういう分別のつかない女がいるから波風が立つ。なんにせよここで騒がれるのは嫌なので、とりあえず家に上がれよ、と言って玄関のオートロックを解錠した。それでも動こうとしない女が、「いないって言うんだったらケータイ見せてよ」とさらにプライベートな領域に踏み込んでくる。

「は？」

「やましくないなら見せられるでしょ？」

たとえ付き合っていたとしても、交際相手にケータイを見せる趣味は俺にはない。それでも昔はなるべく証拠を残さないよう、メールはすべて消去したりもしていたが、最近は何もしていないし、ラインは全部真っ黒だった。とにかくこの状況をうまく処理しないといけない。でも今日は一日外にいたこともあり、機転をきかせて危機を脱するには疲れすぎていた。

「ねぇ、早くケータイ出して」

女が当然の権利だとでも言うように俺のスマホを求めてくる。ダウンのポケットに入っているスマホを握りしめながら、ふつふつと湧いてきたのは、なんで俺がこんな奴に追い詰められなければいけないんだという苛立ちだった。こんな頭の悪い女にどう思われても、別に痛くもかゆくもないのだ。

「他に女、いっぱいいるよ」

それは開き直りというよりも、相手に自分の立場をわからせるための言葉だった。一度相手を切ると決めれば、とことん冷酷になることができるのは昔からだ。どこかでまだ俺を信じたい気持ちがあったのか、女は愕然とした様子で立ち尽くしていた。

「そもそも付き合う気なんかないし、おまえみたいなのを彼女にするわけないじゃん。何を勘違いしてんだよ。楽しく遊んでそれで終わりだろ？」

泣くなら泣けばいいし、キレるならキレればいい。まるで無用なものを見るように、冷めた目で女を見続けていると、こちらが本心で言っているのが相手にも伝わったようだった。ぼろぼろと涙をこぼして俺のことをにらみつけていた女が「最低……」ともっともなことを口にする。

「死ねっ！」

女はでかい声で捨て台詞《ぜりふ》を残してその場から走り去った。通りが再び静かになり、女の放った呪詛《じゅそ》の言葉が汚い唾のように体に付着して取れなくなる。最悪な夜にされた苛立ちや腹立たしさは当然あったが、それ以上に自分のしたことの幼稚さに虚しさを感じてしまっていた。相手が言うことを聞かないと牙をむくなんて、葵の言っていたライオンの話そのままじゃないか。

エレベーターに乗り込み、階数のボタンを押したところで父親のことが頭をよぎった。正確には、母親に責められている親父の仏頂面だ。

あなたは結局変わらないのよ。私のことを見ようとしない。自分が一番えらいって思ってる。俺に従えって思ってるのよ。

それが遺伝なのか、育っていく過程で身に付いたのか、それとも女であまり苦労しなかったことが原因なのかはわからない。でもはっきりしているのは、自分が親父と同じように、女の上に立ちたがっていることだった。好印象を持たれるような男の皮をうまくかぶっているだけで、その中身はあの偉そうなじじいと何も変わらないのかもしれない。

壁にもたれかかりながら取り出したスマホには、須田からのラインが届いていた。動物園に行ったときの写真が何枚か貼り付けられている。その中にライオンの写真があったのでタップしてしばらく画像を眺めた。葵のことや、さっきの女の泣き顔が去来して、あやふやだった感情が形をとろうとしたときに、「チン」という音がしてエレベーターの扉が開いた。あとに残ったのは、何かをつかみ損ねた感覚と、タワーマンション特有の、変にきれいで静かな廊下だけだった。

幸太郎

学生時代の夢を見て、嫌な気分で目が覚めた。布団から出るのをためらうような、冷え込んだ日曜日の朝だ。二度寝するかどうか迷っているうちにスマホに電話がかかってきた。糊付けされたかのように開かない目を無理やり開けて画面を見ると、妹の千香からの着信だった。

「あ、もしもし？」

千香から電話をかけてくるなんて滅多にないことだった。寝起きの頭で混乱しつつもどうかしたのかと尋ねると、千香は今近くにいるのだけど、これから行ってもいいかと訊いてきた。

「え？　今から？　なんで？」

「こないだお母さんから連絡なかった？　オーディション受けるから、いろいろ準備するために、しばらくそっちに泊めてほしいんだけど」

そう言えばそんなことを頼まれていた。でも具体的な日にちはまったく知らされていなかったのだ。

「あと十分くらいで着くから」

「ちょ、ちょっと待って。まだ起きたばっかりなんだよ」

「別にいいよ、そんなの。気にしないし」

千香は素っ気ない声で「じゃあ」と言って電話を切った。あわてて布団から抜け出して洗面所に行き、顔を洗う。歯磨き粉をつけた歯ブラシをせわしなく動かしながら居間に戻ろうとして血の気が引いた。部屋のあちこちにえりちょすのグッズが飾られていたからだ。こんなものを見られたら一発で軽蔑されてしまう。

急いでカレンダーやポスターを撤去する作業に入った。壁に貼っているポスターをはがそうとしたのだけれど、焦ってやったせいでポスターの端がやぶれてしまって「ああっ！」と情けない声が出る。半泣きになりながらカレンダーとポスターを丸めて輪ゴムをはめ、汚れないようにテーブルの上に置いた。次は洋服だんすの上にある山盛りのグッズをどうにかする必要がある。時間もないので、何かの箱にまとめて移して押し入れに隠しておくしかなさそうだった。そうなると大きな箱が必要だが、あいにく段ボール箱はこのあいだのゴミの日にすべて出してしまっていた。

押し入れを開け、何か代わりになるものはないかと探してみて、キャリーケースが目に留まる。これだと思い、引っぱり出してジッパーを開け、空っぽのケースにサインボールや生写真、それにCDやライブDVDなどを次から次へと移していった。ロックをかけたキャリーケースを元の場所に戻してから「ふぅ」と額の汗をぬぐう。でもふと見るとテーブルの上にカレンダーとポスターが残されたままだった。やばいやばいと二本の筒を両手に持って右往左往し、再び押し入れを開けて隙間にそれをしまい込む。無事にすべてのオタグッズを撤去して襖《ふすま》を閉めると、それでどうにか何の変哲もない、一人暮らしの男の部屋になった。一応最終確認をしようと、あちこち指差し点検をして問題がないかをチェックする。

玄関のインターホンが鳴ったのは、その点検が終わった直後のことだった。動悸と息切れがひどい体を落ち着かせるため、深呼吸をして息を整えてから玄関まで歩いていく。ドアを開けると、さっきぼくが押し入れにしまったのとはずいぶん違う花柄のキャリーケースを引いた妹がそこに立っていた。

「うわ……ホントに寝起きじゃん」

妹が本当にぼくの家を訪ねてきたことがまだ信じられない。千香はお邪魔しますも何も言わずにずかずかと上がり込んできた。冷たい外の空気が流れ込むと同時に、果物系の甘い香水の匂いが鼻をかすめる。きちんと化粧をして、よそ行きの格好をしているからか、妹はそれなりに可愛く見えた。ベージュのコートに白いマフラーという、街中によくいる女子大生のような格好だけど、王道なのが純真さや清楚さを引き出しているように思えなくもない。

「何の色気もない部屋だね」

身内ならではの遠慮のない目で部屋の中を見回され、その批評の的確さにすいませんと謝りたくなる。昼ご飯をまだ食べていないという千香は、使い古した座椅子を避けるようにしてテーブルの前に腰を下ろすと、コンビニで買ってきたらしいサラダとじゃがりこを取り出した。あまりまともとは言えない組み合わせだが、いちいちぼくが口を出すようなことでもない。それよりも、うちに泊まることについて、先に言っておかなければいけないことがあった。

「あのさ、来てもらっておいて悪いんだけど、この家、布団がひとつしかないんだよ。見ての通りソファとかもないしさ、泊まるのは難しいと思うんだ」

部屋は一応二部屋あるが、さすがにぼくも布団なしでは寝たくない。すると千香は、そんなことは最初から把握しているとでも言うように、しかめっ面でドレッシングの封を切った。

「だから今日着くように布団を注文しといた」

「えっ？」

「お母さんからお金もらったの。布団は買って、使い終わったらこの家に置いときなさいって。客用の布団として使えるからって」

「いやいや、ちょっと待ってよ。そんなの置いとく場所ないよ」

「大丈夫だよ。もし邪魔だったら私がいなくなってから実家に送ればいいんだから」

　ぼくのお金で借りている部屋なのに、ぼくとは関係のないところで物事が決まってしまっている。でも何を言っても、この地声の低い妹には通用しなさそうだった。年齢が六つも下のせいか、歳の近い兄妹のようにずけずけとした物言いができない。なんにせよこれからしばらくのあいだ、この狭い家で一緒に住むことになると思うと気が重かった。ぼくのことをちっとも兄として敬おうとしない千香が側にいると、いろいろとこっちが苦労しそうだ。

「っていうかさ、ほんとにオーディション受けるの？　なんでアイドルになろうと思ったわけ？」

　えりちょすのファンであることを悟られないように訊いてみる。千香はすぐには答えなかった。ふてくされた顔で、ぽりぽりとじゃがりこをかじっている。

「別に？　理由なんかないよ。ちょっとやってみようかなって思っただけ」

　どうやらそのことにはあまり触れてほしくないらしい。恥ずかしいのか何なのか、自分がアイドルになりたがっていると思われることに抵抗があるようだった。でもよくよく考えてみたら、千香は昔からティーンズ雑誌のモデルをやっていた誰それちゃんに憧れていたのだ。可愛くてキラキラしている女の子が好きだったし、そのモデルの子が出ている雑誌のページをスクラップして集めていた。千香が鏡の前でお気に入りの服を着て、ファッションショーをしていたのも覚えている。だとしたら、本当はモデルになりたいけれど、そのスタートとして、まずはアイドルになろうと思ったということだろうか？　なにはともあれ、ものぐさな妹が自分から何かをしたいと言い出すのは珍しいことだった。中学校でひどいいじめにあって以来、妹はほとんど高校にも行かず、実家の自分の部屋にこもって昼夜逆転の生活を続けていたのだ。

「あ、そうだ。ねぇ、今日ヒマ？」

急に輝いた千香の目を見て、なんだか悪い予感がした。普段から職場でいろいろと厄介事を押しつけられているから、人の目を見るだけで何か用事を頼まれるのがわかってしまう。予想通り、千香は自分の代わりに布団を受け取ってくれないかと訊いてきた。十四時から十六時のあいだに送られてくることになっているのに、これから出かけなくてはならないらしい。

「時間を変更してもいいんだけど、もし家にいるならと思って」

別に出かける予定もないし、それくらいなら構わない。ぼくが「いいよ」と請け合うと、千香は「やったー、ありがとー」と喜んで出かける支度をし始めた。

千香がいなくなったあとで、三畳の寝室の掃除をした。向こうが泊まりに来たとはいえ、一応女の子だから個室になる寝室を明け渡す方がいいだろうと思ったのだ。ついでに居間の掃除を始めると、十五時過ぎに宅配業者がやってきて布団が届いた。一人暮らし用の、敷き布団と掛け布団と枕がセットになっているものだった。でもシーツやカバーが見当たらない。別の便で来るのかとしばらく待ってみたけれど、一向に来る気配がないので千香にラインを送ってみた。

『布団は受け取った。シーツとかカバーがないみたいだけど』

『買うの忘れた！　なんでもいいから適当に買っといて』

なんでもいいと言われても、家の近所に布団屋なんかあっただろうか。ちょっと甘やかしすぎな気もしたけれど、自分の買い物をしに行くついでに買ってきてやることにした。本棚のサイズが小さすぎて使いにくかったから、ちょうど新しいのを買いに行くつもりだったのだ。

電車を二つ乗り換えて、ＪＲ有楽町駅の近くにある無印良品に足を運んだ。まずは妹のシーツと布団カバーを見るため、寝具売り場へと向かう。素材や柄の違いによってかなりの種類があったため、なるべくシンプルな、「なんでこんなのにしたの？」と言われなそうなものを選んで、かごに入れた。それから本棚を見に行こうとしたものの、ふと思い立って引き返す。そんなに長期間ではないとはいえ、これからしばらく妹と一緒に住むのなら、いろいろと生活用品を揃えておいた方がいいかもしれない。箸やマグカップなどの食器類の他、バスタオルも新調しようと順番に売り場を見て回った。

ぼくのものではない日用品をいろいろと買い込んでいたからか、以前、里美さんと二人で大型家具店に行ったときの記憶が引っ張り出された。二人の新生活に必要なものを揃えにきたぼくたちは、大きなカートを押して広い店内を歩き、様々な家具を見て回った。ベッドやソファはもちろんのこと、カーテンや食器類、それに観葉植物などのこまごましたものに至るまで、ありとあらゆるものを物色し、どれを買うべきかを話し合った。正直なことを言えば、ぼくはなんだってよかったのだ。消極的な意味ではなく、里美さんとこれから使っていくものを一緒に選んでいるだけで十分幸せだった。そして里美さんも、ぼくとのそういう時間をけっこう楽しんでいるように見えた。里美さんはソファ売り場で、二人で決めた紺色のソファに並んで座っているときに、「ちょっと疲れたね」と言ってぼくの肩に頭をのせた。ぼくらの手はつながれていたし、里美さんのつけている香水の匂いに包まれて、ぼくは人目も気にならないくらい幸せに埋もれてしまっていた。

頭を振って甘い記憶を追い払った。何かの拍子に里美さんとの思い出が揺り起こされると、喉の奥の手の届かないところに、硬く冷たい石のようなものが引っかかっているのを感じる。里美さんと別れてよかったんだと自分に言い聞かせながら、棚に並べられている欲しくもないマグカップを手に取った。今の生活は二年前に比べたら決して幸福なものではないけれど、こうして一人で買い物をしている方が自分の性に合っている。

買い物を終えたあとで、夕食をとるために定食屋に入った。メニューをよく吟味してからからあげ定食を注文し、スマホで今日のえりちょす情報をチェックする。目新しいものはなくて、いったん画面を切ったものの、再びロックを解除して、ラグドールの二期生について調べてみた。オーディションの概要が載っているページに、二次審査の詳細が記されている。自己紹介、自己PR、実技審査、特技披露、質疑応答などが行われるようだった。こういうのはきちんとした挨拶はもちろん、面接官の印象に残るようなアピールをする必要があるはずだ。千香にそんな就職面接に近いようなことができるのだろうか。根暗で口下手なのをよく知っているから、兄としては心配になる。

家に帰ると、千香はすでに帰宅していた。音量を小さくしたテレビの前で三角座りをして、野菜ジュースを片手にスマホで誰かと電話をしている。千香はぼくと目が合うと、お尻を支点にくるくると後ろ向きになって電話を続けた。そういうことをされると地味に傷つく。

「え、だからさ、今までの写真も全部だって。うん、そう。めんどくさいだろうけど。お願いだから頑張って」

親しげに話しているのから察するに、相手はうちの母親だろうか。無印良品の大きな紙袋を邪魔しないように座椅子の側に置き、コンビニで買ってきたものを冷蔵庫に入れに行く。庫内には千香が買ってきたらしい豆腐や納豆、それに今飲んでいる野菜ジュースがもうあと三本入っていた。すっかり自分の家だなと辟易しながら冷蔵庫の扉を閉める。

「うん、じゃあよろしく。ごめんけど。はーい、じゃねー」

千香が電話を終えるなり、バカの相手をしていたかのようにため息を吐く。がさがさと紙袋の中を探る音がして、見ると千香が無印の紙袋を覗き込んだまま動きを止めていた。自分が頼んだシーツの他に、いろいろと日用品が入っているから困惑しているのだろう。一緒に住むのに必要かと思って買ってきたのだと弁明すると、千香は「私に？」と目をしばたたかせていた。

「うん、まぁ……」

「え、すごい。優しいね。ありがとう……」

喜んでもらえたことにホッとしつつも、いちいち反応にびくついているのが情けなくなる。ついでなので、何か他にしてほしいことはあるかと尋ねた。プレゼントでぼくに対する態度が軟化したのか、千香は「ううん、大丈夫」とほんの少し笑ってくれた。いつもこうだったら可愛いのに。

「そうだ。ねぇ、SNSに上がってる写真を消す方法って知らない？」

「写真？」

「友だちがSNSに上げている写真の中から自分が写っているものを消したいの。ほら、オーディション受けるから、念のため。過去の写真とか流出したら困るでしょ？」

流出なんて、まだ一次審査しか受かっていないのに、気が早すぎやしないだろうか。しかも千香に一緒に写真を撮るような友だちがいたことが驚きだった。

「友だちって学校の友だち？」

「ううん、ネットで知り合った人」

ためらいのない返答に一瞬言葉をなくしてしまった。ネットで知り合った人と気軽に会って遊ぶという感覚が、ぼくにはなじみがなさすぎる。とにかく友だちなら連絡して消してもらうしかないんじゃないかと言うと、千香は「うーん、でも連絡取りたくないような人もいるから」と気乗りしないようだった。

「あー、もういっそみんなの記憶から消えたいよ。卒アルとかさらされたらマジ死ぬし」

千香ががっくりと頭を垂れている。長い髪が抱え込んでいる膝を隠して、妹は本当にみんなの記憶から消えることを願っているみたいだった。写真のことはよくわからないが、学生時代にあまりいい思い出がないのはぼくも同じだ。その点で、ぼくらはたしかに血のつながった兄妹なのかもしれなかった。

翌日の夜は、千香に内緒でラグドールの武道館ライブを観に行った。以前から楽しみにしていたやつで、嬉しいことにその日は仕事も早く終わって、開演の三十分前には会場入りすることができた。千香が近々勉強のためにラグドールのライブを観に行くと言っていたが、今日は家にいると言っていたので安心だ。推しの名前が入ったタオルを首にかけ、二本のペンライトを準備して始まるのを待ちわびていると、館内が暗くなって本編に入る前の「overture」が流れ出す。

うりゃ、おい！
うりゃ、おい！
うりゃ、おい！
うりゃ、おい！

一万五千近い客席を埋めるオタたちの声で会場のボルテージが上がっていく。ぼくも負けじと声を出して、その熱気に加わった。一人でライブに参戦している気恥ずかしさは、同志たちのこの野太い声に包まれると消えてなくなる。音楽が終わって、ステージ上にいくつもの光が差すと、デビュー曲のイントロと共にラグドールのメンバーが現れた。

　そこからはもう、ただただ幸せな時間だった。序盤からテンションの上がる曲の目白押しだったし、えりちょすは安定の可愛さだった。今回は席がかなり遠めだったため、どうしてもモニター越しにライブを観ている時間が長かったのは否めない。それでも生のえりちょすのパフォーマンスを見て、同じ時間を共有することができるのは至福以外の何ものでもなかった。ぼくはペンライトを振り、すべての楽曲の歌詞を口ずさみながら声援を送った。えりちょすの推しであることを示す、ピンクと白の二つの光。ステージからでもこのペンライトの明かりは見えるはずだ。

　ステージを離れたメンバーたちが、通路を走って思い思いの場所に散っていく。えりちょすは数名のメンバーと共に、トロッコに乗り込んで客席に手を振っていた。ここぞとばかりに持参した双眼鏡を目に当てて、ピントを合わせながらえりちょすを間近で堪能する。自分のファンを見つけては笑顔で指を差している生のえりちょすは、体から何か特別な光を発しているんじゃないかと思うほど輝いていた。でも、そうやって個人的な視界の中で幸せをかみしめているときに、ふと千香のことが頭をよぎる。よく考えたら千香はラグドールの二期生のオーディションを受けているのだ。もし合格したら、ぼくはこんなふうに客席から千香を見ることになるんだろうか。

急に酔いから醒《さ》めたみたいに、双眼鏡を下ろしてしまっていた。ステージ上でまぶしい光を浴びているラグドールのメンバーたちに交じって、妹が歌ったり踊ったりしている姿を思い描いてみる。それはまるで現実味のない光景だけれど、可能性としてはゼロではない話だった。というか、もし本当に千香がオーディションに受かったら、ぼくは今まで通りえりちょすを応援することができるのだろうか。いや、そんなことよりも、千香がメンバーになってくれれば、頑張ってチケットを取らなくても、関係者としてライブに招待してもらえるかもしれない。

ライブ終演後、係員の誘導に従って出口へと歩いているときに横から声をかけられた。またしても警察犬なみの鼻を発揮した沼島さんが、いつものゆりっぺだらけのつなぎ姿で駆け寄ってくる。沼島さんはぼくと並んで歩き出すなり、「セトリがあんまりだったな」と、早速ライブの批評を始めた。ぼくは千香がオーディションに受かったらどうなるんだろうということばかり考えていた。えりちょすには弟がいて、あんな可愛い姉がいる男を、ぼくはいつも「どんな幸せ者だよ」とうらやんでいたけれど、今度はぼく自身がそういったメンバーのきょうだいになるかもしれないんだと思うと、自分も一段上に上がったような気がするし、沼島さんに対しても妙な優越感を抱いてしまう。でも今の時点で千香のことを沼島さんに話すのはやめておいた。言う必要もないことだし、たとえ合格したとしても、この人にはできる限り伏せておきたい。

「なぁ、聞いたか、例の話」

「例の話？」

沼島さんは芸能スキャンダルを取り扱っている有名な週刊誌の名前を出した。ラグドールのメンバーの一人が、スキャンダルの予告を受けていると聞き捨てならないことを言う。

「ネットでもそれが誰なのかっていう話題で持ち切りになってるぞ。俺はあーりんだと思うんだけど、もしそれが本当だったらラグドールは終わりだな。去年も一人恋愛がらみで解雇されたし、さすがに二人続けてはきついだろ」

応援しているグループの危機なのに、沼島さんはなぜか嬉しそうだった。「やっぱりしょせんアイドルなんて、イケメン好きのクソビッチなんだよなぁ」とせせら笑っている。でもその言い方には、どこか恨みのようなものも含まれていた。以前から沼島さんは、アイドルの女の子の恋愛を断固として許さないところがあって、自分の推しのゆりっぺが、プロテニスプレーヤーのイケメン外国人が好きだと公表したときなどは、「あいつマジでクソすぎる、頭悪すぎ」とめちゃくちゃにけなしまくっていた。単なる嫉妬で片付けるには足りないくらい、沼島さんは女の子に清純さや一途《いちず》さを求めている。この人にとっては自分を不快にする可愛い女の子は、みんなクソビッチなんだろう。

「そういやさぁ、その熱愛が発覚したメンバーの予想に、おまえの推しも入ってるんだぜ？　もしえりちょすだったらどうするよ？」

考えたくもない話だけど、沼島さんのように荒れたくはない。だからたとえショックを受けても、どうにかそれを受け入れて、えりちょすを責めることはないだろうという気がした。でも、流れに従って歩いているうちに、本当にそうだろうか、と不安になってくる。いざ週刊誌でえりちょすがイケメンのアイドルと仲睦《なかむつ》まじくしている写真を見てしまったら、どんな気持ちになるかなんて実際のところはわからない。荒れはしないなどと器の大きいことを言っておきながら、ひどく落ち込んで何も手につかなくなるかもしれないし、ひょっとしたらファンを辞めてしまうかもしれない。

ぼくがそういうことを心配するのは、里美さんとのことがあったからだった。あのときのぼくは、里美さんが他の男に恋い焦がれている姿を頭から追い出すことができなかった。ぼくは都合のいい種馬で、里美さんから本当の意味で選ばれたわけではない。そんな思いがどうやっても消えなくて、結局すべてを投げ出すように二人の関係を白紙に戻してしまった。

女の人には裏がある。そんなことはとっくにわかっているはずなのに、どうして自分の期待を押しつけてしまうんだろう。

沼島さんは九段下の駅に着くまでずっとスキャンダルのことを話していた。まるで自分の報われなさや、世の中の不平等さをなげいているみたいにも聞こえた。ぼくは適当に相づちを打ちながら千香のことを考えていた。彼女はSNSに上がっている自分の写真を消したいと言っていたけれど、あれはもしかすると、過去の恋愛にまつわるものだったのかもしれない。

楽しかったはずのライブの余韻がすっかり消えてしまっていた。血のつながった妹でさえ、表には出したくないような秘密があるのだ。でもたとえすべての女の人に裏があったとしても、えりちょすは違うと思いたかった。というかその最後の本丸が崩れてしまったら、ぼくは永遠に女の人を信じられなくなってしまいそうだ。

沼島さんと別れて、ホームへと続く階段を下っていく。前にいる若い女の子二人が、ひどく楽しそうな笑い声を上げながら何事かを喋っていた。べつに顔が似ているわけでもないのに、ニワトリ小屋の掃除をしなかった女の子たちの姿がダブる。当時の同級生が乗り移ったように見える二人は、笑いすぎて体を折り曲げているせいで、後ろから来る人たちの迷惑になっていた。自分本位な女の子たちを目にすると足がすくんで動けなくなる。ホームからは強い風が吹いてきていて、ぼくの乗る電車が今まさに出ていってしまったところだった。

直樹

ぐつぐつと鍋の中で煮立っている切り干し大根に、しょうゆと塩で味つけをする。本来なら塩ではなくて、みりんや砂糖を加えるのだが、それだと自分には甘すぎるから、最初に大根をよく炒めて、素材の甘さをなるべく活かすようにしている。

落としぶたを載せると、あとは水気がなくなるのを待つだけなので、空いた時間で洗い物を片付けてしまうことにした。少し前の妊婦健診で、可南子が貧血気味だと言われて以来、作り置きにする副菜は、なるべく鉄分の多いものを選んでいる。

かちゃりとドアが開く音がして、可南子がリビングに入ってきた。少し横になってていたのか、目が腫れているし、髪にも寝癖がついている。僕が副菜を作っているのに気づいた彼女は、「あぁ、ありがとう……」と礼を言った。そのまま食卓の前に行き、こめかみの辺りを掻きながら郵便物に目を通している。

「明日って燃えるゴミの日だよね？」

スポンジを動かす手を止めて、「そうだね」と遅れて返した。

「じゃあ、まとめちゃうね」

キッチンにやってきた可南子が、僕の横にあるゴミ箱からゴミ袋をはずし始める。がさがさと音がして、そんなものはついこのあいだまで日常の光景だったのに、今は若干の気詰まりを感じた。専業主夫にならないかという話で揉めて以来、可南子とのあいだには距離ができてしまっている。どちらかと言えば穏やかな性格で、あまりケンカをしない僕らにとって、何日間も気まずさが続くなんて初めてのことだった。会話も必要最低限しかしないし、ベッドに入る時間も、お互いにわざとずらしているようなところがある。

もちろんこのままではよくないと、話し合いの場を持とうとはした。でも可南子がもう少し待ってほしいと言ったのだ。自分にとってこれは大事なことだから、後悔がないように時間をかけて考えたいと彼女は言った。

「話せるようになったら、ちゃんと言うから。自分がどうしたいかも決まってないまま話し合っても、また気持ちが変わっちゃうかもしれないし」

それはたしかに納得のいく意見だった。でも、考えた末に出した答えを受け止める側にもプレッシャーはある。もし可南子が熟考を重ねた上で、やはり僕に専業主夫になってほしいと求めてきたら、僕はいったい何と答えればいいのだろう。

他の部屋のゴミを集めにいくのか、ゴミ袋を持った可南子がリビングを出ていく。ドアが閉まって、またキッチンに一人になると、言い方は悪いがホッとした。可南子の存在に軽い圧を感じるようになった今思うのは、やはり自分が専業主夫をやっている将来は思い描けないということだ。家事はこうして一通りできるとはいえ、そこに育児もプラスされるとなると自信はないし、何より仕事をまったくしない生活というのが想像できない。それは自分が一生背負っていくつもりでいた重たい荷物を、「これからは私があなたの分まで背負うから」と可南子に言われているのと同じで、精神的な負担はいくらか軽減されるにしても、その状態でどうやって自分を保てばいいのかがわからない。

洗い物を終え、固く絞ったふきんで調理台の上を拭く。適性というものを考えたとき、可南子の方が働くのが好きなのは間違いのないことだった。そして母親だからという理由で仕事をセーブしなければいけないわけではない。子どもを第一に考えないなら親になんてなるなと怒る人は多いだろうが、どちらがどれだけ働くかなんて夫婦間で決めればいいことだ。主夫になるのはともかくとして、女性だけが我慢するのはおかしいという可南子の意見に異論はない。

あとは、そもそも子どもが生まれてみないと、僕らだってどんなふうに変わるかはわからない。熊本にいる、旅行会社に勤めていた姉も、子どもを産むまでは絶対に仕事を辞めたくなかったそうだが、実際に子どもが生まれたら、その子が一番になって仕事にあきらめがつくようになったと言っていた。

ただ、それを鵜呑《うの》みにして、母親の愛情の強さをあてにするのは可南子を不自由にするだけだった。愛情があっても、その伝え方は人それぞれだし、仕事を頑張っている母親が子どもを愛していないというのなら、世の働くお父さんたちは、みんな子どもを愛していないことになってしまう。

ふと見るとコンロの火にかけていた鍋の水気がなくなっていた。落としぶたを火傷しないように取って菜箸で軽くかきまぜる。底がこげついていないのを確認してから、強火にして一気に水気を飛ばした。できあがった切り干し大根からは自然な甘い匂いが立ちのぼっていた。火を止めて味をなじませるために、今度はガラスのふたをする。

換気扇のスイッチを切りながら、自分が主夫になった姿を想像してみた。家族のために料理をし、洗濯と掃除をきちんとこなして、同時に子どもの面倒を見る。それはそれで価値があることだとわかってはいるし、世の中にそういう男性が一定数いるのも理解している。でも、主夫として生きていくだけでは、僕は満足できない気がした。じゃあおまえに何ができる、たいして稼いでこないじゃないかと言われても、仕事というのは簡単に手放せるようなものじゃない。

日曜の新宿駅の構内は人が多く、誰もが自分の目的地を目指して足早に歩いていた。スマホで時間を確認し、バッグから出したペットボトルのぬるい水を飲む。家庭内不和の影響で、ここ数日、胃が荒れていた。今も病院で処方してもらった薬を飲んでいるが、疲れたときにきりきりと痛むことがある。

「ごめんごめん、遅くなって」

待ち合わせの時間に遅れてやってきた三好さんは、たいして悪いとは思っていない様子で「行こうか」と僕のことを促した。この人のことは、正直言って、もうまったく信用していない。この前二人でご飯に行ったとき、僕に子どもが生まれることを知った三好さんは、翌日には会社の人たちにそのことを広めてしまっていた。ようやく安定期に入ったから、そろそろ職場の上司くらいには報告しておこうかなと思っていたのに、今では会う人会う人から「お子さん生まれるんだってねぇ」と言われる始末だ。三好さんが同僚のプライベートをべらべら喋る人だったことを忘れていた。

今日の仕事はパパサークルの見学だった。パパ雑誌を作るにあたって、男の人の悩みをもっと知りたいと思っていたら、つい先日、ネットのニュースでパパサークルを取材している記事を見かけたのだ。ひょっとしたら、こういうところに取材に行く方が、何か参考になる話が聞けるかもしれない。うまくいけば、そのまま記事にもできそうだ。そう期待して、さっそくそのパパサークルに電話をかけ、見学させてもらうことは可能だろうかと訊いてみると、サークルの代表を名乗る男の人は快く引き受けてくれた。

「パパサークルってのは、具体的に何をやってるところなの？」

完全に人任せな三好さんにいらつきながらも、自分の知っていることを話した。基本的にはママサークルと似ていて、パパが子連れでイベントに参加したり、育児についての情報交換をしたりして、子を持つ父親同士がつながることのできる場所だ。とはいえ僕自身も、ネットの記事やサークルのブログを見るまでは、漠然としたイメージしか持っていなかった。活動内容を報告するブログに上げられていたいくつかの写真を見て（子どもを連れてキャンプをしたり、陶芸教室でろくろを回している）、「こんなことをしているんだ」と感心したのが実際のところだ。

駅から歩いて十五分ほどで着いたのは、地域センターと呼ばれる建物だった。この中に貸し施設として調理工作室があり、今日はそこで父と子が協力してお弁当作りをすると聞いている。エレベーターで十一階に上がって、にぎやかな声が聞こえてきている部屋に入ると、すでに参加者が集まっていた。パパと子どもが全部で十五人ほど。みんなそれぞれに違う色や柄のエプロンをつけて、頭にはバンダナを巻いている。調理工作室はキッチンのついた会社の休憩室のような感じだった。食事をするためのテーブルと椅子、壁際に何台かの調理台があり、両開きの大きな冷蔵庫も置いてある。

まずはサークルの代表者に挨拶をしにいった。三好さんと一緒に名刺交換を済ませると、みんなにも紹介しますと言ってもらえた。

「サーチ出版の宮田と言います。今日はよろしくお願いします」

参加者が僕らに頭を下げる。パパたちは二十代から四十代くらいまで、年齢にずいぶんばらつきがあった。子どもは幼児が一人で、あとはすべて小学生だと思われる。これまでに何度も集まっているからなのか、よそよそしい感じはなく、ずいぶん和気あいあいとした雰囲気だった。パパたちのあいだにも、ごく自然に会話がある。

さっそくお弁当作りが始まった。メンバーの中に調理師の免許を持っているパパがいて、その人が講師を務めるようだ。一応こういうものを作りましょうという見本はあるみたいだが、アレンジを加えてもいいらしく、みんなけっこうばらばらに作業を進めている。パパの中には包丁を触ったことがない人もいるようで、工程によっては子どもがやった方がずっとうまい場合もあった。お世辞にもエプロンが似合っているとは言えないパパが、今にも指を切りそうな手つきで野菜を切っているのが微笑ましい。

「ねぇ。これ、見てるだけなの？」

隣に立っていた三好さんが、口の横に手を添えて訊いてくる。デジカメで写真を撮るのをやめて「まぁ、とりあえずは」と小声で返すと、三好さんは退屈なのか、「話聞くんだったらさっさとしようよ」と急かしてきた。

「いや、でも、邪魔になったらあれですし、こういうのも含めて取材になるわけですから」

納得しなかったのか、やれやれと言わんばかりにため息を吐いて眉の辺りを掻いている。でも自分の判断は間違っていないはずなので、僕の方からは動かないことにした。面倒くさくても仕事は仕事だ。

作り始めてから、およそ一時間半ほどでお弁当は完成した。子どもたちができあがったものをスマホのカメラで撮影している。パパと二人でお弁当を持って撮った写真を、ママにラインで送ったと嬉しそうに話している子どももいた。慣れない作業をなんとかやり遂げたパパたちの誇らしげな顔を逃さないようにシャッターを切る。僕も子どもが生まれたら、こんなふうに一緒に料理したりするのだろうか。

幸い今日は天気がいいので、できあがったお弁当は外で食べることになった。歩いてすぐの新宿御苑をみんなで散歩して、芝生広場に到着すると、何人かのパパたちが協力して大きなブルーシートを芝生に広げた。外は暖かくはなかったが、風もなく、陽だまりにいればそれほど寒くもなかった。

「あと一ヶ月遅かったら、お花見ができましたねぇ」

パパの一人が頭上にある桜の木を見上げている。今はまだつぼみすらつけていない桜の木は、剝き出しの枝をさらしているだけだった。よく見ると周りの木もすべて桜なので、時期が違えば、この場所は人で溢れ返っていたはずだ。

「宮田さんたちもどうぞ。一緒に食べましょう」

それぞれが持ち寄ったお弁当箱が真ん中に集められ、次々とふたが開けられていく。父と子が協力して作ったお弁当は、どれもよくできていた。やはり定番であるソーセージや卵焼きが入ったものが多いが、中にはインスタグラムに写真を載せたら、たくさん

「いいね」が付きそうな見栄えのいいものもある。丸いおにぎりが海苔でサッカーボールになっていたり、キャラ弁と呼ばれるアニメのキャラクターを模したお弁当もあったりして、こういうのは自分たちの頃はなかったな、とジェネレーションギャップを感じてしまった。

大人と子どもが交互に座ってでこぼこした円を作り、「いただきまーす」と手を合わせる。天気がいい日に芝生の上で食べるお弁当は、特別趣向を凝らしていなくてもおいしく感じた。人が多い分、にぎやかで子どもたちも楽しそうだし、こんなふうにみんなで集まってわいわい子育てをするのもいいかもしれない。

調理中は邪魔しないようにしていたこともあり、ここにきてようやくパパたちと喋ることができた。見学に来た理由をあらためて話すと、パパたちは多かれ少なかれ興味を持ってくれたようだった。

「へぇ、男性の悩みねぇ」

「ちなみにパパ雑誌って読まれますか？」

「いやぁ、あんまり読まないなぁ。前に一回だけ買ったことあるんだけど、あれっておしゃれな服とか載せてるでしょ？　うちはお小遣い制で、奥さんが財布のひもを握ってるから、自分がいいと思うような服を買うなんてとても無理だよ」

たしかに自分の趣味さえも続けられなくなることの多いパパたちが、そこそこの値段がするおしゃれアイテムを自由に買うのは難しいかもしれない。ひょっとすると、僕の作ろうとしているパパ雑誌の方が、こういう人たちには需要があるのかもしれなかった。お金があるかどうかは家庭によるが、悩みのないパパはそうそういない。

お弁当を食べ終わると、子どもたちは待ちわびていたように靴を履いてばたばたと遊びに行ってしまった。ひとりの子が鬼ごっこをしようと言い出して、ジャンケンで鬼を決めると、全力で方々へ散っていく。食べてすぐにあれだけ走れるのがすごい。残されたパパたちは、誰かが買ってきたらしいハッピーターンなどのおやつをつまみに雑談を始めていた。子どもがいないときは、こうしてパパたちだけで情報交換をするのが常になっているようだった。

「あぁ、そうだ。原田《はらだ》さんって、お子さんが生まれたときに育休取ったっておっしゃってましたよね？　うち、二人目が生まれるので、僕も取ろうかと思ってるんですけど、どんな感じで取られましたか？」

チェック柄のシャツを着ている温和そうな顔立ちのパパが、向かいのパパに訊いている。原田さんと呼ばれた人は、紙コップにお茶を注ぎながら「けっこう大変でしたよ」としかめっ面をしてみせた。

「僕の会社は他に取ってる人が誰もいなくて、周りからは変人扱いだし、上司からも面倒くさがられちゃって。もう最後は清水の舞台から飛び降りるような感じでした」

みんなが「へぇ」と感心している。さすがパパサークルに入っているだけあって、みんな育児休暇の現実には関心があるようだった。質問した人とは別のパパが「育休は難しいよねぇ」と同調している。

「知り合いで二ヶ月育休取って復帰したら、自分のポストがなくなってたっていう人いるよ。『全力で働けない男はうちにはいらん』って上司に言われたんだって」

「えぇ？　ホントですか？　それはひどいですね」

「人によっていろいろなんだよねぇ。うちなんか育休取らなくていいから、もっと稼いできてほしいって奥さんに言われちゃってさ。こっちは家族との時間を増やそうと思ってたのに、それを望まれてないなんてショックだったよ」

どれもパパ雑誌のネタになりそうな話ばかりだ。思わず前のめりになって、メモを取ろうと自分のバッグからノートを出した。さっきから一言も喋っていない三好さんに目を向けると、すでに輪の中に入ることを放棄しているのか、割り箸の袋を小さく折りたたんで遊んでいる。あまりにも露骨すぎる態度の悪さに目が点になったが、人前で注意するわけにもいかないし、僕以外の人が気を悪くしないことを願いながら話を聞くことに専念した。きっと子を持つパパの気持ちなんて俺にはわからないと思っているのだろう。

「宮田さんはお子さん生まれたらどうされるんですか？」

急に話を振られて「え？」とまぬけな声が出る。

「お子さんが夏に生まれるっておっしゃってましたよね。出版社って育休取ったりできるんですか？」

みんなが興味津々の目で僕を見る。育休どころか、僕は妻から専業主夫にならないかと言われているのだ。でも答えは出ていないし、何より三好さんが隣にいるので、なるべくプライベートなことは話したくなかった。また言いふらされたりしたら大変だ。

「あー……まだ決めてないですね。でも、うちの会社も、男の人で取ってる人はいないと思います。経営難とか人手不足とかで、休んでる場合じゃないって空気があるんですよね」

「そうなんですか。やっぱりどこも同じなんだねぇ」

遠くで泣き声がして、見ると遊んでいた男の子が転んで泣き出してしまったようだった。首を伸ばして様子を見ていたその子のパパが、「ちょっと見てきます」と輪を抜け出し、話が一時中断される。一緒に遊んでいた他の子どもたちが、すりむいた膝についた土を手で払ってあげていた。

新宿駅に戻るまでの道すがら、雑誌の方向性について三好さんと話し合った。それなりに収穫はあったとはいえ、今のままではまだまだ形になりそうにない。雑誌は大衆の娯楽だから、男性の悩みを取り上げるにしても、キャッチーに見せるアイデアが必要だった。

「難しいですね。単に悩みを載せるだけでは面白い雑誌にはならないですし……」

いい方法が思い浮かばず、足取りが重くなる。書籍部でも苦しめられたアイデア出しの壁に、またしてもはばまれてしまっていた。助けを求めようにも、「難しいよねー」と言ったきり、そっぽを向いている三好さんがパートナーでは話にならない。

お互い口数も少ないまま、混み合っている駅のホームに辿り着いた。歩きスマホをしていた若い男にぶつかられ、脚がもつれそうになる。電車の遅延を知らせるアナウンスが響く中、並んでも座れそうにないなとあきらめながら列の後ろに並んでいると、三好さんに声をかけられた。

「あのさ、宮田くん」

「なんですか?」

「本気で面白いパパ雑誌作るつもりなの?」

不可解なことを言う三好さんを、奇妙な生き物でも眺めるようにまじまじと見つめてしまった。冗談めかすように「えっ」と笑ってみせたあと、「どういうことですか?」と聞き返す。

「もうちょい適当にやればいいいんじゃないの?」

僕を諭そうとする三好さんの目に光はなかった。面倒くさいから消極的なことを言っているわけではなく、三好さんは本気でそう思っているようだった。

「企画だって困ってるみたいだしさ、他のパパ雑誌を適当に真似て、それらしく作っておけば、それでいいんじゃないのかな？」

「いや、でもそれは……」

「何か問題がある？」

　これまでとは違う、落ち着き払った態度に、完全に呑まれてしまっていた。休日に興味のない取材に付き合わせたことを怒っているんだろうか。でも一時的な感情で言っているようにも見えない。

「できないならできないって認めちゃう方が楽だよ」

　三好さんが頭の後ろを掻きながら前を見る。気怠げに息を吐いたその横顔には、長年雑誌部にいる人間ならではの見識があるように感じられた。僕たちの乗る電車はまだ来ないのか、またしても遅延を知らせるアナウンスが流れている。

「俺はもうあきらめてるもん。うちの会社は雑誌部が二軍だしさ、誰も俺らなんかに期待してないんだよ。それに余計なお世話かもしれないけど、自分の力量以上のことはしない方がいいと思うよ？　そんなに頑張らなくてもいいじゃん。そもそも本当に仕事ができるなら、書籍部で活躍してるって」

まるで同志を励ますように言われて、三好さんの落ち着きの裏にあるものが何なのかがようやくわかった。彼は、僕を自分と同類の人間だと思っているのだ。だからさっきの取材のときも、ずっと乗り気ではない顔をしていた。きっと力のない人間が何を張りきっているんだとしらけていたのだろう。

口の中がひどく乾いて、うまく唾が呑み込めなかった。背中や脇にぶわっと汗が噴き出して、かと思ったら今度は寒気が襲ってくる。自分の体が自分のものじゃないみたいだった。まっすぐに立てていないどころか、両脚が消えたかのように、足の裏が地面についている気がしない。

やがて反対側のホームに停まった山手線から、乗客がどっと吐き出された。改札階に上がろうとしている人々が、エスカレーターに乗るために長い列を作っている。できるなら今すぐにでも反論したいのに、どうしても言葉が出てこなかった。それでも心の中の声は「一緒にしないでくれ」と悲鳴を上げていた。

さっきからずっと飲み続けているビールは、何度口をつけてみても炭酸の味しかしなかった。一緒に頼んだ枝豆も、三分の一ほどすでに食べているものの、やはりこちらも味がしない。

会社からそう遠くない場所にあるスポーツバーに一人で来ていた。外で一人飲みなんて、結婚してからは一度もしたことがない。でも今日はなんとなく人がたくさんいる場所で飲んで帰りたかった。家に帰っても可南子との仲はぎくしゃくしているし、今日起こったことを話せる気もしない。

大きなテレビで海外サッカーを流している店内は、何人かの店員がせわしなく動き回っているくらいには混んでいた。他の客たちの話し声がうるさいが、それは僕にとって心地のいい喧噪《けんそう》だ。騒がしい方が気が紛れるから、今はこうして喧噪の中に埋もれていたい。

あのあと、三好さんと別れて会社で調べものをしてから、カフェにこもってパパサークルのプレ記事を書いてみた。デジカメで撮った写真を見返しながら、とりあえずそれらしい文章を打ち込んでみたけれど、その記事が一冊の雑誌のどこにおさまるのかがわからなかった。

できないならできないって認めちゃう方が楽だよ。

まとわりついてくる三好さんのネガティブな言葉を、頭を振ってどうにか外に追い出した。味のしない枝豆をまたひとつ口に押し込んでビールを飲む。放っておくと、いろんなことがよみがえってくるので、気を紛らわせるのが難しかった。もっとお酒を飲むペースを上げて酔っぱらってしまった方がいいかもしれない。

すぐ近くのテーブルでは、同世代くらいに見える男性二人が飲みに来ていた。学生時代の友だちか何かなのか、ずいぶんくだけた感じで話している。二人は僕とは違って、仕事に対してそれなりに明るい展望を持っているようだった。男の一人は、やっぱりこの歳になると部下もできて大変だというようなことを言っていた。

「前は自分のことだけ考えてればよかったんだよ。でも今は何をするにしても責任が伴ってくるんだよなぁ」

「そうそう、なんか二十代の頃とは違う、一段上のステージに立たなきゃいけないんだなってつくづく思うよ」

こっちが勝手に聞き耳を立てているのに、劣等感にさいなまれる。僕はそんな一段上のステージになんて行けていない。それどころか、三十歳にもなって、一段下がったところでもがいているのだ。

フリーキックの壁を作っている異国の選手たちを眺めながら、やっぱり転職した方がいいんだろうか、と後ろ向きな考えが頭に上った。たとえ給料が減ったとしても、もっと自分に合った仕事をすれば、今みたいな引け目を感じなくて済むかもしれない。あるいは、いっそ専業主夫になるのはどうだろう。家事は苦にならないのだし、料理や掃除や洗濯なら、他の男の人たちよりもうまくできる自信はある。ただ問題は、それでは自分がやりがいを感じられないことだった。

さっきの男たちが話題を変えて、今度は恋愛の話をしている。僕も同性の友だちに相談できれば、少しは楽になるんだろうか。高校や大学時代の数少ない男友だちの顔を何人か思い浮かべてはみたものの、互いに仕事の悩みを相談し合うことができるような相手は見つからなかった。僕は自分のことを話すのが苦手だし、そもそもコンプレックスを誰かに打ち明けられる気がしない。

考えるのも面倒になって、ただただビールを飲み続けた。徐々に酔いが回ったことで、いろんなものが遠ざかっていくようだった。可南子のことも、生まれてくる子どものことも、どうでもよくなってくる。自分が大事にすべきものなんて何もないように思えた。三好さんが言ったように、誰も僕になんか期待していないのだ。どれだけ頑張ったところで、もともとの力は決まっているし、みんなが喜んでくれるような面白い雑誌が作れるわけじゃない。

近くを通りかかった店員を呼び止め、ビールのお代わりを注文した。心の声がいい加減にやめておけと言っているけれど関係ない。大人なんだから、飲まなきゃやってられないときもある。

長くつぶっていた目を開けると、そこにはビールも喧噪も何もなかった。びっくりして顔を上げ、まったく見覚えのない部屋を見回す。窓のない質素な部屋には、自分が今座っている簡易ベッドと申し訳程度のシャワーブースがあるだけだった。いったいここはどこだろう。頭は痛むが、意識は割とはっきりしている。とりあえずひとつでも情報を得ようと、腕時計で今の時間を確認した。夜の十一時十五分。バーで飲んでいたときから二時間近く経っている。

とんとん、と正面のドアがノックされ、「失礼しまーす」と女の人の声がする。焦って身構えるや否や、女子高生の制服を着た女の人がドアを開けて入ってきた。状況がまったく呑み込めず、心臓がばくばくと音を立てている。でも、激しい混乱の中で必死に記憶の糸をたぐり寄せているうちに、ここが風俗店であることを理解した。客引きの男に声をかけられたことや、受付で女の子の写真を見せられてお金を前払いしたことをぼんやりとだけど思い出す。

「リナです。よろしく」

職業的な笑みを見せたリナさんは、二十代前半くらいに見える。彼女は持参した透明なバッグのようなものをベッドに置くと、僕のすぐ隣に腰を下ろした。リアルな肉体の圧迫感とも言うべきものが横からひしひしと伝わってくる。というか、この制服は僕がリクエストしたんだろうか？　短いスカートから伸びる太ももが艶《なまめ》かしくて、どこに目をやればいいかわからなかった。

「あれ？　なんか緊張してます？　もしかしてこういうとこ初めてですか？」

完全な初心者であることを見抜いたリナさんが僕の顔を覗き込んでくる。近くで見ると、彼女は可愛らしい顔をしていた。化粧によるところが大きいのかもしれないが、見た目だけならモデルとかアイドルをしていると言われてもおかしくない。

「肩の力を抜いてリラックスしてくださいね」

そう言って太ももをさすられたが、硬さは取れないままだった。体を優しく押しつけるようにして、リナさんがキスをしようとしてくる。可南子のことが頭をよぎり、とっさに体を引いて逃れた。

「どうかしました？」

きちんとアイメイクが施されたその二つの目は、しないんですか、と単刀直入に訊いているみたいだった。こちらの緊張を解くための微笑みを浮かべたリナさんが、今度は僕の手を取って自分の太ももの上に置く。しっとりとした肌の感触が手のひらを通して伝わってきた。でも何かすごく間違ったものを触っている気がする。踏み入ってはいけない世界にずぶずぶと埋もれていくようだった。本来なら、これはちゃんとした手順を踏んでからしか触ってはいけないものであるはずだ。

「大丈夫だから。もっと触って」

耳元でささやかれ、理性で抑え込んでいたものにそれ以上歯止めがきかなくなる。赤信号を思い切って渡るようにリナさんの体を抱きしめると、男性にはないやわらかさと、髪から香る甘い匂いに呑まれてしまいそうだった。このまま先に進んでも、この人は別に怒らないのだ。だったら何を我慢する必要がある？　お金だって払ったんだし、こういう店に来ているのだから、サービスを受けない方が不自然だ。

背中に回していた手を徐々に下げ、スカートの上から尻を触る。可南子のものよりもずいぶん肉付きのいいその尻を、なで回すようにしてまさぐった。長い髪で隠された首筋に鼻先をもぐり込ませると、リナさんがくすぐったそうに吐息を漏らす。その反応の良さに乗せられるようにして頬に手をやり、自分からキスをしにいった。すぐに舌を入れようとしたせいで若干抵抗されたが、無視して続けているうちに向こうも舌を絡ませてくる。

何も考えなくていい。今だけはおまえの好きなようにすればいい。しぶとく残る自制心を取っ払うため、意識的に頭を空っぽにした。でも、こんなにもキスをしてしまっているのに、どこかで言い訳を考えている自分もいる。僕は女の人の体をずっと求めていたのだ。可南子が妊娠してからは夫婦生活が途切れていたし、女性の体を抱くことでしか回復しない心の疲弊をずっと溜め込んだままだった。

ベッドに押し倒して上から覆いかぶさると、リナさんが待ったをかけるように両手で顔を挟んできた。八の字になった彼女の眉が、何かを訴えているようで一瞬ひるむ。

「ねぇ、もっと優しくして？」

ごめん、と思わず謝って、逃げるように目を逸らした。仕切り直して再開しようとしたが、さっきまで自分を突き動かしていた性欲が、どこかに消えてしまっていた。目の前にいる女の人が、名前も年齢も知らない赤の他人であることに今さら気づく。やっぱりこの人は、僕が触っていい人じゃない。そう思ったとたんに、激しい拒絶感と後悔の念が湧いてきて、ほとんど押し退けるようにリナさんの体を引きはがした。

「あの……すいません、僕、やっぱり帰ります」

「え？」

「すいません、ホントにすいません」

格好悪いと思いつつも、必死に何度も頭を下げる。その場に居続けることもできず、上着と荷物を引っつかんで逃げるようにドアから外に飛び出した。左右にいくつものドアがある狭い廊下を駆け抜け、入口にいた男性スタッフが呼び止めるのも無視して店を出る。酔っぱらって来たせいで、ここがどこなのかもわからなかったが、いかがわしい店が立ち並ぶ通りを全速力で走って逃げた。ピンク色の看板に描かれたアニメ風の女の子の絵や、「30分4000円」の文字が視界の端を過ぎ去っていく。

線路脇の坂の上で、吐く息を白く曇らせながら、荒い呼吸を落ち着かせた。街灯が照らす坂道は静まり返っていて、店の人間が追いかけてくることはなさそうだ。走ったのがよくなかったのか、急に気分が悪くなり、あわてて道の端に駆け寄った。べちゃべちゃと音を立てて地面に広がった嘔吐物の中には、バーで食べた枝豆や野菜スティックが混ざっていた。一度ではおさまらず、何度もえずいて最後には胃液しか出なくなる。

踏切の警報機が鳴り響く中、目の前のフェンスの金網をつかむと、口から垂れたよだれが糸を引きながら落ちていった。吐きすぎて胃に痛みが残っている体を起こし、ゆっくりと呼吸を整えながら目を閉じる。可南子を裏切ってしまった罪悪感と、何一つ褒められるところがない自分のふがいなさで、誇張ではなく死にたくなった。今このフェンスをよじ登れば、線路に降りることだって可能だ。内なる自分にそうささやいてみるけれど、まさかそんな大それたことができるわけがない。

やがて目の前を通過していった電車の走行音によって、くだらない妄想は掻き消された。そこで死んでいたはずの自分と、生き残った自分がふたつに分かれたような気さえしてくる。でも生き残った方の自分にどれだけの価値があるのかはわからなかった。轟音が消え去ったあとも、踏切の警報機の音が耳に残り続けていた。

慎一

ようやく一日の仕事が終わり、あくびをしながらパソコンの電源を落としたところで七海から電話がかかってきた。両親の離婚がほぼ決まって、あとは書類の手続きを進めるだけになったと言う。このあいだ家族会議をしてからまだ数日しか経っていなかったので、早いなと驚きはしたのだが、本人たちが望んでいることなら先延ばしにする必要はない。母親はやはり財産分与の権利を放棄するようだった。つまり谷坂家の資産はすべて親父のものになるわけだ。

「来週、弁護士さんから離婚届の入った封筒がお父さんのところに行くみたい。すんなりはんこを押してくれたらいいんだけど、なんで俺がそんなことしなきゃいけないんだとか言いそうで、ちょっと心配」

「そっか」

おそらく内容証明付きになっているその封筒のことは俺もよく覚えている。もう自分の中ではとっくにケリがついているはずなのに、その封筒が家にあるあいだ、ずっと気持ちが落ち着かなかった。だからさっさと離婚届に判を押して、自分の視界から消し去るようにポストに入れた。それでいくぶんすっきりしたが、そのあとずいぶん長い期間、何かを断ち切ったようなひりひりとした痛みが消えなかった。親父が同じようになるかはわからないが、離婚して何も感じない人間なんかいないだろう。

「周りに聞いてみたら、旦那さんからお金をもらわないで別れる女の人って多いんだってね。っていうか、兄貴のとこもそうだったよね？」

急に矛先がこちらに向いて返事に詰まる。俺は取られても構わなかったが、葵がいらないと断ったのだ。離婚の仕方なんて本当に人それぞれだと、自分がしたからこそ思う。むかつくから金をふんだくったという人もいるし、嘘みたいな円満に近い別れ方をした人もいる。

七海は後日また母親の引っ越しの手伝いをしてほしいと言ってきた。母親は一刻も早くあの家を出たいみたいだ。わかったよ、といい加減に請け合ったあと、じゃあまた連絡すると言って電話を切った。ふと前を見ると、夜の街並みが見える磨き込まれたオフィスの窓に、スーツを着た自分の姿が映っている。特に変わったところはないが、疲れのせいで老けて見えるからなのか、まるで自分が離婚を言い渡されているようだった。少しでも顔の血行をよくするために、指の腹で目元や鼻の脇をぐりぐりと押す。このあいだ家のマンションの前で遊びの女を切ってから、どうも自分と親父を重ねてしまう癖がついている。

「谷坂さん」

会社を出る支度をしていると、ヒールを鳴らして歩いてきた後輩の藤崎《ふじさき》に声をかけられた。

「まだ仕事残ってます?」

「いや? 今日はもう帰れるけど」

「だったら約束の焼肉行きません？」

そう言えばそんな約束をしていた。二人で得意先を回っているときに、一ヶ月以内に大口の契約を取ることができたら焼肉をおごってやるよと俺が軽口を叩いたのだ。藤崎は「言いましたね」と目を光らせて、いくつかの会社に飛び込みで営業をかけ、数日前に本当に契約を取ってきてしまった。

「もう忘れてるかと思ったよ」

「忘れるわけないじゃないですか。めちゃ高い肉を希望します」

約束したのだからしょうがない。藤崎と会社を出てタクシーに乗り、銀座の近くにあるそこそこ高い焼肉屋に連れていってやった。まぁ後輩の中では一番信頼できる奴だから、ごちそうしてやるのは別に全然構わない。見た目もまずまずの女だし、他の社員からは恐れられている気の強さも個人的には買っていた。というかある程度気が強くなければ広告代理店の営業なんて務まらない。

藤崎にはメニューを渡してなんでも好きなように注文させた。まったくよどむことなく頼むものを決めていく辺りに、判断力の高さと思いきりの良さを感じる。なかなか決められない女は嫌いではないが、迷うほど味がわかるのかよと内心思ってしまうのも事実だ。その点、藤崎は注文に関しては満点だった。食べたいものはすべて頼み、頼んだものは責任を持って完食する奴には好感しかない。

食事中の話題は主に藤崎の仕事上の愚痴だった。中でも同期の星野《ほしの》という男に対する怒りがひどく、仕事で結果を出すたびに星野がいやみを言ってくる、妬みがすごいし、こないだなんか取引先に藤崎の悪い噂《うわさ》を流していたのだと言う。自分が結果が出ないからって目の敵にするのはやめてほしいと藤崎は憤っていた。

「まぁ、あいつは自分が注目されてないとふてくされるタイプだからな」

「谷坂さんからひとこと言ってくださいよ。私、本当に迷惑してるんです」

藤崎の怒りはもっともだったが、仕事でそんなふうに熱くなれることにうらやましさも感じていた。俺も何年か前までは、忙しく働いて可能な限り遊ぶのを生き甲斐にしていた時期があった。でも離婚したくらいからそんな情熱もなくなって、今ではすっかり仕事をこなすだけの生活になっている。藤崎もけっこう前からそれに気づいていたらしく、なんでなのかと不思議そうに訊いてきた。

「うーん、なんでって言われてもな。仕事や遊びで手に入るのは、結局自分のためだけのものでしかないって思うことが増えたからかも」

「えー、なんですか、それ。谷坂さん、やっぱり離婚してからちょっとおかしくなりましたよ？　前はそんなこと死んでも言わない人だったのに」

藤崎の困惑の仕方に笑った。自分に妹がいるからだろうか、こういう遠慮のない物言いをしてくる年下の女との関係は安心する。変な期待もされないし、恋愛の匂いがしないから、面倒な役割を演じる必要もない。今の俺の心の中にあるのは、「うまいものを食っていっぱい働け」という後輩に対する素直な応援の気持ちだった。おごることで自尊心が満たされている部分もなくはないが、それで相手が喜ぶのなら、誰の迷惑にもなっていないのだからいいだろう。

タンやロースがのっていたテーブルの上の皿がいくつか空いて、話題はそのうちプライベートなことに移った。現在二十七歳の藤崎は、一般的なその年代の女性ほどには恋愛や結婚を求めていなかった。長年付き合っている四つ年上の彼氏がいるにもかかわらず、まだまだ仕事を続けたいという理由で結婚を先延ばしにしているようだ。

「だって結婚したら子ども欲しいって言われるのが目に見えてるんですもん。向こうの両親もそれを望んでるみたいだし、今しちゃったら確実にママの道にまっしぐらじゃないですか」

「それの何が問題なの」

「この国じゃ母親になった女性は全力で働けなくなるんですよ。とりあえず三十までは今の会社で突っ走りたいんです」

網の上のホルモンがひっくり返され、一瞬大きな火柱が立ち上がる。藤崎は顔をしかめて体を後ろに引きながらその脂身の多い肉を焼き続けていた。消火用に氷を頼むかと尋ねると「大丈夫です」と手のひらを見せてくる。

「別に子どもが欲しくないわけじゃないんですよ？　でも昔の男の人みたいに、家のことは全部奥さんに任せて自分は仕事を頑張るなんてことは、女の人にはできないじゃないですか。子どもを産んだら育児がマストになるんですもん。そう易々と『いいね、結婚しよう』なんて言えませんよ」

きちんと先読みをしてぬかりなく予防線を張っているのが藤崎らしい。たしかにそういう悩みは女性特有のものだった。今は男も育児に参加するのが当たり前になりつつあるとはいえ、母親抜きの育児はちょっと想像ができそうにない。藤崎は男に生まれたかったと思うことが多々あるようだった。男は男でめんどくせぇぞとやんわり反論してみても、女の比ではないと言う。

「仕事だってそうですよ。女だっていうだけでバカにされたり軽く見られたり、そういうのいっぱいありますから。これだけネットが普及して男尊女卑が叩かれるようになってきたのに、まだまだ全然なくならないんですよ？　男の人は女の人の苦しみを軽く考えているんです。知識としてわかってるつもりでも、深刻な問題としてとらえてない」

ごちそうさまでした、肉、めちゃくちゃおいしかったです、と礼を言って藤崎は駅の入口へと走っていった。エスカレーターに乗って少しずつ縮んでいく背中を見送り、自分は流しのタクシーをつかまえて、運転手に自宅の住所を伝える。信号待ちですぐに動かなくなった窓の外では、駅に向かう人たちが音のない会話を楽しんでいた。この寒いのにミニスカートを穿いている女を見ているうちに、藤崎の言ったことが頭の中に再生される。男は女の苦しみを軽く考えている。深刻な問題としてとらえていない。

車がゆっくりと走り始める。

葵が妊娠したときもそうだったんだろうか。結婚して一年が経った頃、俺たちの間にできた子どもは、安定期に入る前に流れてしまった。お腹も大きくなる前だったし、写真で見てもよくわからない白い影のようなものだったから、俺自身はあまり実感もなかった。もちろん残念ではあったけれど、流産なんて珍しいことじゃないと聞いていたから、家庭内に暗い影を落とさないためにも、なるべく引きずらないようにしていた。

でも、やはり身ごもった側にとってはきついことだったんだろう。あるとき夜遅くに仕事を終えて家に帰ると、葵が暗い部屋の中でソファにうずくまっていた。足元にはいくつか丸められたティッシュが落ちていて、音量が小さくされたテレビがちらちらと青白い光を発していた。葵がどうして泣いているのかはすぐに察しがついた。夜中にやっている映画か何かで涙を流したのならどんなにいいかと思うけれど、ここ最近の落ち込みようからそうではないことはわかっていた。

「なぁ、こないだも言ったけどさ、葵のせいじゃないんだよ。流産したのは赤ん坊に生きる力がなかったからだ。もしそのまま育っても、きっと元気な子どもは生まれなかったよ」

「わかってるよ。でも私がもうちょっと気をつけていればって思っちゃうの。考えないようにしてもダメなのよ」

葵が落ち込んでいたのは自分を責めていたからだった。ずっと気をつけていたのに風邪をひいてしまって、なかなか体調がよくならなかったときに出血が多くなり、胎児は子宮の中に留まることができなかった。でも俺はそれに関して、葵に落ち度は何もないと思っていたのだ。生きていれば風邪もひくし、それがたまたま妊娠の時期に重なっただけだし、そもそも流産と風邪に因果関係があるとは考えていなかった。だからいつまでもしつこく自分のせいだと悔やんでいる葵のことが――気持ちはわかるにしても――理解できなかったのだ。

俺は泣いている葵をリビングに残してシャワーを浴びに行った。浴室で裸になって熱いシャワーを浴びているときだけが、家の中で唯一安らげる時間だった。それでも絶えず頭にあったのは、流産した日のことだった。ずっと泣いている葵の背中をさすってなぐさめながら、泣くほどの悲しみを感じていない自分は冷たいんだろうかと思っていた。

その後も葵は精神的に不安定なままで、俺もちょうどその頃仕事が忙しかったため、些細なことでよくケンカになった。葵はあなたは自分のことしか考えていないと俺を責め、俺はそんな彼女を面倒なものとして遠ざけた。そして結局は、その長く続いた諍いが、二人のあいだに埋められない溝を作った。

流産してから半年が経った頃、珍しく二人で家にいるときに、葵がキッチンの流しでグラスを割ったことがあった。飛び散った破片がシンクに散らばり、割れたガラスで葵は指を深く切っていた。俺はすぐに手をつかんで傷口を水道で洗い、ティッシュで止血して心臓より高い位置に持ち上げた。

「何やってんだよ」

葵は出血が多い割に落ち着いていた。そして血が染み出してくる傷口に新しいティッシュを重ねている俺を見て、「こういうのは心配してくれるんだね」と言って笑った。

「なんだよ、その言い方」

出しっぱなしだった水道を止めると、部屋の中は静かになった。葵は俺に片腕をつかまれた状態で粉々になったグラスを見下ろしていた。

「だったら子どものことだって、もっと気遣ってくれたらいいのに」

「はぁ？　それはまた違う話だろ」

「どう違うの？」

「あのときだって同じように気遣ってたよ。それを葵がいつまでも引きずってるだけだろ」

まだ治り切っていない傷を不用意にえぐってしまったような感触があった。時間が経過するごとに沈黙がどんどん重さを増していく。さすがに言い過ぎたかと思い、謝ろうとしたときに、葵が「そうだね」と口を開いた。

「たしかにそうかも」

ちっとも納得していないその言い方に、怒りが押し込められているのがわかった。葵は「ありがと。あとは自分で止血する」と言って俺の手を放させた。おそらくあの余計な一言が、ぎりぎりせきとめていたダムを決壊させたのだろう。彼女が離婚を持ち出したのは、それからすぐのことだった。

あれは俺が葵の苦しみに寄り添わなかったのがいけなかったのか？　でも俺だって、毎日遅くまで働いている人間なりに頑張って理性を保っていた。少なくとも俺は、疲れ切って家に帰るたびに、ひどく落ち込んでいる人間に迎えられる息苦しさを葵に訴えたりはしなかった。

車内に流れているラジオに耳を傾けながら目を閉じる。ただの交通情報なのに、雑音にしか聞こえなくて、申し訳ないけれどラジオを切ってくれないかと運転手に頼んだ。希望が聞き入れられて音は消えたが、今度は沈黙の中で自分の苛立ちが運転手に伝わっているように思えてくる。逃げるように窓の外に視線を送り、ふと目に入った見覚えのある景色に思わずシートから体を起こした。

「すみません、ちょっと行き先を変えてもらってもいいですか」

大通りから一方通行の細い道に入ってもらい、「ここで大丈夫です」と言って車を降りる。タクシーが行ってしまうのを見届けてから店の前まで歩いていくと、ベイビーリトルは当然のことながら閉まっていた。マスターが亡くなった今、店がやっていないのは重々承知していたが、ここなら自分のやさぐれた気持ちを癒してくれるような気がしたのだ。

入口のドアにはしばらく休むことを伝える貼り紙がされていた。たぶんマスターの奥さんが書いたんだろう。それ以外の店の外観は何も変わっていなかった。真っ赤な唇の女の絵の下に「Baby Little」と描かれた店の看板もそのままだ。

ドアノブに手をかけると、ひんやりとした真鍮《しんちゆう》の冷たさが手のひらに伝わってくる。ドアを開けたら、いつものようにマスターが自分を迎えてくれるような気がした。独身時代の俺の居場所。仕事やプライベートでストレスが溜まってくると、いつもここに来て愚痴を聞いてもらっていた。だらだらと遅くまで酒を飲み、どれほどピスタチオの殻を割ったかわからない。最後に来たのはいつだっただろう。たまには顔を見せろとときどきメールをもらっていたのに、ずっとこの店はなくならないとどこかで思い込んでいた。

バカらしい感傷に浸るのをやめて店の前を離れると、通りの向こうから大きな犬を連れた中年の女が歩いてきた。尻尾を振って近づいてきたゴールデンレトリバーに立ち止まって手を差し出す。なんか見覚えのある犬だな、と犬のあごを撫《な》でるなり「あら」と女の声がした。誰かと思ったらマスターの奥さんだ。

「どうしたの、こんなところで」

適当な言い訳を考えたのだが思いつかない。なんとなく店に寄りたくなったのだと正直に言うと、奥さんはきょとんとしていたけれど、俺の気持ちを察してくれたようだった。ありがとね、となぜか俺に礼を言い、後ろからやってきた自転車を避けるために犬のリードを引っ張っている。

「ねぇ、ちょっと遅いけど、うちに寄っていかない？」

「え？」

「お線香、あげていってよ」

マスターの自宅は店から歩いて五分ほどのところにあった。決して大きくはない瓦屋根の古い一軒家で、昔、店で酔い潰れたときに何度か泊めてもらったことがある。玄関を入ってすぐ左側の八畳ほどの和室が仏間になっていて、仏壇には位牌や遺影が飾られていた。遺影は以前葬儀で見たのと同じものだった。写真に彩りを加えるように花瓶には花が活けられている。

「先にハナの足、洗ってくるね。あ、お線香、そこに出てるから」

「わかりました」

奥さんが犬と共にいなくなるのを見届けてから、仏壇の前に敷いてある座布団の上に膝をついた。穏やかに笑うマスターの遺影を見ていると、心を薄く平らに伸ばしていくような死の静けさが染みていく。軽く背筋を伸ばしてから線香を取り上げ、横にあったライターで火をつけた。煙が起こったそれを香炉の灰に差したあと、鈴《りん》を鳴らして手を合わせる。閉じていた目を再び開けると、生まれて初めて誰かの冥福を真剣に祈ったような気がした。

やがて奥さんが戻ってきて、俺に温かいお茶を出してくれた。さっきあげた線香から立ち上る細い煙が、頼りなく揺れながら真上に伸びている。息子さんはもう二階で寝ているらしく、家の中はしんとしていた。お茶をひとくち飲んでから、そういえばお店はどうするのかと気になっていたことを訊いてみた。

「うーん、まだ決めてないのよ。子どものことを考えたら、もう少し働かなきゃいけないんだけど、私一人で務まるのかなぁっていう不安もあってね」

これまでもマスターの体調が悪いときなどに、奥さんが代わりに店に出ていたことはあったから、できないことはないはずだ。ただ、夜遅くまでやっている店を女の人が一人で切り盛りしていくのは不安もあるだろう。俺にできることがあったらなんでも言ってくださいと奥さんには伝えておいた。こっちには二十代の自分を丸ごと受け入れてもらった恩があるのだ。

「ありがと。じゃあ何か困ったことがあったら遠慮なく頼らせてもらうわ」

　足を洗ってもらったハナが仏間にやってきて、尻尾を盛んに振りながら俺の周りをうろうろしだした。もう時間も遅いし、長居しないようにしようと思っていたのだが、奥さんは俺の近況を聞きたがった。

「葵ちゃんとは最近会った？」

「いや、全然。あ、こないだ葬儀で会いましたけど」

「あぁ、そっか」

「なんか猫を亡くしたとかでまいってましたね」

「そうなのよ。施設から引き取った猫でね。病気持ちだったみたいだし、しょうがない部分もあるんだけど、心配は心配なのよね。ほら、あの子、お母さんが亡くなったときもすごく落ち込んでたでしょう？」

　予期しなかった人が出てきて、すぐには話に追いつけなかった。葵の母親が亡くなったのは、俺たちが結婚した翌年のことだ。でもすごく落ち込んでいたかと言うと、そうでもなかったように記憶している。義母は心臓の病気を患っていて、俺が初めて会いに行ったときも病院のベッドの上にいた。そう長くないと言われていたし、見るからに体も弱っていた。だから赤ん坊の流産とは違って、葵にとってはある程度心の準備ができていることだったはずなのだ。実際、彼女は俺の前ではそんなに落ち込んだ様子を見せなかった。それよりも悲しみに暮れていた自分の父や妹を気遣って、しょっちゅう実家に帰ったり、事務的な手続きを引き受けたりしていた。

「慎一くんに心配かけないようにしてたんじゃない？　葵ちゃん、長女気質なところあるからね。頼れないっていうか、一人で全部背負っちゃうのよ」

そうやってあっさり否定されると、自分の認識が間違っていたようにも思えてくる。

奥さんは葵とかなり親交が深いようだった。定期的に会っているのはもちろんのこと、一緒に旅行したり、葵が仕事で家を空けるときは猫を預かったりもしていたらしい。

「私自身も驚いてるのよ？　この歳になって自分よりもずっと若い子とこんなに仲良くなるなんてね。でもそれには理由があるの。もちろん気が合うのは確かなんだけど、たぶんそれだけじゃないっていうか……葵ちゃんがどう思ってるかは知らないけど、私は離れて暮らしてる自分の娘に彼女を重ねてる部分があるんだと思う」

奥さんに娘さんがいるなんて初耳だった。遅い時間に話しているのがあるいは影響しているのか、個人的な打ち明け話をしてもおかしくないような空気が流れている。奥さんは実は再婚で、前の夫とのあいだの一人娘とはもう何年も会っていないのだそうだ。

「決してそれで穴埋めをしてるわけじゃないんだけど……ふとしたときにね、つい重ねてるのかなって思う自分もいるわ。たぶん葵ちゃんも同じなんじゃないのかな。私にとって娘が何かと気になってしまう存在であるように、葵ちゃんにとってもお母さんは大切な人だったのよ。お互い言葉にはしないけど、そういうところで結びついてるのかなって、ときどき考えたりもする」

葬儀のときも家族の中で一人だけ泣いていなかった葵が、母親の死をそんなにも引きずっているとは思えなかった。でも言われてみれば、母親を亡くしてからの葵は、家でぼんやりしていることが多かったような気もする。それに病室で葵と母親が二人でいるのを見たときに、なんだかそこに入っていくのがはばかられるような親密さを感じたことがあった。あのときは母と娘なんてそんなものだろうと気にも留めなかったが、ひょっとしたら俺が気づいていないだけで、葵の中には母親に対してしか開かない秘密の小箱のようなものがあったのかもしれない。

家に帰って熱いシャワーを浴びたあと、缶ビールを飲みながら深夜番組をだらだら眺めた。音を消しているせいで、画面には無音で動く出演者たちと、せわしなく変わるテロップが映し出されている。ふと思いついて席を立ち、間接照明の明かりを頼りに、仕事用の机の抽き出しを探って昔のＵＳＢメモリを引っ張り出した。ソファに戻ってノートパソコンにそれを差し込み、表示されたファイルを開く。ずらっと並んだのは結婚していたときに撮り溜めた葵との写真だった。その中にたしか葵の母親と三人で花見に行ったときのものがあったはずなので探してみる。

比較的すぐに見つかったその何枚かの写真を別のウインドウで開いた。婚約したばかりの頃の、今よりも少しだけ若い俺と葵。その手前で車椅子に乗っている葵の母親は、薄い水色のパジャマの上に厚手のカーディガンを羽織って、足元には冷えないように膝掛けをかけている。たしか赤羽の方にある病院で、近くの川沿いに咲いている散り始めの桜を見に行ったのだが、ゆるい風が吹くたびに花びらがはらはらと舞い落ちて、親子連れや、犬の散歩をしている人たちが、立ち止まって携帯のカメラを向けていた。葵の母親も体調のいい日が続いていて、このままいけば半年後に挙げる俺たちの結婚式にも来られるかもしれないと話していたのを覚えている。

写真を見たことで、沈んでいた記憶が浮かび上がってくるみたいに当時のことがよみがえった。あのとき葵の母親は、何かの折に俺に話しかけたのだ。たぶん人一倍写真にこだわる葵が、ファインダー越しに桜とにらめっこしていたときだと思うが、彼女は俺の手をそっと握って微笑みながら、「あなたみたいな人が葵の側にいてくれてよかった」と言っていた。

「いろいろ欠点のある子だけど、どうかよろしくお願いしますね」

言葉が今頃届いたみたいに、胸の奥が鈍く痛む。どうしてそんな大事な会話を忘れてしまっていたんだろう。でも当時の俺がその言葉をどんなふうに受け取って、何と返事したのかも思い出せない。

写真に写っている葵の母親は、奇妙に澄んだ目をしていた。命が終わろうとしている中で、余計なものが削ぎ落とされて、心が洗われていったのかもしれない。そんな彼女の目に、当時の俺がどう映っていたのか、できるなら教えてほしかった。単に温かいとかではない、ありのままの俺を受け止めているかのようなまなざしが、いつまでも俺のことを優しく見つめ返していた。

幸太郎

何度も床がきしむような音がしている気がして目が覚めた。見慣れた居間に動くものは何もなく、天井に張り付いている照明の明かりも落ちている。枕から頭を持ち上げて、首の力だけで寝室の方に目を向けると、閉められている引き戸の隙間からわずかに光が漏れていた。今、何時だろう。どう考えても真夜中なのに、千香はまだ起きているらしい。

寝室からは、聞き覚えのある曲が小さな音量で流れてきていた。ファンでなければわからないような音量だが、これはラグドールの楽曲だ。床のきしむ音も、ぼくの聞き間違いではなさそうだった。理由はよくわからないけれど、引き戸の向こうで千香がせわしなく動いているようだ。

脱力して後頭部を枕につけ、布団の上で仰向けになったまま目を閉じた。こんな夜中に千香は何をしているんだろう。相変わらず続いているきしみに耳を澄ませてみたけれど、寝起きの頭はちっともうまく働かなかった。思いきって布団を抜け出し、冷えきった部屋の中をそうっと音を立てないように歩いて、寝室の前まで行ってみる。バレたら確実に殺されることはわかっていながらも、わずかな隙間に顔を近づけ、中の様子をうかがった。

見えたのは、寝間着姿の千香の背中だ。宙に円を描くように右手を動かして、足で不格好なステップを踏んでいる。それが妹なりのダンスであることに気づくのに数秒ほど時間がかかった。その後も千香は、小さく流しているラグドールの曲に合わせておかしな動きを続けていた。

そういうことか……。

謎が解けて、ちょっと拍子抜けしたのと同時に、その健気さに胸を打たれた。たしかラグドールのオーディションの二次審査には、ダンス審査の項目がある。子どもの頃から運動が苦手で、何をやっても鈍臭かった千香にとっては不安要素でしかないだろう。できない人間なりにちゃんと練習しているわけだ。

隙間から中を覗くまで、どうせネットサーフィンでもしているんだろうくらいに考えていたのが恥ずかしかった。へたくそなダンスを踊っている姿は、はたから見れば滑稽だけど、ぼくには千香がまぶしく見える。

すっかり暗い気持ちになって布団に戻ると、枕元で充電していたスマホにラインが来ていた。まだ温もりの残っている布団の中で体を丸めて、母親からのメッセージを読む。

『どう？　あの子、元気にしてる？』

そんなことは本人に訊けよと思うのだけれど、母親がぼくを通して様子をうかがおうとするのは仕方のないことだった。中学のときに不登校になって以来、千香は家族に対してもあまり心を開かない人間になっていたからだ。ぼくが早くに独り立ちしたのもあって、母親の心配はつねに千香に向けられていた。

「詳しいことはぼくも聞いてないからわからないけど、それなりに頑張ってはいるみたいだよ。オーディションを受けるのに、いろいろと準備があるみたいだから」

翌朝に電話してそう伝えると、母親は「そう、よかった」と安心していた。

「幸太郎の部屋にしばらく泊まりたいって言われたときはどうしようかと思ったけど、そんなふうにやる気になってるなら安心した。何がきっかけになるかわからないものねえ」

親にしてみれば、やっぱり引きこもりは手の出し方が難しいようだ。ぼくは母親の話に相づちを打ちながら、実家の二階にある千香の部屋のことを思い出していた。中学でいじめにあって以来、千香は自分の部屋にこもって、必要なとき以外出てこなくなった。そのドアはいつも閉ざされていたし、母親ですら部屋に足を踏み入れることは許されなかった。自室の中に他人を招き入れることができない人は、誰に対しても心を開かない人だと、前に本で読んだことがある。千香は心に傷を負ったことで、他人と一定の距離を置くようになってしまったのだろう。

「また何かあれば連絡して。千香のことでお金が必要なら送るから」

そうやって甘やかすのはどうなんだ、と言いかけたのを、どうにかごくりと呑み込んだ。とりあえず今はやる気になっているのだから、背中を押してやった方がいいのかもしれない。そのために兄であるぼくができることはなんだろう？　まず思いつくのは、なるべく千香が快適に過ごせる環境を作ってやることだった。こまめに家の掃除をしたり、好きな食べ物を買い置きしておく。そのときに大事なのは、応援しているのを感じ取られないようにすることだった。ぼくから応援されていることを知ったら、千香は間違いなく嫌がるからだ。

仕事を終えて家に帰ると、千香はまだ帰宅していなかったので、風呂とトイレの掃除をした。トイレブラシで便器をごしごしこすりながら、あの部屋で引きこもっていたときに比べたら、千香はずいぶん変わったなと思う。ひたむきに努力できるものがあるのがうらやましくて、ぼくもなんとなくは覚えているラグドールの振り付けを、その場で腕だけ動かして再現してみた。がんっ、と手の甲をトイレットペーパーホルダーにぶつけて、あまりの痛さに「ぬおお……」とひとりで身悶えする。いったい何をしてるんだ、と自分がほとほと嫌になった。若干血も出ているし、怪我の仕方がバカすぎる。

仕事の休み時間にも、ついつい千香のことを考えてしまう。ついこのあいだまでは、家族の一員としてときどき思い出す程度だったのに、今ではやたらと顔が浮かぶし、ひょっとしたらえりちょすよりも頻繁に頭に上っているかもしれない。

職員食堂で食べる素うどんはあまりおいしくなく、いくら妹のためにお金を使うことが増えたとはいえ、もう少し奮発すればよかったなと後悔した。今からおかずを足すこともできなくはないけれど、ものすごくお腹が減っているわけでもないからためらってしまう。決めきれないでいるうちに、二つ隣の椅子が引かれて、綿貫さんが腰を下ろした。同じ課の人が近くに座ると、とたんに食事がしにくくなる。なんにせよ、ぼくの方が後輩なので、「お疲れさまです」と頭を下げた。向こうが無言で会釈を返す。

綿貫さんはいつものように、ポータブル式のＤＶＤプレーヤーを机の上にセットしていた。イヤホンを耳に押し込み、お弁当の包みを開いて、食事の準備が整ったようだ。場所を問わず好きなものにのめり込めるその集中力はすごいけれど、周りの人の目が気になったりしないんだろうか。なるべく知らん顔をして食事を続けていると、「あれ？」と横から声がした。見ると綿貫さんがプレーヤーについているボタンを何度も何度も押している。眉間にしわが寄っていることから想像するに、機械の調子が悪いのだろう。

「えぇー、どうなったの、これ。まさか壊れた？」

こういうときに独り言を言う人って、助けを求めているんだろうか。綿貫さんがあまりにもボタンを連打するので、さすがに見かねて「どうかしたんですか？」と声をかけた。周りの目が気になりながらも、綿貫さんが壊れたと主張しているプレーヤーを見せてもらう。

「中のディスク、一回出していいですか？」

了承を取ってディスクを出すと、あざやかなオレンジ色の表面に、有名なKポップアイドルグループの名前とロゴが印刷されていた。裏の鏡面を見てみると、白く汚れがついている。一度は服のすそで拭こうとしたが、同じオタとして物を大事にする気持ちはわかるので、食堂の中にあるティッシュを取ってきた。傷がつかないようにきれいに拭いてディスクを戻し、もう一度再生させてみる。

「あ、映った」

綿貫さんからは感謝されたが、これ以上は深入りしたくない。やんわり線を引くために、ぎこちない笑みを見せて席に戻ると、向こうもそれで察してくれたようだった。でも食事を再開してから、そこまで拒絶する必要があったのかと罪悪感に襲われる。とはいえ今さら会話をするのも変だし……と、横目で様子をうかがっていると、視線に気づいた綿貫さんと目が合った。

「ねぇ、さっきから思ってたんだけどさ、お昼ご飯少なくない？　そんなんでお腹いっぱいになるの？」

真顔で訊かれて、綿貫さんが何も気にしていなかったことにホッとした。口を手で隠し、咀嚼したものを呑み込んだあと、「節約してるんです」と理由を話す。綿貫さんはどうして節約をしているのかと訊いてきた。

「あー……趣味にお金がかかるので」

「どんな趣味？」

「えっと……ぼ、盆栽です」

「盆栽!?」

何を言っているんだ、ぼくは、と心の中で頭を抱えた。アイドルが好きなことを隠すにしても、もう少しマシな嘘を吐くべきだ。

「すごいね。その歳で盆栽が趣味って。でもちょっとカッコいいかも」

今さら違いますとも言い出せず、盆栽好きの男として賞賛されるしかしょうがなかった。でも、おかげでさっきよりも場がなごんでいる。少なくとも食事に逃げるしかないような気まずさは消えてしまっていた。

「もしよかったらこれ食べる？　ほうれん草としらすが入ってるからおいしいよ？」

綿貫さんは見えやすいように傾けた弁当箱の中の卵焼きを箸で示した。「いや、いいです」と遠慮したのに、「でも足りないでしょ？　お腹すくじゃん」とすぐには引き下がらない。別にかたくなになることでもないかと思い、「じゃあひとつだけ」と好意を受け取ることにした。緑のものと白いものが交ざっている卵焼きを口に入れると、しらすと青野菜と卵のバランスがちょうどよかった。

「おいしいです」

「でしょ？」

綿貫さんが得意げな顔をする。もともと暗い人だという印象はなかったが、こんなふうに愛嬌のある仕草をする人なんだと意外に思った。年上女性との親しげなやりとりは、里美さんのことを連想させた。顔のつくりだって全然違うし、恋愛対象にはならなくても、ぼくと接するときの気取らなさに近いものを感じる。付き合っていたときもこんなふうに話していたなと懐かしさに浸っていると、ぼんやり相手を見ていたのに気づかれて「何？」と訊かれた。

「いえ、別に」

「嘘。なんか今、思ってたでしょ」

疑いの目を向けられ、うまくごまかすことができなくなる。これ以上嘘を重ねると余計に突っ込まれそうだったので、前に付き合っていた人が年上で、ちょっと思い出しただけだと素直に明かした。

「へー、意外！　年上と付き合ってたんだ？」

「えぇ、まぁ」

「その人が私に似てるってこと？」

茶化すように言われて、そういうわけじゃないと首を振った。里美さんと過ごした幸せと悲しみが入り混じった濃密な時間を思うと、あんな人はもう二度とぼくの人生には現れないんじゃないかという気がしてくる。

ぼくが黙り込んでしまったのを、綿貫さんは別の意味でとらえたようだった。過去の恋人と自分を一緒にしたことで、ぼくが不快な思いをしたんじゃないかと勘違いしているらしい。

「ごめん。怒ったよね？」

「いや、そんなことないですよ」

「ホントに？　ならいいんだけど。ちなみにその人とはなんで別れたの？」

「うーん……性格の不一致ですね」

またしても微妙に嘘を吐いたせいで、逆に本当のことが胸に押しせまってきた。今となっては、里美さんだけが悪いわけではないのは理解している。偶然聞いてしまった言葉に傷ついたのは確かでも、心を閉ざして、その後の関係修復を拒んだのはぼくなのだ。綿貫さんとまだ話しているにもかかわらず、ため息が出た。思い出したくもないことを、またぐじぐじと考えてしまっている。どんぶりの中に残った何の具もない素うどんが、まるでぼくという人間のみじめさを表しているようだった。

昼休みが終わって仕事に戻ると、ぼくのデスクの近くで何人かの職員が立ち話をしていた。「ええ、マジで?」と口に手を当てているのは、クレーム処理を代わってあげてもお礼ひとつ言わない増田さんだ。何やら男性職員の一人が面白いネタを仕入れてきたようで、みんな目を丸くしながらも、口元はいいことを聞いたと言わんばかりにゆるんでいた。ああいうのは、たいてい誰かのうわさ話だったりするから、ぼくはあまり好きじゃない。なるべくかかわらないようにそっとデスクにつこうとすると、増田さんがぼくに気づいて「あっ」と目を見開いた。周りにいる職員も同じような反応で、なぜか小馬鹿にするようにニヤついている。

「なぁ、森野」

合コン好きで有名な男の先輩に声をかけられた。椅子に座ろうとした動きを止めて「なんですか」と聞き返す。

「おまえさ、綿貫さんと付き合ってんの？」

「ええっ？」

後ろの増田さんたちが興味津々で笑いを嚙み殺している。「いや、付き合ってないですけど」と首を振ると、「隠さなくていいよ」と勝手に事実にされた。

「さっき食堂で仲良さそうに喋ってたじゃん。付き合ってるならそう言えよ」

みんなのニヤニヤが止まらない。「えっ、違いますって」と必死に否定したのだけれど無駄だった。こういう誤解のされ方には覚えがある。学生時代にも、鼻血が出たときにティッシュを貸してくれたクラスの女の子と付き合っているんだろうと冷やかされ、ひどく嫌な思いをした。あのときは、ぼくに親切にしてくれただけのその女の子が泣いてしまって、二重につらかったのだ。

この人たちは、なんであの年齢からちっとも変わっていないんだ？

それから数日は、まさに地獄の日々だった。翌日には市民課の職員のほとんどが、ぼくと綿貫さんのことを勘違いしていたし、綿貫さんもそのことを知って戸惑っているようだった。それ以降、ぼくを避けるようになった綿貫さんは、エレベーターでたまたま二人きりになったときに、「なんかごめんね、私が馴《な》れ馴れしく喋ったばっかりに」と謝ってきた。

「いや、そんな……ぼくの方こそすいません」

悪いのは、ぼくらじゃなくて、あいつらだ。でも、そんなふうに謝ってきてくれたことが、ちょっと嬉しかったりもした。少なくとも綿貫さんは、あのティッシュを貸してくれた女の子のように、ぼくとうわさになったことを本気で嫌がってはいなかったということになる。

「まぁ、でも喋ってると誤解されるから、職場ではなるべく話さないようにするね」

そう言って微笑んでくれる綿貫さんと話していると、里美さんと付き合っていた頃に戻ったような気さえする。ぼくの中で二人は混ざり合っていて、そのせいで一緒にいると落ち着かない気持ちになった。綿貫さんを異性として見ているわけではないのに。

日曜日の夕方、洗濯物をたたんでいるときに、沼島さんから電話がかかってきた。隣では千香がテレビを観ながら美顔ローラーをかけていて、ぼくが話し始めても、音量を下げてはくれなかった。仕方なく台所に行き、千香のいる方に背を向けて、一応のプライバシーを確保した。

「今、新宿の喫茶店にいるんだけど、おまえに紹介したい人がいるからちょっと出てこられないかな？」

あまり気乗りはしないけれど、他に用事があるわけじゃない。どうせ晩ご飯を食べに出るつもりだったので、そのついでならいいかと行ってあげることにした。沼島さんの知り合いだから、たぶんたいした人ではないだろう。前にも一度同じことがあって、そのときはえりちょす推しの陰気な男を紹介されただけだった。

夕食を食べてくる、と千香にひとこと断ってから家を出た。電車を乗り継ぎ、ラインで店のURLが送られてきた喫茶店へと向かう。指定されたのはコーヒーが高いことで有名なチェーン店だった。肩口に白いフリルのついたエプロンと、同じく白のカチューシャを着けた女性の店員に、先に友人が来ていることを告げて中に通してもらう。

沼島さんはぼくを見つけると、さも親しい友人を迎えるみたいに「こっちこっち」と手を上げた。今日はいつものつなぎではなく、だぼっとした迷彩柄のパーカを着ている。隣に座っている若い男の人が、ぼくに軽く頭を下げた。

「こちら、須田くん。フリーのライターさんで、ついさっきまで俺も取材されてたんだよ」

二十代半ばくらいだろうか、はじめまして、とぼくに名刺を渡した須田さんは、包丁を持った熊の絵がプリントされたトレーナーを着ていた。一応人に会う仕事をしているのに、こんなふざけた服を着ているのはどうなんだろう。でも、人懐っこい少年のような笑みを浮かべているのを見ていると、なんだか憎めなくもなる。須田さんは雑誌の企画でアイドルオタクの密着取材をしているそうだ。密着そのものは終わったものの、記事をより掘り下げるために、何人かのオタクたちに話を聞いている。その一人が沼島さんだったようだ。

「で、もしよかったら他に誰かオタク仲間を紹介してくれって言うからさ、おまえに連絡したわけよ」

沼島さんにオタク仲間にされるのは心外だった。それに、イキった中学生みたいに得意になって話しているのが格好悪い。沼島さんはこのあと用があると言って、紹介もそこそこに「じゃあよろしくな」と席を立った。

「え、ちょっと待ってくださいよ。まだ受けるって言ってないですけど」

「今さら何言ってんだよ。紹介しといて受けないじゃ、俺が格好つかないだろ？　あ、なんでも好きなもの頼んだらいいからな。須田くんがおごってくれるから」

沼島さんは「ごちそうさま」と須田さんに言って店の入口へと歩いていった。出会ってまだ五分も経っていない人と二人きりにされ、ここに来たことを早くも後悔する。でも須田さんはまったく気まずさを感じていないようだった。会ったばかりのぼくを全面的に信用しているみたいに、にこにこしながら「なんでも食べてください」とぼくにメニューをよこしてくる。

「……じゃあ、コーヒーを」

須田さんが店員を呼び、ブレンドコーヒーを注文する。自分には「グレープフルーツジュースをください」とにこやかに言い、沼島さんの食器を下げてもらうようお願いしていた。店員に対する言葉遣いもちゃんとしているし、案外まともな人かもしれない。テーブルの上がいくらかきれいになって店員が去ると、須田さんはあらためて取材に協力してもらえるかどうかを訊いてきた。

「オタクの人がどんなふうにアイドルを応援してるのかが知りたいんです。一応一人の男性に密着取材はしたんですけど、その人だけの特殊な応援の仕方だったりすると困るので、他の方にも話を聞いて、全体に通じるところを押さえておこうと思いまして」

言っていることも至極まともだ。これなら別に話してもいいかと思い、引き受けることを伝えると、須田さんは「ありがとうございます」と嬉しそうな笑顔を見せた。

自分の日常を客観的に人に伝えるのはそんなに簡単なことじゃない。しかも、ぼくはどちらかと言えば、かなりライトなオタクなので、そんな人間がオタクとして語っていいのかという不安もあった。推しのどんなところに惹かれるかや、一ヶ月にどれくらいお金を使うかなど、基本的には須田さんの質問にぼくが答えるという形で取材は進んだ。えりちょすを好きになったきっかけも訊かれたけれど、それについては「失恋がきっかけだった」程度にとどめておいた。里美さんとのことをわざわざ話す必要はない。

「なるほど。いや、めちゃくちゃ参考になります。っていうか、森野さんは今まで取材してきた人の中でも、かなりまともな方ですね。他の人は尋常じゃない額のお金を毎月使っていたり、推しの話や運営の批判を始めたら止まらなかったりで、正直ちょっと引いてたんです」

　ぼくもそこに関しては、ついていくことができないので、「すごくわかります」と言って笑った。ディープな人たちのハマり方に比べれば、ぼくのオタ活なんて活動とも呼べないレベルのものだ。

　それから話は沼島さんのことへと移っていった。須田さんは意外なことに、沼島さんの人間性に面白みを感じているようだった。

「本音を言えば、あの人に密着したかったんですよ。沼島さんって自尊心の保ち方が独特じゃないですか。ヤリマンとか言って女の人を見下してるのも、本当は自分に自信がないからなのに、そのことから目を逸らし続けてるし。なんていうか、逃げ方が面白いですよね」

「逃げ方？」

「僕、アイドルオタクの本質って、逃避だと思ってるんです。沼島さんの場合は、本当は可愛い女の子に自分を好きになってほしいけど、それが叶わないからアイドルに逃げてるわけでしょ？　でも、結局そのアイドルの子は、沼島さんみたいな男をファンの一人としか思ってないわけだから、永遠に出口がないですよね。そうなると、あの人はずっと夢の中に留まり続けるのかなぁって心配になっちゃうんですよ」

なごやかだった会話の中に、急に不穏なものが混ざり込んできた。

　さっきまで普通の

人だった須田さんが、ものすごく意地悪な人に見えてきて黙り込む。今、彼が言ったことに、ぼくは同意できなかった。アイドルオタクの本質が逃避というのは言いすぎだ。みんながみんな逃避しているわけではないし、もっと前向きに「好きな人を応援したい」というスタンスでアイドルを応援している人はたくさんいる。

「あ、すいません。逃避って言ったのがよくなかったですか？　もちろん森野さんみたいに現実と折り合いをつけながら応援している人もいっぱいいますよ？　僕の言ってるのは、本当は生身の女性と触れ合いたいのに、モテないからアイドルに逃げてる人のことですよ」

一方的に悪く言われている沼島さんのことがだんだん可哀想になってくる。女の人にモテないつらさなら、ぼくもよく知っているのだ。奇跡的に里美さんと出会って一時的に幸せを手にすることはできたけれど、それを除けば悲しくなるほど女の人から相手にされない人生を送ってきた。だからアイドルに逃げたくなる気持ちはわかる。

モテない男の一人として須田さんに反論したかった。意見を言うのはあまり得意ではないけれど、こればっかりは言わなければいけない。

「……でも、逃避って悪いことじゃないですよね？」

須田さんはグレープフルーツジュースをストローでぐるぐるかき混ぜながら、「そりゃそうですよ」と言って笑った。多かれ少なかれ、誰だって逃避しているのは須田さんも認めるところのようだ。

「だから別にいいんですよ、逃げたって。僕だってしょっちゅう逃避してるし、人は現実だけじゃ生きていけない。疑似的に欲望を叶えることも必要です。でも、僕が気になるのは、『人はどこまで逃げていいのか』ってことなんですよ。深みにハマって、後戻りできないところまで来たときに、その人はいったいどうするんですかねぇ？　だってずっと現実と向き合わずに生きていくなんて、一番悲惨な歳のとり方じゃないですか」

お腹を強く殴られたようで、それ以上何かを言うことができなくなった。飲んでいたブレンドコーヒーが、ただのにがくて黒い液体に思えてくる。自分の将来が急に閉ざされていくような感覚があった。店員に案内されて新しくやってきた若いカップルが、ぼくらの横のテーブルについて仲睦まじそうに話し始める。

須田さんはわざとぼくが傷つくことを言っているわけではなさそうだった。沼島さんという人間を面白がっていて、純粋な好奇心でさっきのことを疑問に思っているのだろう。まるで分別がついていないために、平気で残酷なことを言う小学生みたいな人だ。包丁を持った熊のトレーナーが、今ではすごく似合って見えた。

直樹

いくつも並ぶ小便器の前で脚を開き、「一歩前へ」と書かれた注意書きを意味なく眺める。脱力と共によみがえってきたのは、思い出すのも恥ずかしくなるような昨夜の自分の失態だった。酒に酔っていたとはいえ、妻の妊娠中に風俗に行くなんてどうかしている。しかも自分からああいう店に行っておいて、いざそのときになったら「やっぱりできません」と断って逃げたのだ。

ため息を吐いてチャックを上げ、手洗い場へと移動した。目の前の鏡に映るこの冴えない男を殴り飛ばせたら、どんなにすっきりするだろう。昨夜家に帰ったときは、可南子はすでに寝ていたため、ひどい顔で帰宅したのを見られずに済んだ。でも今朝は洗面所で顔を合わせた際に取り乱してしまい、向こうが「おはよう」と言ってきたのに、わけのわからない返事をしてしまった。

歯ブラシを口に突っ込んで、鏡越しに「何かあったの？」と僕に疑いの目を向けていた可南子の視線が今でもまとわりついている。できることならすべてを告白して謝りたいが、自分が楽になるために謝るのなら、それは謝罪ではなくただの甘えだ。

雑誌部に戻る途中、階段の上にいた書籍部の先輩に「宮田くん」と呼び止められた。

ロングスカートをひらひらと揺らしながら下りてきた神崎《かんざき》さんは、前の部署にいたときからよくお世話になっていた人だった。

「こないだ言ってたやつ、受けてくれそうな人見つかったよ。友だちの旦那さんで専業主夫やってる男の人なんだけど、話聞きたい？　興味あるならお願いしてみるけど」

あわてて記憶をたぐりよせる。そういえば、パパ雑誌の企画のために、積極的に育児をしている男の人がいたら紹介してくださいと頼んでいたのだ。

「ありがとうございます。じゃあ僕からあらためてその方に依頼のメールをさせてもらうので、連絡先だけ共有してもいいか訊いてもらっていいですか」

そうやって明るく返したものの、そんなに頑張らなくていいんじゃないのかと三好さんから言われたことが頭をよぎる。でも今さら断るわけにはいかないし、やっぱり自分はあの人とは違うと思いたかった。取材を受けてくれるその男性が「専業主夫」だというのも気になる。主夫になる気はないかと持ちかけられてひどく困惑した身としては、実際にそれをやっている男の人がどんな暮らしをしているのかを覗いてみたい。

翌週、早速その専業主夫の「日野《ひの》さん」という人に話を聞かせてもらえることになった。日野さんは僕より五つ上の三十五歳。四歳の息子さんがいて（これは神崎さん情報だ）、今は奥さんが働きに出ているため、自分が主夫業をしているらしい。取材が終わるくらいの時間に子どもを幼稚園に迎えにいかなくてはならないので、可能なら家まで取材に来てほしいそうだ。

指定されたマンションは、意外にも僕の家からそう遠くない場所にあった。さびれた住宅街の一角に建つ、けっこう築年数が経っていそうなマンションで、もともとは白だったと思われる外観が経年変化でかなり汚れてしまっている。小雨の降る中、自由に出入りできる入口から建物の中に入って、エレベーターで五階に上がると、部屋番号をひとつひとつ確認しながら雨で濡れた廊下を歩いた。メールに書かれていた「５０５号室」の前に立ち、インターホンのボタンを押し込む。

「はい」

男の人の声がしたので、顔を近づけて丁寧に名乗った。

「はーい。今開けます」

濡れた傘を家の中に持ち込まないよう、ドアの横に立てかけた。どんな人が出てくるんだろうと鼓動が自然と速くなる。

開いたドアから現れたのは、眼鏡をかけたやせ型の男の人だった。三十五歳と聞いていたが、それよりはいくらか若く見える。服は暖かそうなグレーのセーターに色の濃いデニムという格好だった。長めの髪も野暮ったくなく、きれいにカットされている。

「遠いところを来ていただいてすみません」

通されたリビングはすっきりと片付いていた。家そのものや家具は新しくなくても、あるものをうまく使って気持ちのいい空間を作ろうとしている姿勢が見受けられる。チェック柄のテーブルクロスが敷かれたコンパクトな食卓が手前にあり、奥はそう大きくないテレビが正面に置かれたソファスペースになっていた。何かと場所をとる子どものおもちゃも、同じ形の木箱に入れられてきちんと収納されている。専業主夫ということは、この人がこの部屋の状態を維持しているんだろうか？　だとしたらけっこうきれい好きな人かもしれない。

「あ、座ってください。今、何か飲み物を用意しますから」

お気遣いなく、と言おうとしたら、すでに背中を向けられていた。雨は降っていなかったかと向こうが僕に訊いてきて、今日の天気の話になる。会話の切れ間に見た居間の壁には、息子さんが描いたと思われるキリンの絵が貼ってあった。その横の棚には、夫婦どちらかの趣味なのか、外国の部族のものだと思われる小さな仮面のレプリカがいくつか飾ってある。

「どうぞ」

目の前に置かれたのは、どことなく丸みを帯びた紺色のマグカップだった。さっきドリップバッグにお湯を注いでいるのが見えたので、ごく普通のコーヒーだろう。でもカップの形や色が自分好みであるせいか、不思議とおいしそうに見えた。口をつける前に、まずは取材を承諾してもらったことに対する礼を言う。

「いえいえ。でも、僕でいいんですかね？　こういう取材を受けるのって初めてなので、うまく答えられるか心配で」

ここまでの対応を見る限り、特に不安を覚えるような人ではない。それに信頼している職場の先輩の紹介だから大丈夫だろうと決めつけているところもあった。世間話もそこそこに、ＩＣレコーダーを置いて、さっそく話を聞かせてもらう。

「じゃあ、まずは専業主夫になられた経緯をお訊きしてもいいですか？」

「経緯ですか。うーん、そうですね。もともとは僕が外に出て働いてたんです。プリンターとかをリースしている会社の営業をやってたんですけど、三年ほど前に心の病気になってしまって、外で働くっていうことがどうしてもできなくなっちゃったんですよ。それで妻と相談した結果、『それなら私が働くよ』ってことになって。まぁ妻はもともと看護師で、働き口が見つけやすかったっていうのも大きいんですけど」

もっと望んで専業主夫になったんだろうと勝手に思い込んでいたので、そうではなかったことに驚いた。しかも奥さんも働きたかったわけではなく、やむを得ない事情で一家の大黒柱になるという役割を引き受けている。ひとくちに専業主夫といっても、一般的な夫婦の形を逆転するに至った経緯は人それぞれであるようだった。メディアなどでよく見聞きする、奥さんがばりばりのキャリアウーマンで、旦那さんがそれをサポートしているような夫婦ばかりではないのだ。

その後も僕の質問に日野さんが答えるという形で取材を進めた。夫婦での家事と育児の分担についてや、普段どんなタイムスケジュールで動いているかなど、日野さんは僕が何を尋ねても嫌な顔ひとつせずに答えてくれた。

「主夫になったばかりの頃って、やっぱり苦労されましたか？」

「そうですねぇ。体調の問題もありましたけど、自分の家事とか育児のスキルのなさにうんざりすることは多かったですよ。特に子どものことなんかは、妻に任せっきりにしてるつもりはなくても、全然把握できていなくて」

それまで普通に働いていた男の人が、急に家事や育児に追われるようになった戸惑いは想像できる。もともとまったくできなかった料理を少しずつ勉強したり、ちょっとした仕草で幼い息子さんの求めているものがわかるようになるまでには、それ相応の時間がかかったようだった。

「ただ、今は妻の方が知らないことも多いんです。やっぱり一緒にいる時間が短いと、どうしても子どものことはわからなくなりますから。なのでなるべく写真や動画を撮って送ったり、あとは家族の連絡帳のようなものを作って、仕事が忙しいときでも子どもとのつながりが持てるようにはしています」

日野さんの口調には奥さんに対する思いやりが感じられた。最近は体の調子もずいぶん良くなったので、将来的にはまた自分が外で働けるようになるのが目標だそうだ。

大方のことを聞き終え、いくつか追加の質問をしようとしたときに、食卓の隅に置いてあった日野さんのスマホが鳴り出した。手元に引き寄せた日野さんが、一瞬迷うような素振りを見せて画面を指でタップする。どうやら気を遣ってくれたようなので、出てもらっても構わないと促したのだが、日野さんは「大丈夫です」と首を振った。

それから十秒もしないうちに、今度は家の電話が鳴り出した。ただ、どういうわけかそっちの方も、日野さんは一向に取ろうとしない。

「あの……出なくていいんですか？」

電話が切れたあとでそう訊くと、日野さんは「母親なんです」と思い切ったように言った。二日に一度は電話をかけてくるそうで、話が長い上に、いつまで専業主夫をやるのかと毎回小言を言われるらしい。

「うちの両親は、僕が専業主夫であることをあまりよく思ってないんですよ。息子が外で働かずに家事とか育児をしているのが嫌なんだと思います」

家庭内で揉めるのではなく、身内が反発しているのか。でもたしかにうちの母親も、僕が専業主夫になると言ったら、すんなりとは受け入れないような気がした。「なんで共働きじゃダメなの？」とか「可南子さんはそこまでして働きたいの？」とか、あれこれ質問攻めにあいそうだ。

「まぁ、仕方ないですね。最近は少しずつ変わってきてはいますけど、男の人が家のことを担うのって、世間的に見るとまだまだ少数派ですから。家庭を持っているのに働いていない男は、僕みたいに変に見られちゃいますよ」

日野さんはそのことを悲観するでもなく受け止めているようだった。はたから見れば、もっと愚痴ってもよさそうなものなのに、自分にすべての責任があるかのように相手の立場に立って不満を漏らさずにいる。この人なら、以前三好さんに訊いて「よくわかんないや」とはねつけられたことをぶつけてみてもいいかもしれない。

「あの、日野さんは生きづらさとかって感じてますか？」

「生きづらさ……ですか？」

「男性的な生きづらさです。なんていうか、僕は男として生きることに気後れを感じることが多いんですよね」

抽象的な言い方だったせいか、いまいち伝わらなかったようだ。その気後れというのは、もう少し言葉にするとどういうことなのかと日野さんが尋ねてきた。

「うーん、なんですかね……僕の場合は、やっぱり稼ぎ手としての自信のなさみたいなものがあるのかもしれません。ウチは出版社なんですけど、そんなに給料がいいわけじゃないんです。妻にも働いてもらわないと、とても家のローンなんか返せなくて」

「そのことに気後れを感じてるんですか？」

「わかりやすく言うと、そういうことだと思います。いつのまにか、知らないうちに、勝手に気負っていたというか。別に妻から給料が少ないことを責められてるわけじゃないんですけど……たとえ時代が変わっても、これまでの男性が普通にやってきたことを自分もできなきゃいけないと思ってるのかもしれません」

日野さんは僕が伝えようとしていることをようやく理解したようだった。「すっごくよくわかります」と何度もうなずいて賛同している。

「実は僕が心の病気になったのも、それが理由なんです。どんなに仕事がつらくても辞めるっていう選択肢がなかったっていうか。働き手として生きるしかない、仕事のできる強い男じゃなきゃ存在意義がないってずっと思い込んでたんですよね。ほら、弱い男って需要がないし、自分も周りも嫌いだから、弱くても強がるしかないじゃないですか」

弱くても強がるしかないというのは、まさにその通りだった。「ホントそうなんですよ」と思わず笑顔になりながら、通じ合える人がいたことに胸が熱くなる。誰かとこんなにも意気投合したのは、働きだしてから初めてかもしれなかった。

ふと見ると、壁にかけられている時計が二時五十分になろうとしていた。幼稚園のお迎えは三時だと聞いていたので、「時間、大丈夫ですか？」と時計を指差す。「あっ」と我に返った日野さんは、勢いで席を立っていた。

「やばいです。もう出た方がいいかも」

日野さんに釣られるように僕もばたばたと帰り支度を始める。ようやく話が面白くなってきたところだったのに、これで終わってしまうのが残念だった。玄関で靴を履き、あらためて話を聞かせてもらったことへの礼を言う。

「あ、宮田さん」

ドアを開けようとしたときに呼び止められた。

「はい？」

「……あの、もし、ご迷惑でなければなんですけど、もう少しお話ししませんか？」

予想もしなかった提案をされて、すぐには言葉が出てこなかった。日野さんが急に弁解するように早口になる。

「いや、あの、話が途中だったもので、ちょっともったいない感じがして。別の日でも構いませんし、今日だったら五時からは時間が空くんです。妻が日勤で五時には帰ってくるので……」

日野さんはそこまで言うと、「あ、でもそれじゃあ今から二時間もお待たせすることになっちゃいますよね……」と自分で自分の提案の粗《あら》を口にしていた。気持ちは同じだったのかと嬉しくなって、「全然いいですよ」と快諾する。

「僕もこれからカフェに入って仕事をしようと思ってたので。むしろこちらからお願いします」

日野さんは奥さんが残業になるかもしれないから、もし五時を過ぎるようだったら連絡すると言ってきた。携帯の番号を交換して二人で一緒に家を出る。小雨の降る中、マンションの前で互いに傘を差しながら「じゃあ、またのちほど」と頭を下げると、日野さんは息子さんの黄色い傘を手に持ったまま、照れくさそうに頭を下げ返した。

なるべく家から近い方が日野さんが来やすいだろうと思い、徒歩五分のところにあったファミレスに入ることにした。お昼時を過ぎているからか、店内はがらがらで、愛想のいい店員のおばさんに、一人なのにもかかわらず窓際のボックス席に通される。メニューを開きながら窓の外に目をやると、さっきよりも少しだけ雨脚が強まったようだった。お迎えは大丈夫なのかなと、別れたばかりの日野さんのことが気にかかる。

ドリンクバーを注文し、店内の中央にあるサーバーのところまで行って、ホットコーヒーを入れてきた。前の部署で唯一やり残しているビジネス書の校了日が近いので、とにかくそれを片付けてしまうことにする。ノートパソコンを起動して、著者とのメールのやりとりを見返しながら、赤字を入れたゲラを確認した。『一歩上の仕事術』などという、僕からすれば皮肉でしかないタイトルのビジネス書を担当しているせいで、自分が何の効用もない書籍を作っているような気がしてくる。現実逃避をするように思い出すのは、日野さんの家で喋っていたときのことだった。特に男性の生きづらさについて意気投合したときの、体の内側から溢れてきた喜びが忘れられない。日野さんや僕のように、あるべき男性像をなぞることに疲れてしまった男の人は、やっぱり少数派なんだろうか？

リリース作りが終わったところで、強張った筋肉をほぐすために伸びをした。小腹が空いたのでサンドウィッチでも食べようと、呼び出しボタンに手を伸ばす。仕事に集中しているあいだに店内の客が増えたようだった。通路を挟んだ反対側のボックス席には、幼稚園のものだと思われる制服を着た男の子が二人と、その母親二人がお茶をしている。すでにパフェを食べ終えたらしい男の子たちは、片方がもう一方の子の横にはりついて、携帯ゲーム機に夢中になっていた。

「お待たせしました」

視界をさえぎった店員にうろたえながらもメニューを求める。そのとき、母親たちの会話の中に「日野さん」という名前が出ているのに気がついた。男の子たちが幼稚園の制服を着ていたことを思い出し、もしかしてと目を向けると同時に、「あの人はうつで専業主夫になったらしいよ」と母親の一人が話し出す。

「なんか営業の仕事をしてたみたいなんだけど、その会社がけっこうブラックなところがあって、働きすぎでうつになっちゃったんだって」

これはさすがに人違いではないだろう。彼女たちは日野さんの息子さんと同じ幼稚園に通う子どもを持つ母親たちであるようだった。

「あの人って、ちょっと孤立してるよね？」

「うーん、まぁ、そうだねぇ。別に仲間はずれにしてるわけじゃないんだけど、向こうも入りづらいんじゃないのかなぁ。ほら、幼稚園ってなんだかんだ母親同士の結びつきが強いからさ、そこに男が一人で入ってくるのって、相当勇気いると思うよ。逆だったら、私、無理だもん」

「たしかにそれはあるかもねぇ。あとはあれだよ。やっぱり異性だと、親同士だってわかってても、こっちも線を引いちゃうの。だってあんまり仲良くすると、お互いパートナーがよく思わないだろうしさ」

「そうだねぇ。でもちょっと子どもさんが可哀想。親が浮くと子どもも浮いちゃうっていうかさぁ、親同士が仲良くするから子どもも一緒に遊んだりするじゃない？　その辺が男の人は難しいよね。男版のガラスの天井って感じ」

　自分が陰口をたたかれているわけでもないのに、変な汗をかいているのに気がついた。日野さんが幼稚園で孤立している姿ばかりが脳裏に浮かぶ。ただ、そうなるに至った理由は理解できるところもあったので、周りにいる母親たちを責めようという気は起こらなかった。将来的に自分が専業主夫になって、子どもを幼稚園に入れるようなことになったとしたら、僕も日野さんと同じように孤立してしまうかもしれない。

さっきまで頼もうとしていたBLTサンドウィッチにまったく惹かれなくなってしまっていた。一段と強くなった雨が、窓ガラス越しに雨音を響かせてくる。その音に気づいた母親の一人が、家のどこかの窓を開けっぱなしにして出てきたことを気にしていた。

五時を十分ほど回った頃に、日野さんから電話がかかってきた。開口一番、「すみません、妻がまだ帰ってきてないんです」と告げられる。

「これ以上お待たせするのも申し訳ないので、また後日にした方がいいですよね……？」

電話の向こうで息子さんと思われる子どものぐずる声がしている。例の母親たちの話が、日野さんにまた会いたい気持ちを減退させてしまっていた。でも、日野さんは一人の親としてすべきことをしているだけなのだ。単に性別が違うだけで周りから線引きをされるのは可哀想だし、そもそも世の中に専業主夫が少ないのは、決して日野さんのせいではない。

「こちらは仕事をしてるので、日野さんさえ構わなければ大丈夫ですよ」

男性の生きづらさを分かち合えたあの喜びを、できるならもう一度味わってみたかった。それに、もし僕と話すことで日野さんが気分転換になるのなら、いくらでも相手になってあげたい。

結局日野さんが店にやってきたのは、それから一時間もあとのことだった。入口で僕を見つけるなり、「あぁ」と手を上げてテーブルに駆け寄ってきた日野さんは、走ってきたのか息が切れていた。

「遅くなって本当にすみません」

いえいえ、と笑って首を振りながら、テーブルの上の仕事道具を片付ける。家を出てきても大丈夫だったのかと念のために相手を気遣った。日野さんは息子さんと早めの夕食を食べて、六時前に帰ってきた奥さんとバトンタッチをしたそうだ。

「お風呂は妻が入れてくれるので問題ないです。事情を話したら『全然いいよ』って言ってくれました」

メニューと水を運んできた店員に、日野さんはドリンクバーを注文した。僕も新しく飲み物をいれに行こうと、二人で一緒に席を立つ。窓の外はすっかり暗くなっていて、いつのまにか雨も止んでいるようだった。なんとなく冷たいのにしようかなとプラスチックのコップを取り上げた僕の隣で、日野さんはホットのカフェラテをカップに注いでいた。

「あの、ちょっとお訊きしたかったんですけど、日野さんは幼稚園でしんどい思いとかされることはないんですか？」

探りを入れるように尋ねてみると、日野さんは意外な質問を受けたみたいに「幼稚園で？」と目を見開いた。

「ほら、幼稚園って共働きが多い保育園と違って、ママたちの結びつきが強いっていうじゃないですか。その中に男性が一人で入っていくのって大変なのかなと思って……」

「あー……」

やはり思い当たる節があるようだ。あの母親たちが言っていたのは本当のことだったのか。

「たしかに……それはありますね。情報が入ってきにくいっていうか、わからないことを誰かに訊きたいって思ったときに、気軽に訊ける人がいなかったりとか……」

カップルだと思われる制服を着た高校生らしき男女二人が、僕らの隣でドリンクのお代わりを入れようとしている。席に戻ってからも、日野さんはなかなかカフェラテに口をつけようとしなかった。何か昔のことを思い出したのか、「こんなこと言っていいのかな……」と迷っているので、どうかしたのかとそれとなく水を向けてみる。

「いや、さっき言ったようなことがつらくなって、一度浮気しかけたことがあるんですよ。ちょうど妻も仕事が忙しい時期で、孤独な自分に酔って、元カノにメールをしたんです。結局何もなかったんですけど、そのことは今でも後悔してます。おまえの病気が理由で妻に働いてもらってるのに、何やってんだって」

日野さんの体験が自分に置き換えられたように、風俗に行ったことが頭に浮かんだ。

さすがに言うのをためらったが、自分だけ隠しているのも卑怯な気がして、思い切って告白する。それがちょうど仕事に行き詰まっていたときだったことを知った日野さんは、まったく引いたりすることもなく「やっぱりそうですよね」と苦笑していた。

「男の人は自信がなくなると、そうやって逃げようとするのかもしれません。自分の相手をしてくれそうな女性に甘えて、ちょっとでも自信を回復させようとするんでしょうけど」

自分では曖昧にしていた風俗に行った理由を解き明かされたようだった。夫婦生活が途切れていたなんて言い訳をしていたけれど、要するに僕は誰かに受け入れられることで、自分が無価値な男ではないと思おうとしたのだろう。

日野さんと言葉を交わせば交わすほど、話したいことが溢れてくる。けれど、こうして客の少ない夜のファミレスで、小さな火を囲うようにして語り合っている自分たちが、世の中的にはマイノリティーであることも痛感していた。少数派である以上、僕らはやはりこれからも、生きづらさを抱えたまま生活していくしかないんだろうか。

「あの……実は僕も、専業主夫にならないかと言われてるんです」

「えっ、そうなんですか？」

日野さんは驚きのあまりカフェラテをこぼしそうになっていた。ここまで言ったら同じことかと、大まかな経緯をすべて話す。相談し慣れていないせいで、まとまりのない僕の話を、日野さんは最後まで辛抱強く聞いてくれた。具体的に専業主夫になるのを迷っている理由は何なのかと質問を投げかけてくる。

「わからないです。今の仕事が、辞めたくないくらい好きなわけじゃないんですよ。でもなんていうか……」

日野さんのように周りから浮いてしまうのが嫌なんだろうか。でも一番の理由は、僕自身が「仕事をしていない男は二流だ」という考えを持っているからだった。僕もある意味では日野さんの両親と同じなのだ。決して卑下されるような人ではない日野さんを前にしながら、家庭があるのに働いていない男はおかしいと偏見を持ってしまっている。

「……やっぱり僕は、男は働かないとダメだと思ってるのかもしれません」

心の奥にしまい込んでいた本音がぽろりとこぼれる。それは口にしてみると、悲しいくらい何かに縛られた言葉に聞こえた。間接的に否定された日野さんは「気持ちはよくわかりますよ」と苦笑していた。男は仕事してなんぼみたいな風潮って厄介ですよね、と言いながらカップをソーサーに戻している。

「病気にならなければ、僕も自分が働いて家族を養いたいと思ってました。でもそれが叶わなくなって、ある意味では仕方なく専業主夫になったんです。だから最初はつらかったですよ。妻の収入で生活するのも心苦しかったし、得意でもない家事や育児を無理やりやってたわけですから。でも自分が主夫になったことで見えるようになったものもあるんです。妻がどんなに苦労して家のことをしていたかとか、自分がいかに子どものことを任せっぱなしにしていたかとか、そういうのは外で働いているときにはわからなかった。きっと僕は男らしさみたいなものにこだわるあまり、家庭のことをどこかでないがしろにしてたんだと思います」

「ないがしろに?」

「ええ。だって『家族のために働いてる』とか言うくせに、家族のために家事をするのは嫌だなんておかしいじゃないですか。そりゃ得意不得意はあるでしょうけど、僕は自分のために働いてたんだなって今となっては思いますよ。僕が気持ちよく男でいるためには『外で働くこと』が必要だったんです」

自らの嘘を暴くような鋭い指摘に、僕も同じだ、と胸が震えた。専業主夫になるのをためらったのは、外で働かず、妻に養ってもらっている自分が「男ではなくなる」ような気がしたからだ。でもそうやって男でいることで、いったい何を得られるのかはわからなかった。たいして多くない給料と、自分は男だという自負の他に何があるだろう?

「……日野さんは克服されたんですか?」

「え?」

「気持ちよく男でいるために、昔は外で働くことが必要だったんですよね? でも今は主夫をされているわけじゃないですか。それがなくても大丈夫になったということなんですか？」

ほとんどすがるような思いで訊くと、日野さんは「うーん、どうですかねぇ……」と首をかしげた。

「僕の場合は体のこともありますから、多くを望めないんです。今できることをやるしかない。でも悩まれる気持ちもわかります。同世代の男が出世だなんだって言ってるときに、僕は自分の着てる服ですら妻に買ってもらってるわけですから。やっぱりどうしようもなく情けない気持ちになることもありますよ」

よく似合っているグレーのセーターが、とたんにいわく付きのものに見えてくる。日野さんは自分のあきらめの悪さを笑うように頭を掻いてみせた。

「妻には『気にしなくていいのに』って言われるんです。自分が主婦だったときは、あなたのお金でなんでも買ってたんだからって。でも、今でも変わらず気にしちゃうんですよねぇ。僕にとって男らしさっていうのは、剝いても剝いても残り続けるものなんだと思います」

駅のホームで帰りの電車を待っていると、遠くから踏切の警報音が聞こえてきた。反対側の電車が来るようで、少し向こうで遮断機の赤い光が明滅している。つい先日、自分が線路に飛び込む想像をしたことがあったけれど、どういうわけか今はまったく死にたいとは思わなかった。それどころか、消えたはずの胸の中の小さな炎が、くすぶりながらもチラチラと揺れている。

革靴のひもがほどけているのが目に入り、しゃがんで結ぼうとしたときに、バッグの中のスマホが振動しているのに気がついた。発信者が可南子の母親だったので、何の用だろうと出るのをためらう。今日は彼女が好きな俳優の、写真集発売記念のサイン会とやらに参加するために、可南子の実家がある仙台からこっちに遊びに来ていると聞いている。サイン会のあとは、仕事を早めに切り上げた可南子と外食をして、そのままうちに泊まることになっているはずだった。

「あ、もしもし、直樹さん？」

なぜかものすごく焦っているようなので、どうかしたのかと訊き返す。お義母さんはついさっき夕食を終えて、可南子と二人で僕らの家に帰ってきたようだった。それでデザートに買ってきたケーキを食べていたら、可南子が急にめまいを起こして倒れてしまったと言う。

「えっ、倒れた？」

「今も意識が戻らなくて、とりあえず救急車を呼んだんだけど……。直樹さん、どれくらいで帰ってこられる？　お腹の赤ちゃんのこともあるから、私、心配で……」

ここのところ体調がいいからと言って、夜遅くまでパソコンに向かったりして仕事に打ち込んでいた可南子の背中がよみがえる。すぐに帰ります、と言って電話を切ると、まだ来るまでに時間のある電車をあきらめ、タクシー乗り場まで走った。大丈夫だ、心配するな、と言い聞かせても、体の中に広がっていく不安を拭い去ることができなかった。

慎一

数年ぶりに吸いたくなって、帰宅途中にコンビニで買って吸った煙草は、懐かしい味がするだけだった。何かと時間をとられるのが嫌で二十代のときにやめたため、体はもうニコチンを必要としていない。ただ指のあいだに挟んでいる感触や、春が近づいてきているこの時期に、野外で吸うことの心地よさは当時と変わっていなかった。コンビニの明るすぎる光を背にしたまま、巻紙をじわじわと焼いていくオレンジ色の火種をじっと見る。

葵の母親と花見に行ったときの写真を見返して以来、心に穴が開いたみたいに、ぼんやりしていることが増えた気がする。仕事は普通にこなしているし、周りからは普段と変わらないように見えるだろうが、自分としては心ここにあらずの状態で毎日を過ごしているようなものだった。何に対しても興味が持てないし、世の中で起こっていることすべてが遠く感じる。

上着のポケットに振動があり、見ると須田からの電話だった。吸いさしの煙草を店頭の灰皿で揉み消しながら、スマホを耳に押し当てる。

「慎一さん、もう家帰ってます？」

「いや、今帰り道」

「じゃあこれから行ってもいいですか？　さっきようやく仕事終わって、晩ご飯も食べてないんですよ。二人でピザでも食べません？」

一日働いたあとに人と会うのは気が乗らないが、須田なら疲れることもない。「まぁいいけど」と承諾すると、須田は俺の家に届くようにピザを頼んでおくと言って電話を切った。ここのところ、須田とは週二くらいのペースで会っている。もういっそ一緒に住みましょうよ、とついこのあいだも言われたのだが、それはなぜか気が進まなくて「やだよ、そんなの」と断った。たぶん時間の制約がある中で会うくらいの方が、自分にはちょうどいいのだろう。

家に帰り、散らかっている食卓の上に郵便物の束を放ると、先にシャワーを浴びてしまうことにした。まるで仕事で徹夜でもしたみたいに体に疲労が溜まっている。でもその疲労の原因が自分にあるのも、今ではよくわかっていた。大人になってからの疲労は、案外体力の低下よりも、精神的なものの方が大きいのかもしれない。

シャワーを浴びて、リラックスできる部屋着に着替えたところで、須田が家にやってきた。頼んだピザは、あと十分ほどで来るそうだ。

「あー、今日はマジで疲れた」

須田は身を投げるようにして、どさりとソファに倒れ込んだ。近くにあったリモコンを引き寄せてテレビをつけ、トドのように寝そべった体勢でチャンネルを順番に替えている。

「なんかやけに疲れてんな」

俺がキッチンから声をかけると、須田は夕方に取材をして、締め切りだった原稿を二つ書き上げたら体力が尽きたのだと言った。中でも取材相手だったアイドルオタクにエネルギーを奪われたそうだ。

「やっぱつまんない奴の話を長時間聞くと消耗しますねぇ。無理やり面白がってどうにか乗り切りましたけど、取材とかほんとクソくらえですよ」

須田は溜め込んできたストレスを吐き出すように、何度も会っているアイドルオタクの「沼島」という男の話をした。そいつは歯並びの悪い河童のような見た目の男で、握手会ではいつも応援している女の子のグッズを大量につけたつなぎを着ているらしい。

でも須田が一番やばいと思ったのは、見た目ではなく内面のことだった。

「本当はモテたいくせに、モテないから女のことを見下してるんですよ。要は誰からも相手にされないつらさを、アイドルで必死に埋めてるんです。あれは男として終わってますね。逃避するのは本人の自由ですけど、ああいう逃げ方をしてると、一生彼女なんかできないですよ」

ずいぶん辛辣な意見だが、洞察力は優れている奴なので、おそらく実際にそうなのだろう。須田はその男を見ていて、人はどこまで逃げていいのかということを考えたのだと話を続けた。深みにはまって後戻りができなくなった人間は、現実と折り合いがつかないまま老いていくだけではないのかと、またしても手厳しいことを言う。

「慎一さんは、どこまで逃げていいと思います?」

そんなことを訊かれても、他人事だし興味がない。「どうだろうな」と濡れた髪をバスタオルで拭きながら、「おまえの中で答えはあんのか?」と丸投げした。

「うーん、そうですねぇ。逃げるのはいいんですけど、戻れないのを周りのせいにし始めたらアウトなんじゃないですか。だってそうなったらもう、ずっと他人のせいにして生きていくしかないじゃないですか。だから自分でケツを拭くぜって気概のある人は大丈夫ですよ。それはただの趣味ですから、突き詰めればいいわけですし」

インターホンが俺たちの会話に割って入り、どうやらピザが来たようだ。須田は俺の代わりに玄関に出て、Lサイズのピザを一つとサイドメニューのチキンとポテト、それにコーラ二缶を手に戻ってきた。食卓の上を簡単に片付け、二人で遅い夕食をとる。久しぶりに食べたデリバリーピザは普通においしかったものの、あまり食欲がないからだろうか、二ピース食べるのが限界だった。残りをすべて須田に与え、自分は缶コーラだけをもらってソファへと移る。

「なぁ、さっきの話だけどさ」

テレビのチャンネルをNHKのニュースに替える。須田は垂れ下がるチーズを指ですくい上げてピザの上に載せていた。

「俺も逃げてると思うか？」

「逃げてるって、何からですか？」

「いや、だから、女から」

意味がわからないらしく、須田は食べる手を止めている。「慎一さんが？　どうして女から逃げてるんですか？」と逆に訊かれた。

「どうしてって言われてもな。なんとなくそう思ったから」

「それはないでしょ。まぁ離婚してから全然遊んでなかったのを逃げてると言えば、そうなのかもしれないですけど……なんにせよそれは逃避とは違いますよ。慎一さんは女から逃げてるイメージないです」

そうでもねぇぞ、と心の声が聞こえたが、わざわざ否定することでもないかと思い、黙っておいた。須田はピザを口に押し込むと、手についたかすを払って、缶コーラをぐびぐび飲んだ。

「慎一さん、何年か前に言ってましたよね。女は裏切るもんだと思って付き合ってるって。だいたい他人なんか自分とはまったく違う生き物なんだから、過剰に期待するのが間違いなんだよ、人と人は一生わかり合えないし、そもそもわかり合う必要もない、この世界は自分勝手で思い込みの激しい生き物がばらばらに生きてるだけで、わかり合えたと思うのは一時的な錯覚なんだって真顔で俺に言ったんですよ？　そんな人が逃げてるわけないじゃないですか。俺、この人すげぇなって本気で感動したんですから」

そう言って顔をしかめた須田は、蛙《かえる》の鳴き声のようなゲップをすると、へらりと間抜けな顔で笑った。


翌日の日曜日は母親の引っ越しの手伝いをするために実家に帰った。妹の七海から連絡があり、もし時間があれば手を貸してほしいと言われたのだ。今は三月の引っ越しシーズンで料金が高いため、業者には頼まないことになったらしい。午後であれば行けると返事をし、溜まっていた仕事を片付けてから実家に向かうと、妹の旦那の健太郎くんも男手として駆り出されていた。

「あ、お義兄《にい》さん、ごぶさたしてます」

玄関に段ボール箱を運んでいた健太郎くんが頭を垂れる。「久しぶり」と軽く手を上げ、横でおやつを食べていた姪の奈々花にも声をかけた。一階にある母親の部屋で荷物の整理をしていた七海と母親に、自分は何をすればいいかと尋ねる。居間からはテレビの音が聞こえていて、親父一人だけが何もしていないようだった。

「とりあえずここにある段ボールを玄関まで運んでくれる？　あと、もし自分の部屋に置いてあるもので必要なものがあったら、もう今の段階で引き取っておいた方がいいかも。ほら、お母さんがいなくなると、何がどこにあるかとかわからなくなるから」

これからは親父がこの家を管理するから、急に何かがなくなっても文句は言えないということだろう。たしかに俺はこれを機に、自分のものを引き取っておいた方がよさそうだった。七海は今後も親父との交流があるだろうが、俺が親父一人しかいない実家に帰ることはまずないからだ。

段ボール箱を運び終えたあと、ところどころがきしむ二階への階段を上がっていった。高校を卒業するまで使っていた自分の部屋は、まるでそこだけ時間が止まっていたみたいに、中のものがそのままになっている。勉強机や本棚など、見える範囲はときどき母親が掃除をしてくれていたみたいだったが、細かいところは完全に埃《ほこり》をかぶっていた。中高とやっていたバスケ用の大きなバッグも部屋の隅に打ち捨てられている。

当時愛読していた古いSF小説を本棚から抜き出して開いてみたが、見覚えのある懐かしい文章が何ページにもわたって続いているだけで、惹かれるようなところは何もなかった。高校を卒業してからの十七年間で、自分がどのくらい変わったのかを回顧してみる。都内の大学に四年通い、誰もが知っている会社で十三年働いて、三十一のときには結婚もした。それから二年で離婚して、今はこうして独りでいる。女ともたくさん遊んできたし、この歳にしてはいろいろと経験してきた方だと思う。それなのに、無駄に十数年の歳月を過ごしてしまったような気がするのはどうしてだろう。そういう無駄が、自分という人間の幅になっていると思う一方で、もう少しマシな生き方もできたんじゃないかと柄にもないことを考えてしまっている自分がいる。

クローゼットをあさったりして、ざっとチェックしてみたが、わざわざ引き取るようなものは見つからなかった。卒業アルバムや昔の写真、部活でもらった賞状や盾なんかは、なくなったらなくなったで構わないし、本やCDは必要ならまた買えばいい。結局手ぶらで部屋を出て一階に下りると、七海と母親が机の上で何やら宝石を広げていた。母親の使っていない宝石を七海がゆずり受けているのだろう、俺にはまったく興味のない会話が聞こえてきている。

「あれ？　健太郎くんは？」

「あぁ、今、トラックを借りに行ってる」

「トラック？　健太郎くんが運転すんの？」

「うん。今日中に運んじゃう方が楽だから」

奈々花はまだ宝石に興味がないのか、退屈そうに七海にまとわりついていた。俺が見ようか、と声をかけ、奈々花を引きはがすように抱き上げる。少し抵抗されたので、とりなすために「ちょっとお外見に行こう」と誘うと、あっさり釣られたようだった。玄関でマジックテープ式の小さな赤い靴を履かせて外に出る。空気はひやりと冷たかったが、遠くまで行かないのなら上着は必要なさそうだ。

「よし。じゃあぐるっと一周してくるか」

奈々花を抱っこしたまま、家の前の門扉を開けた。横からやってきた車をやり過ごして歩き始めると、奈々花の小さな手が俺の襟元をつかんでくる。知らない人が見たら、俺たちは親子に見えるだろう。年齢的なことを考えれば、これくらいの歳の子がいてもおかしくないのだ。

もし自分の子どもが生まれていたとしたら、俺は今とは違う人間になっていたりするんだろうか。葵とも離婚せず、休みの日にこうして子どもと一緒に出かけたりして、世の父親たちと同じように父親らしいことをしてやっていたのかもしれない。でも今の自分には、それはまったく現実味のない薄っぺらなイメージにしか思えなかった。自分が親になるなんて想像がつかないし、いい父親になれる気もしない。

「寒いか？」

なれないものになるフリをしようと、奈々花のことを気遣ってみる。無言で首を振った奈々花は、それが他の女にもやっている上辺の優しさだとは当然気づいていなかった。葵の言っていた意味が今ならわかるような気がする。俺は相手を思いやる演技をしてきただけだ。

町内を一周したときには、奈々花の小さな手はすっかり冷たくなっていた。家の前にはトラックが停められている。七海の旦那の健太郎くんがちょうど帰ってきたようで、運転席から降りるやいなや、俺たちに気づいて「お義兄さん」と驚いていた。

「申し訳ないね、こんなのまで借りに行かせちゃって」

一応兄として謝ると、健太郎くんは白い歯を見せて「いえいえ」と首を振った。どこまでも眩しい自動販売機のような男だし、ガタイがいいから、立っているだけで威圧感がある。トラックは道の端に寄せているとはいえ、長時間停めておくのは無理そうだった。

「俺も運ぶの手伝うわ」

相手に興味がなくても、表面的に愛想よくして家族付き合いをするくらいのことはできる。抱っこしていた奈々花を七海に引き取ってもらい、男二人でトラックに荷物を運んだ。健太郎くんは驚くくらい手際がよかった。作業が速いだけでなく、積み込みがうまくいくように俺を的確に誘導してくれた。

「昔、引っ越し屋でバイトしてたんですよ。なので、こういうのは慣れてるんです」

元ラガーマンで引っ越しのアルバイトをしていたなんて、絵に描いたような体育会系だ。きっと季節に関係なく汗をかくことが当たり前の人生を送ってきたんだろう。取引先との関係を温めるためだけにゴルフや草野球をしていた俺とは違う。

「あ、そうだ。お義兄さん、再来週の日曜日って、何かご予定ありますか？」

「再来週？　どうだったかな？　何かあるの？」

「七海の三十歳の誕生日なんで、みんなで食事に行こうかと思ってるんです。お義父さんは難しそうですけど、うちの家族三人とお義母さんも行く予定なので、ぜひお義兄さんも一緒にと思いまして」

面倒くさい、というのが反射的に思ったことだった。でも誘ってくれたことに対する礼儀もある。あとでスケジュールを確認するよ、と保留にして、何を食べるのかと会話を続けるために訊いてみた。今のところは中華の予定で、今回の食事会は健太郎くんの発案らしい。

「七海のやつ、両親が離婚して落ち込んでるみたいで。本人は気にしてないって言ってますけど、少しでも気が紛れるようにしてやりたいなと思ったんです」

それなら自分たちの家族だけで旅行にでも行った方がいいんじゃないかと意見したのだが、健太郎くんはそうは考えないようだった。でも愚直な人間なりに、七海を気遣ってくれているのは伝わってくる。そういった気の遣い方は俺にはとてもできないことだ。

「結婚して何年だっけ？」

「四年目ですね」

「今でも七海のこと好きなんだ？」

「もちろんですよ。僕はひとめぼれでしたから」

「円満でいるコツとかあんの？」

とらえようによっては皮肉ともとれる質問を、健太郎くんはそのまま受け取ったようだった。荷物を固定するためのひもを締めながら、「んー、どうですかねぇ……」と真剣に考え込んでいる。

「そんなのがあったら教えてほしいくらいですけど、できることは全部しますよ。だって、夫婦って他人じゃないですか。考え方も違うし、わかり合うなんてまず無理ですから。でもだからこそ相手のことを考えなきゃいけないっていうか、努力しないと良好な関係なんて築けないと思うんです」

相手を下に見ていたからか、横っ面を思いきりはたかれたような衝撃を受けた。体育会系特有の、熱量でぐいぐい押し切るタイプの人間だと思っていたのに、この男は夫婦が他人であることをきちんと理解していたらしい。しかも俺とは違って、わかり合えないことを前提にした上で努力している。

須田がピザにかぶりつきながら話していたことがよみがえってきた。慎一さんは逃げていない、とあいつは言っていたけれど、俺はやはり逃げていたのだ。わかり合えないことを言い訳に自分の主観を大事にし、その結果、無意識に他人を踏みにじるほど傲慢な人間になっていた。

健太郎くんが「行きましょうか」と俺のことを促した。その笑顔が勝ち誇ったものではないからこそ、余計に敗北感が大きくなる。家の中では七海たちがもうすでに出る準備を済ませていた。車の乗り分けも決まったようで、健太郎くんが運転するトラックに母親が乗り、七海は奈々花と自分の車で追いかけるそうだ。

「兄貴も私の車でいいよね？」

俺に確認をとる七海を見て、こいつは愛されてるんだな、と思った。もちろん夫婦なんだから、いろいろと問題はあるだろう。でも少なくとも、一緒に家庭を築いていくのにふさわしい人間から愛されている。妹は男を見る目があったのだ。

「じゃあ、お父さん、行ってくるから」

七海が居間のソファでテレビを観ていた親父に声をかける。奈々花に上着を着せていた母親は、七海から何か言わなくていいのかと水を向けられた。まだ正式に離婚していないとはいえ、おそらく母親が親父と顔を合わせるのは、これが最後になるからだ。

「いいわよ、そんなの」と最初は首を振っていた母親も、子どもたちの手前、なんらかのけりをつけなくてはいけないと思ったようだ。急に決然とした態度になって、まるでステージにでも出ていくように、居間の入口のところに立った。

「お世話になりました」

それはいかにも形式的で、いやみにすら聞こえるような挨拶だった。頭を起こした母親が、親父の返事を待つこともなく、「行きましょ」と言って玄関へと歩いていく。長年連れ添った相手に対する言葉としては、あまりにも冷たい気もしたが、そのくらいで十分なのかもしれなかった。憎んでいる相手に言葉を尽くす必要はないし、ああやって短い言葉で言う方が伝わることだってあるからだ。

五人で家を出てからも、残された親父のことが気にかかっていた。家のガレージに入れられていた七海の車の助手席に乗り込み、シートベルトを締めようとしたところで手が止まる。フロントガラスの向こう側で、健太郎くんは早くもトラックを出そうとしていた。後部座席のチャイルドシートに乗せられた奈々花が、おやつが欲しいとぐずっている。

「悪い。俺、ちょっとやり忘れたことあるから残るわ」

「え?」

再び車のドアを開け、あとで電車で追いかけることを一方的に伝えた。七海は初めこそ戸惑っていたが、俺が理由を話さないことで何かを感じ取ったのだろう。「わかった。じゃあ先に行ってるね」とわがままを受け入れてくれた。

玄関の引き戸には鍵がかかっていなかった。家の中が妙にがらんとしているなと思ったら、靴箱の上にあった家族写真や一輪挿しが消えている。殺風景な玄関は、これから始まる親父の生活を暗示しているみたいだった。でも一方で、このがらんとした物寂しさに自分も覚えがあるのに気づく。離婚して葵が出て行ったときも、そういえばこんなふうだった。家の中が変に広くなったようで、あちこちに葵の私物が減った分の空白ができていた。それが徐々になじんでいって気にならなくなるまでに、ずいぶん長い時間が必要だった。おそらく親父も、当分は家の中に妻だった女の不在を感じることになるはずだ。

まだ居間にいた親父は、さっきと同じソファの上に座っていた。たいして面白くもなさそうにテレビを観ながら、吸い終えた煙草を灰皿に押しつけている。廊下に立っている俺に気づいても別段驚いた様子はなかった。玄関の引き戸を開けたときに、音で気づいていたのかもしれない。

「何か用か」

用かと訊かれると、うまく答えることができなかった。なんでここに戻ってきたのか、自分でもよくわからないのだ。ただ、親父に何か言わなければいけないような気がしていた。今この機会を逃したら、俺はたぶん親父とまともに話すことなんてないだろう。

二人とも黙っているせいで、テレビの音がうるさく聞こえる。ソファにふんぞり返っている親父は、いかにも旧時代の男だという感じがした。仕事ではそれなりの地位にのぼり詰めたのかもしれないが、そのぶん家庭を顧みず、妻や子どもとの関係を築き損ねた。いつも偉そうで、口数が少なく、何か気に入らないことがあると、大声で相手をどなりつける。きっと親父は、自分の有り様に疑問を持ったことなんてないのだろう。だからいつも母親は、ことあるごとに我慢を強いられなければならなかった。

あなたは結局変わらないのよ。私のことを見ようとしない。自分が一番えらいって思ってる。俺に従えって思ってるのよ。

母親が親父に言ったことなのに、まるで葵が俺を責めているみたいだ。

「ほんとにこれでよかったのかよ？」

自然と口から出てきたその問いかけが、誰に向けられたものなのかわからなかった。

新しい煙草をくわえた親父が、何か言ったかという顔をする。

「これからどうやって生活するんだよ？　家事なんか一個もできねぇじゃねぇか」

親父の視線は相変わらず俺に注がれていた。そこには子に対する温かみはなく、まるで無意味なものを見るように微動だにしなかった。テレビの情報番組が、お笑い芸人の離婚を伝えている。彼らはうちの家の事情を知っていて、わざと離婚のニュースを流しているみたいだった。

「俺が心配になって戻ってきたのか？」

親父は煙草をくわえたまま、テーブルの上に置いてあったライターを取り上げた。かちんと音を鳴らして煙草に火をつけ、大きく煙を吐き出しながら、またソファの背にもたれている。

「母さんが出ていって落ち込んでるとでも思ってるのかもしれないが、そんなことはまったくない。むしろいなくなってせいせいしてるよ」

強がりだろと心の中で笑ったが、そのわりには親父の態度には余裕があった。この男は自分の妻がいなくなったことをなんとも思っていないんだろうか？　でも冷静に考えると、親父の言う通りなのかもしれなかった。今は家事の代行だって外注できるし、金さえあれば、生活力のない六十過ぎの男でも普通に生きていくことができる。親父はきっと、そのことを知識として持っているから平気な顔をしていられるのだろう。潤沢な貯蓄が与えてくれる「何かあれば金で解決すればいい」という感覚は、俺の中にもあるからよくわかる。

でも、たとえそうだとしても、それで済ませてはいけないのだ。親父は夫婦関係が破綻した理由を振り返って考えてみるべきだ。

この期に及んでも、親父が自分の優位性を保とうとしているのが情けなかった。落ち込んだり、途方に暮れたりしている方が、まだ救いようがある。

「いつまでそこに突っ立ってんだ。用がないならさっさと帰れ」

また相手を従わせようとする罵声が飛んでくる。短い結婚生活の中で、俺はどれくらい葵の話を真剣に聞いていただろう？　健太郎くんが七海にしているように、自分の妻がつらいときにちゃんと支えてやっていたと言えるだろうか？　葵が母親を亡くしたときだけじゃない。彼女があんなに泣いていたにもかかわらず、俺は生まれてこなかった赤ん坊にも一度も真剣に手を合わせたことがなかったのだ。

「親父と話がしたかったんだよ」

脈絡もなく口にしたその願望は、自分のものじゃないみたいだった。喉の奥が熱くなり、何年かぶりの涙が出そうになったのをどうにかこらえる。虚を衝かれた親父は、煙草を吸う手を止めて俺を見ていた。

「心配になって戻ってきたのかって訊いたけど、そうじゃない。親父と話がしたかったんだ。俺らには、どうしても手放せないものがあったんじゃないかって」

脇に逸らした視線の先には、家族で長年使ってきた食卓があった。四人掛けの食卓に、親父はこれから一人で座ることになるのだろう。

「そのことを俺らは二人で話すべきだと思ったんだよ。でもそんな必要はないのかもしれないな。今の親父の歳で自分と向き合うのはつらいだろうし、向き合った結果、幸せになれるかどうかもわかんないしな」

親父は俺が何のことを話しているのか理解していないようだった。そして、たとえ理解しても反省して悔い改めることはしないだろう。でも別にそれでいいのだ。他人がどうするかはその人自身が決めることだし、俺が変えるのは、俺の生き方だけでいい。

幸太郎

「メール来てるよ」

千香に言われてテーブルの上に置いてあったスマホを見ると、えりちょすからモバメが来ていた。顔が一気に熱くなるのを平静を装って隠しながら、その場でさっと目を通す。えりちょすは昨日新しい観葉植物を買ったとかで、小さなサボテンの写真を送ってきていた。でも千香にメールを見られたかもしれないという動揺が大きすぎて、いつものようにほっこりとした気持ちにはならなかった。

「今のメールって、女の子？」

やはり見られていたかと心の中で死を覚悟する。ただ、メールの通知は冒頭の何行かしか表示されないこともあり、内容までは把握できなかったようだった。「もしかして彼女とかいるの？」と千香が見当違いなことを訊いてくる。

「いや、いないよ、そんなの」

「え、じゃあ誰からのメール？　普通に名前で呼んでなかった？」

文面にぼくの名前が入っていたのは、登録時にニックネームを入れておくと、その名前が反映されるシステムだからだ。こんなときに限ってメールの始まりが「見て〜、幸太郎〜」だったのが恨めしかった。「友だちだよ」と苦しい言い訳をしているときに、ちょうど洗濯が終わった音がしたので、逃げるように洗面所に行く。

無事に避難できたことにホッと息を吐いてから洗濯機のふたを開いた。洗い終わった洗濯物を空のかごに入れていく。取り残しがないように、底の方にあった靴下に手を伸ばすと、見覚えのない水色のハンカチのようなものがその横に張り付いているのに気がついた。ひょいとつまみ上げたそれが、千香の下着だったことに息を呑む。レースや花柄のデザインにおののきながら、見なかったことにしようと、そっと洗濯機の中に戻した。

「ねぇ、この家にアイロンってある？」

居間に戻るなり千香が訊いてくる。さっきの下着が頭をよぎって混乱したが、押し入れを開け、主にシャツのしわを伸ばすのに使っているアイロンと折りたたみ式のアイロン台を出してやった。ありがと、と言った千香は、すぐにそれを使うでもなく、手の爪にやすりをかけている。家にいるときの妹は、たいてい寝間着にすっぴんで眼鏡というずいぶん気の抜けた格好をしていた。女の人が本当に近しい人にしか見せない素の姿。里美さんと同棲していたときによく見たやつだ。実家の母親がほとんど化粧をしなかったこともあり、女の人が家の中と外でまったくの別人になることを知って、ぼくはかなりの衝撃を受けた。メイクや服装で女は変わるとは聞いていたけれど、まさかここまでとは思わなかったのだ。

「明日さ、二次審査なんだけど」

ベランダに行こうとしたときに話しかけられ、「二次審査？」と訊き返した。「オーディションの」と言った千香が、他に何があるんだと一瞬怖い顔になる。

「歌とダンスの審査の他に、面接もやるみたいなんだよね。まぁ対策って言っても、訊かれたことに答えるしかないんだろうけど……なんかこういうふうにしたら印象がいいとかあると思う？」

こちらを見ずに爪をいじり続けているのは照れ隠しだったりするのだろうか。いよいよ二次審査を明日に控えて、千香は何かと不安になっているようだった。そうでなければ、わざわざぼくなんかに意見を求めたりはしないだろう。

「うーん……どうだろうね。普通の会社の面接とかと一緒なのかな……」

きちんと挨拶をする、はきはきと返事をするとかは、よく言われることではある。でもちゃんとした受け答えをしたからといって合格するものではないはずだった。

「前に何かの雑誌でね、『オーディションっていうのは、結局最後まで自分でいられた人が受かる』っていうのを読んだことがあるんだけど、それってどういう意味なのかな？」

妹の言っていることが抽象的すぎて理解できなかった。そもそもぼくは昔から物事を人に説明するのが得意じゃない。千香は相談する相手を間違えたことを悟ったようで、あからさまにため息を吐くと、「いいよ、もう。考えなくて」と回答を締め切った。

「そもそも答えがわかったからって、その通りにできるものでもないしね。とりあえずダンスと歌の方を頑張る」

兄として何の役にも立てなかったことが情けなくなる。それだけでなく、不登校で引きこもっていた千香がこんなにも努力しているのに、自分は何もしていないのが恥ずかしかった。ぼくも何か目標を持って頑張りたいが、具体的に何を目標にすればいいのかも思いつかない。千香はそんなぼくの劣等感には気づかないまま、自分の部屋として使っている奥の寝室から可愛らしい襟のついたドット柄のワンピースを持ってきた。脇に置いてアイロン台の脚を広げているということは、おそらくこれをオーディションに着ていくのだろう。

窓口に来た人の応対をしながら、ちらちらと時計を気にしてしまう。昨夜、千香からオーディションのことを聞いたせいで、今日は午前中からずっとそわそわしていた。二次審査が何時から始まるのか知らないけれど、千香が大人たちの前で、緊張して震えながら歌やダンスを披露していると思うだけで胃が痛くなってくる。

仕事終わりに本屋に寄って立ち読みをし、気になった文庫本を一冊だけ買って駅へと向かった。パチンコ屋の音がうるさい駅前の商店街を歩いていると、数日前に須田さんに言われた「人はどこまで逃げていいのか」という問いかけが重く心にのしかかる。そもそもぼくは何から逃げているんだろう？　疑似恋愛ではないリアルな恋愛？　考えれば考えるほど、恋愛だけじゃなくて、人生そのものから逃げているように思えてくる。

駅のホームで退屈しのぎにスマホを取り出し、ラグドール情報をチェックした。でも、須田さんから言われたことが邪魔をして、ツイッターに流れる情報もうまく頭に入ってこなかった。こんなことなら取材を受けなければよかったな。後悔しながらラッシュの電車に乗り込み、満員の車内でどうにかスペースを確保する。すると斜め前の、少し離れた座席に座って雑誌を読んでいる女の人が目に入った。綿貫さんだ。

乗車ドアが閉まり、すし詰め状態の電車がゆっくりと進み始める。綿貫さんとは微妙に距離があったため、なんとなく声をかけにくかった。綿貫さんは車内の混雑を気にすることなく雑誌を読みふけっている。開かれた誌面にちらっとイケメンの男の子たちが写っているのが見えたから、おそらく例のＫポップアイドルが載っているのだろう。

すぐそこに知り合いがいるのに声をかけないのは落ち着かないものだった。その人の生活をこっそり盗み見ているみたいだ。綿貫さんは駅に着いて周りの人が乗り降りしても、まったく姿勢を変えることなく雑誌を読み続けていた。

やがて主要駅に着いたことで乗客が一気に降りていった。綿貫さんが顔を上げ、現実に立ち返ったように今がどこかを確かめている。ようやくそこで綿貫さんはぼくに気がついたようだった。お辞儀で済まそうか迷ったものの、人も降りたし、動けないほどの混雑じゃない。すいません、と横の人に通してもらい、歩いていって「お疲れさまです」と頭を下げた。

「綿貫さんって、ご自宅こっちの方でしたっけ？」

「ううん、今日はちょっと実家に行かなきゃいけないの」

こんなふうに話したのは職場でうわさになって以来だ。綿貫さんは春物だと思われるカーキ色のコートを着ていた。職場ではつけていなかった三角形のピアスが両耳で揺れている。

「ねぇ、ひょっとして私が気づくより先に私のこと見つけてた？」

「あー……まぁ、そうですね」

「何それ。なんで声かけてくれなかったの？」

「いや、微妙に離れてたし、人が多くて動けなかったんですよ。そんな状態で声かけるのもあれかと思って」

「ふーん。まぁそれなら仕方ないか」

納得したのかと思いきや、綿貫さんは「あ」と何かに気づいたように目を向けた。じゃあこれを読んでいるところも見ていたのかと雑誌の表紙をぼくの鼻先に突きつけてくる。

「ええ、まぁ……」

「うわー。最悪。人が夢中になってる姿を覗き見するとか趣味悪くない？」

「いや、そんなこと言われても……っていうか綿貫さんは普段から食堂でＤＶＤ観たりしてるじゃないですか」

もっともな指摘をされた綿貫さんが「それもそうだね」と苦笑している。アイドルを応援しているのは同じでも、好きなものをあけっぴろげに好きと言えるのがうらやましかった。でも、そんなふうに包み隠さない生き方をしているからこそ、本当に後ろめたい気持ちはないのかと訊いてみたくもなる。もし家族や友だちにもアイドル好きを公言しているのなら、周りからいろいろ耳の痛いことを言われていてもおかしくないのだ。

「……あの、綿貫さんは逃避してるっていう感覚はないんですか?」

「逃避?」

「いや、ぼくの知り合いにアイドルを好きな人がいて、その人は自分が逃避してるんじゃないかってことに悩んでるみたいなんですよね。もちろん楽しいからオタ活をしてるわけだし、恋愛と推しは別物だってこともわかってるんですけど、アイドルを好きでいると、自分の冴えない現実と向き合わなくていいというか、けっこうそれだけで生きていけちゃうようなところがあるじゃないですか」

「え、それって私がアイドル好きの痛々しいババァになってるって言いたいの?」

不満げに顔を覗き込まれて、ようやく失礼な質問をしているのに気がついた。そうじゃないと否定しつつも、余計なことを言ってしまった無神経さを反省する。さすがに怒っただろうと思ったのに、予想に反して綿貫さんはけらけら笑っていた。どうやらわざと不機嫌な態度をとって、ぼくをからかっただけのようだ。

「別にいいんじゃない? 長い人生には逃避することだって必要だよ。だってみんなが自分の欲しいものを手に入れられるわけじゃないんだもん」

綿貫さんの言葉にはよどみがなかった。ぼくもこれまでの人生で欲しいものが手に入ったことなんて、ほとんどなかったような気がする。

「それにさ、なんて言えばいいのかな。逃げられる場所がたくさんある方が、世の中的にもいろいろと豊かだと思うんだよね」

「豊か？」

「ほら、みんなが目標に向かって頑張らなきゃいけないような世の中だったら、活気はあるかもしれないけど息苦しいでしょ？」

綿貫さんの膝元には、切れ長の目をしたイケメンが表紙を飾っている雑誌が置かれている。逃げ場所がある方が豊かだなんて、そんなふうに考えたこともなかった。でも一瞬だけど、自分の感じていた後ろめたさが肯定されたような気がする。


暗い夜道を歩きながら見上げた空に星はなかった。電車の中で楽しそうに話していた綿貫さんの声が、まだ耳に残っている。アイドルを応援しているのは同じなのに、こうも明るさに差があるのは、単純に性格の違いなのだろうか。

アパートの鉄製の階段を上がっていくと、ぼくの部屋の廊下側の窓に明かりがついていた。そういえば二次審査はどうなったんだ？　今さらまた心配になって玄関のドアの鍵を開ける。千香は冷蔵庫の前に立って、紙パックの野菜ジュースを飲んでいた。ついさっきまで寝ていたのか、寝癖とむくみで顔が別人のようになっている。

「ただいま」

声をかけても返事はなかった。ひどく浮かない顔をしているのは、オーディションで何か失敗でもしたのかとますます気にはなったのだけれど、なんにしても、これ以上の詮索はしない方がよさそうだ。台所の水道で手洗いとうがいをし、駅前の弁当屋で買ってきた焼き肉弁当を食べることにした。

喋らなくて済むようにつけたテレビを観ながら、一人で黙々と弁当をかき込んだ。さっきから妙に視線を感じる。三角座りをしている千香を一瞥《いちべつ》し、口の中のものを呑み込んでから「食べる？」と訊くと、千香は「いらない」と首を振った。そういえば、ダイエットをすると言ってたな。うらやむような視線の理由はそれかもしれないと思っていたら、案の定、きゅう、と千香のお腹が鳴る音がした。

「……何か食べるもの買ってこようか？」

「ううん、大丈夫」

「でも最近全然食べてなくない？　オーディション、今日で終わったんでしょ？」

「まだだよ。これに受かったら次が最終審査」

「そっか」

ということは、それまではダイエットを続けるのだろう。もう十分細いよとぼくが言ったところで耳を貸さないだろうから、余計なことを言うのはやめておいた。ただ、やっぱりそうやって夢を叶えるために自制しているのを見ていると、なんの制約もなく好きなものを食べている自分が情けなくはなる。

「あのさ」

「何」

「なんでそんなに頑張れるの？」

兄からの唐突な質問に千香は怪訝《けげん》な顔をした。どうしてそんなことを訊いてしまったのか、ぼく自身もわからなかった。

「いや、単純にすごいと思うっていうか……ぼくは今、たいした目標もなく惰性で生きてて、全然頑張ってないからさ」

正直に話したのがよかったのか、千香はぼくの問いかけが茶化したものでないことを理解したようだった。テレビのクイズ番組で問題が読み上げられる中、千香はその答えを考えているかのように、握りこぶしをごつごつとおでこに当てている。

「んー……なんでだろうね。私のことをいじめてた人たちを見返したいから、って最初は思ってた」

「え？」

「でも今は違う。なんかそういうのはどうでもよくなっちゃって、それよりも……過去の自分に戻りたくないんだよね。だからオーディションに受かってラグドールに入りたい。そうすれば、その日から新しい人生を始められる気がするから」

千香にとっては、過去の自分を捨て去るためのオーディションだったということか。

でも変わりたいと願う気持ちは、ぼくも痛いほどよくわかる。

本音を話したのが照れくさくなったのか、千香は逃げるようにスマホを取り上げていじり始めた。こちらも焼き肉弁当を食べ終え、ペットボトルのお茶を飲んでいると、

「えっ、うそ!?」と横から大きな声がする。何かショッキングなことでもあったのか、千香は口に手を当てながらスマホの画面をせわしなくスクロールさせていた。

「どうかしたの？」

「ゆりっぺ、熱愛発覚だって」

「え？　ゆりっぺ!?」

驚きで声が裏返る。千香はラグドールのメンバーの一人にすぎないゆりっぺを、なぜぼくが知っているのかと困惑していた。

「あ、いや、知ってるっていうか、友だちがすごく好きで。ファンだっていうのをよく聞いてたから」

しどろもどろになりながらも、どうにかごまかす。でも鼓動は速くなっていたし、熱愛のニュースそのものも、まだ信じることができなかった。ぼくもスマホで調べてみると、相手は某有名事務所に所属している男性アイドルグループのメンバーの一人のようだ。前に沼島さんが言っていたのはこれだったのか。えりちょすじゃなくてよかったと胸をなで下ろす一方で、推しに裏切られた沼島さんは大丈夫だろうかと心配になる。

「うわぁ、思いっきり写真出ちゃってるし……ゆりっぺ死んだな」

ツイッターには早くも写真が出回っていた。ホテルかどこかだと思われるベッドの上で、体を寄せ合った二人がカメラに笑顔を向けている。人違いを疑うまでもない。これはどう見てもゆりっぺだ。


共に名の通ったアイドル同士の恋愛ということもあり、ゆりっぺの熱愛スキャンダルはあっという間に拡散された。しまいにはヤフーのトップニュースにも上がって、一般の人までもが知ることになった。スキャンダルに対するファンの人たちの反応は様々だった。ゆりっぺ推しの人は当然ショックを受けていたし、中にはファンを辞めると宣言する人もいた。そして推しでない人や、そもそも興味のない人たちは、外野だからこそ言える好き勝手な主張をして、スキャンダルを娯楽として消費していた。

「まぁ自業自得だよね」

発覚から数日が経った頃、千香はゆりっぺの騒動をそんなふうに切り捨てた。その日は珍しく家で鍋をしようということになり、初めて二人で夕食を食べた日でもあった。先輩になるかもしれない人だから、悪口は言いたくないけれど、恋愛禁止というルールを破ったアイドルに同情はしないというのが千香の意見だった。

「でもなんか、それで済ましちゃうのは、ちょっと可哀想だなって思うところもある」

お玉で灰汁《あく》を取っていたぼくは、話の続きを促すように千香を見た。テレビからは外国の秘境を訪れる番組のナレーションが聞こえている。千香は鍋から取り上げた白菜を小皿に移すと、まるで焚き火でも眺めるみたいに、目の前で立ち上る湯気に気をとられていた。

「ねぇ、オーディションで知り合った子が言ってたんだけどさ……十代そこそこの女の子に、自己責任を求めるのが当たり前になってる世の中って、異常だと思う？」

急に会話のＩＱが上がったせいで、ついていくことができなかった。もう一度同じことを言ってもらい、その難しい問題について考えてみる。要するに、千香は恋愛スキャンダルを起こしたアイドルに対する風当たりが強すぎないかと言っているのだろう。

「なんかその子が言うにはね、プロ意識とかも、言葉としてはわかるけど、どっちかっていうと管理する大人にとって都合のいい言葉に聞こえるんだって。みんな肉体的にも精神的にも相当追い詰められてるのにさ、アイドルの場合、そうやって苦しんでることすらドラマとして商売に利用されちゃうんだよ？　それなのに自己責任なんてさ……」

声のトーンが落ちていく。たしかにそう言われると、アイドルの子たちを取り巻く環境は過酷すぎるのかもしれなかった。本来なら彼女たちは、まだまだ大人に守られていてもおかしくない年齢なのだ。

「……そうだね。そういう部分はたしかにあるかも」

ぼくの同意を得た千香は、「やっぱりそうだよね」とうなずきながら、半分に割った鶏だんごを口に運んだ。ぼくも灰汁を取るのをやめて、鍋の中で煮立っている白ネギに箸を伸ばす。

「なんていうか、すごい仕事だよね。アイドルって」

しみじみと言った千香の顔には、敬意ともあきらめともつかない色が浮かんでいた。

「ネットとかでもさ、ゆりっぺ、めちゃくちゃに言われてるじゃん。それが嫌ならそもそもアイドルになんかなるなって話なんだろうけど、いざ自分がなろうとするとね……いろんな人の身勝手な期待を受け止めなきゃいけない仕事なんだなって思う」

そこまで悪い面が見えていても、千香はアイドルになりたいんだろうか？　いずれにしても、千香は夢見がちにアイドルを目指しているわけではなさそうだった。ちゃんと現実を見据えた上で、それでもオーディションを受けている。

事前に上着を脱いでおかなかったことを後悔するほどの暑さと人の多さだった。握手会の会場には、今日でラグドールを脱退するゆりっぺのスピーチを聞くために大勢のファンが集まっている。体のあちこちが前後左右にいる人たちと触れ合っている状態なので、尻ポケットに入れていた財布を念のために上着のポケットに移して握りしめた。全国握手会だから人が多いというのがあるにしても、ここまでの混雑は今までに経験したことがない。

　ぼくの隣にいる沼島さんは珍しく黙り込んでいる。今日は例のつなぎを着ておらず、ごく普通の黒いTシャツに、色の落ちたジーパンという格好だった。もうゆりっぺのファンではないことの表明だろうか。胸の内が聞きたいのに、沼島さんは何も話そうとはしなかった。今も虚ろな目でぼんやりとステージを見つめている。

　この一週間、ゆりっぺのスキャンダルについて運営側はずっと沈黙を守っていた。だからぼくを含めた大方のファンは、このままスルーするのではないかという見方をしていた。表向きには処罰せず、ポジションの後退などで罰を与えるのはアイドル界ではよくあることだ。でも結局ゆりっぺは「活動辞退」という形でグループを離れることになった。ゆりっぺ本人がけじめをつけたかったのかもしれないし、運営側がそうするように促したのかもしれない。ぼくのような一般人には真相なんてわからない。

　スタッフに促されて、ゆりっぺが壇上へと上がる。いつもなら声援を飛ばすファンの人たちも、今日だけはすぐに口を閉ざしてゆりっぺの第一声を聞こうとしていた。マイクを持ったゆりっぺはすでに泣いていて、なかなか話し始めることができなかった。

「私の軽率な行動で、ファンのみなさんに嫌な思いをさせてしまって本当にすみませんでした……これまでラグドールの一員として頑張ってきたのに、大切な仲間まで裏切ることになってしまって申し訳ない気持ちでいっぱいです……」

推しではないとはいえ、ずっと見てきたグループのメンバーの一人が泣きながら謝罪している姿は痛ましかった。年頃の女の子だ、恋愛したいのは理解できる。それでも、もしえりちょすがあそこに立って謝罪していたらと考えるだけで息が詰まりそうだった。こんな手も握れないほど遠くからの挨拶が、自分の推しと会える最後の機会になるなんてつらすぎる。

話を終えたゆりっぺが深々と頭を下げると、あちこちから拍手が送られた。「ありがとう！」「ずっと大好きだよー！」と、温かい言葉をかけているファンの人たちもいる。でも、もちろん全員が納得したわけではなく、「何を泣いてんだよ」「辞めればいいってもんじゃねぇよ」という不満の声も聞こえた。ねぎらいも、感謝も、怒りも、しらけもいろいろあるのだ。

千香の言っていた通りかもしれない。アイドルはいろんな人の身勝手な期待を受け止めなければいけない仕事だ。少なくともぼくは、えりちょすに女性としての清廉さや純粋さを求めている。そしてできるなら恋愛スキャンダルを起こすことなく、ぼくのこの冴えない人生に潤いを与え続けてほしいと思っている。

何度も深く頭を下げていたゆりっぺが壇上から降りて見えなくなる。会場には割れんばかりのゆりっぺコールが起こっていた。

握手会に移る前にいったん休憩が入った。ラグドールの一員ではなくなったゆりっぺは参加しないけれど、他のメンバーの握手会はこのあと予定通りに開催される。ぼくらは建物の中にあるベンチに座って時間を潰した。沼島さんは貝のように口を閉ざしていた。ぼくらの隣のベンチでは、高校生と思われる男の子数人が、スナック菓子を食べながらゆりっぺの脱退について話していた。

「マジでないよな、あの女」

ようやく喋った沼島さんの声には明らかに怒気が含まれていた。口の端は歪んだ形で上がっているが、それは楽しさからくる笑みじゃない。

「嫌な思いをさせたとか、メンバーを裏切ったとか、プロ意識がなさすぎて話になんねぇよ。今まで熱心に推してきてマジで損した」

物に当たるタイプなのか、沼島さんは半分ほど水が残ったペットボトルを何度もベンチに打ちつけている。ぐしゃっという音とともに中の水が激しく舞って、ペットボトルはすでにべこべこになってしまっていた。

「っていうか、これで帰らされるとかありえねぇよ。一方的に謝って、それで終わり？ファンをなめるにも程があるだろ」

沼島さんは完全にいきり立っている。ここにも一人、身勝手な期待をぶつけている男がいるんだなと、いやに冷めた頭で思った。まるで市役所でクレームをつけてくる人の話を聞いているみたいだった。怒る気持ちは理解できても、一緒に憤慨することはできない。

「決めた。俺、ちょっとこいつで暴れてくるわ」

「え？」

沼島さんがリュックから取り出したものを見ても、それが何なのかすぐにはわからなかった。大きめのタオルに隠すように包まれていたのは大量の爆竹だ。ガチのやつじゃないか、と息を呑んだぼくの横で、沼島さんはこれに火をつけて騒ぎを起こし、自分の怒りをゆりっぺに知らしめると言い出した。

「自分のファンがぶちギレて暴れてるって知ったら、あの女もちょっとはこっちの気持ちがわかるだろ」

そんなことをしたら、アイドルのファンがまた事件を起こしたとニュースになる。それどころか出禁になってしまうと必死に訴えても、沼島さんは別に構わない、どうせラグドールのファンを辞めるからと言って聞かなかった。

「ちょ、ダメですよ、そんなことしちゃ。本気で言ってるんですか？」

「当たり前だろ。俺が今まであの女にどんだけ金と時間を使ったと思ってんだよ。それともおまえは、あんなクソみたいな挨拶ですべてを許せって言うのか？　幸せな時間をありがとう、ゆりっぺのことはずっと忘れないよ、って涙でも流せばいいのかよ？」

「いや、そうじゃないですけど……他の人に迷惑をかけるのは違うんじゃないですか? なんていうか……うまく言えないですけど、沼島さんの今のキレ方は、自分の人生が報われないことに対する八つ当たりみたいに見えますよ」

それまでゆりっぺに向けられていた強い負の感情が今度はぼくの方に向く。沼島さんは右手に持っていたペットボトルを思いきり地面に投げつけた。ぼこんっと鈍い音を立てて跳ね返ったペットボトルが、くるくると高速で回転しながら転がっていく。

「俺のやってることのどこが八つ当たりなのか言ってみろよ」

沼島さんが胸ぐらをつかんでくる。背中越しに見える隣のベンチの男の子たちが、「なんか揉めてねぇ?」と面白がってこちらの様子をうかがっていた。もし千香がアイドルになったとしたら、沼島さんのような男すらも相手にしなければいけないんだろうか。

「なぁ、言えよ。俺のどこが八つ当たりなんだよ」

首元を強く引っ張られた瞬間、夜中に苦手なダンスの練習をしていた千香の背中がふいによみがえってきた。変わるための努力をしていない自分たちがいい加減に恥ずかしくなってくる。ここで黙って引き下がったら、ぼくはもう二度と自分を奮い立たせることができなくなるだろう。

「いや、だって……そもそもぼくらはアイドルに逃げてるじゃないですか」

「はぁ？」

「逃げてるんですよ。本当は好みの女の子と恋愛とかしたいのに、それができないからアイドルで代用してる。ぼくらは冴えない自分の人生から目を背けるためにアイドルに夢中になってるんですよ」

できればそれは言いたくなかったことだった。口に出して認めてしまえば、ぼく自身も今の自分と向き合わなければいけなくなる。

「……でも、そういうのって、結局自分が頑張らないとどうにもならないんですよ。そうじゃないと、いつまでも理想を捨てられずに、歳だけとっていくことになる」

胸ぐらをつかんでいた沼島さんの手の力がゆるむ。そのまま黙り込んでしまったので、痛いところを突かれて意気消沈しているのかと思いきや、沼島さんは「ふっ」と鼻で笑ってみせた。いったい何がおかしいのか、へらへらしながら「わかったよ」と納得したようにうなずいている。

「だったらえりちょすに八つ当たりしてやるよ」

開き直ったように言われて、この人の頭は小学生か何かなのかと疑った。

「は？」

「おまえは俺が八つ当たりしてキレてると思ってるんだろ？　だったらおまえの好きなえりちょすに八つ当たりしてやるよ。握手がてら暴言吐いて泣かせてやる」

「いや、ちょ、何言ってんすか。ダメですよ、そんなの。えりちょすは関係ないでしょ？」

「そうだよ。だから八つ当たりだって言ってんじゃん。さーて、なんて言うかなぁ。俺、自慢じゃないけど、悪口だけはかなり自信があるんだよ。えりちょす泣くだろうなぁ。じゃあちょっと握手券を調達しに行ってくるわ」

沼島さんがわざとらしく手を上げて、握手会の会場に戻ろうとする。あわてて「ちょっと待ってくださいよ」と沼島さんを引き止めた。

「なんだよ。俺の金で握手してくるんだから別にいいだろ？」

そう言ってぼくを振り切ろうとする。体が激しく燃え上がるような焦りを感じて、たまらず沼島さんの両肩を強くつかんだ。えりちょすには何もしないでくれと腕を引っ張ると、「うるせぇな、触んなよ！」と沼島さんがぼくを突き飛ばす。よろけて転んだぼくの前を通り過ぎようとするので、ほとんど飛びかかるようにして沼島さんの脚にしがみついた。

「おいっ、何すんだよ！」

バランスを崩して二人で地面に倒れ込む。ばたばたと揉み合っているうちに、沼島さんの蹴りがみぞおちに入って一瞬呼吸ができなくなった。それでもしつこくしがみつき、必死の抵抗を試みる。なにがなんでも、この人を止めなければいけない。でないと無関係のえりちょすが暴言を吐かれて傷つくことになる。

右の頬をなぐられ、手で口を拭うと、唇を切ったようだった。蹴られた腹が未だに痛むが、なんとか自分を奮い立たせて沼島さんに向かっていく。でも、どうしても人を殴れず、相手を引き止めることしかできないぼくに勝ち目はなかった。脚をつかんでいた手を振りほどかれ、地面に這いつくばったところを沼島さんに何回も蹴られて動けなくなる。

「おまえが言ってることくらい俺だってわかってるよ！」

沼島さんはぼくを見下ろしながら息を切らしていた。傷だらけのせいで、そのでかい声さえも体に響く。

「でもな、俺らみたいなのが努力してどうなるんだよ？　おまえ、今までの人生で一度でも誰かから本気で好かれたことあるか？　俺らみたいな底辺の男はな、疑似恋愛で幸せになるしかないんだよ。世の中にはどうやったってくつがえらないことがあるんだ。現実が見えてないのは、俺じゃなくておまえだよ」

ぼくは仰向けになったまま、何も言い返すことができなかった。頭がまだ痺《しび》れていてうまく信じられなかったが、沼島さんはぼくよりもずっと頭がよかったらしい。気がつくとぼくらの周りには野次馬の群れができていた。オタ同士のケンカが面白いのか、スマホのカメラで写真を撮っている音がする。

「お兄ちゃん?」

近くで聞き覚えのある声がして、野次馬を抜け出してきた誰かがすぐ側に膝をついた。ぼくを抱き起こしたその女の人から果物系の香水の匂いがする。どこかで嗅いだことのある匂いだなと思っていたら、視界の中に半泣きになった千香の顔が飛び込んできた。

あれ……? 千香って今日ここに来るって言ってたっけ……?

「ちょっと……何やってんの!? 大丈夫?」

わけがわからず、目をしばたたかせながら「なんで?」と訊くと、「それはこっちのセリフだよ!」と千香はぼくを叱りつけた。

「今日はラグドールの握手会なの。ゆりっぺが最後だったから見に来たんだけど……なんでお兄ちゃんがここにいるの?」

さぁっと一気に血の気が引いて、この場から消えてしまいたくなる。どうしよう、なんて言い訳しようと焦って考えてみたところで、この窮地を脱するための妙案は出てこなかった。近くに立っている沼島さんも、突然割り込んできたぼくの妹に気圧されているのか固まっている。こうなったらもうこの手しかない。体中に傷を負っているのをいいことに、「うぅ……」と苦しそうな声を出した。そのまま首の力を抜いて、まるで安っぽいテレビドラマみたいにがくっと気絶したフリをする。

「えっ! ちょっ、お兄ちゃん!? お兄ちゃん!?」

ほっぺをぺしぺし叩かれる。しつこく何度も叩かれたため、痛くて目を開けそうになったのをどうにかこらえた。このまま目を閉じていても、その場しのぎにしかならないけれど、さすがにこの状況はキャパオーバーだ。とにかく今は現実を直視したくない。

直樹

駆け付けた総合病院の受付で名前を言うと、産婦人科の待合室に案内された。ソファに座っていた可南子の母親が、僕に気づいて立ち上がる。

「ごめんなさいね。なんか慌てて電話しちゃって」

「いえいえ、一緒にいていただいて助かりました」

三十分ほど前、可南子が倒れたと電話で聞かされ、つかまえたタクシーに乗り込んだところで、また電話がかかってきた。「もしもし、直樹?」と呼びかけてきたのは、なぜか可南子本人で、気を失ってから救急車が着くまでのあいだに目が覚めたらしい。彼女は目立った外傷はないけれど、赤ちゃんのことが心配だから、病院で診てもらってくると言った。

「それでまだ診察中なのよ。検査とかもしてるみたいで、けっこう時間かかるみたい」

状況を説明してくれた可南子の母親に「そうですか」とうなずいた。電話で本人の声が聞けてちょっと安心はしていたが、診察の結果が出るまではやっぱり不安だ。

「あぁ、胃が痛い。私、心配性だから、こういうの苦手なのよ」

心もとなさそうにしている可南子の母親を励ましながら、今は待つことに専念した。

自販機で買った缶コーヒーを飲み終わり、ゴミ箱に捨てにいこうとしたところで、ようやく可南子が現れる。病院の検査着を着ている可南子は、安静にする必要があるようで車椅子に乗っていた。腕には点滴がつながれている。

「とりあえず大丈夫だって」

その一言に、ほっと胸をなで下ろした。倒れて数分ほど意識を失っていたこともあり、念のためにＭＲＩ検査と血液検査をしたそうだ。

「ただの貧血だったみたい。ここのところ体調が良かったから、調子に乗って働いてたのがダメだったのかも。様子見で入院することになっちゃった」

「入院？」

思わず聞き返したが、そんなに深刻なものではなく、何もなければ三日ほどで退院できるらしい。僕よりも明らかに心配そうな顔をしていた可南子の母親が、「お腹の赤ちゃんは？　大丈夫なの？」と詰め寄るように訊いていた。

「そっちも今のところは問題ないよ」

「そう、よかった……」

「ごめんね、直樹。私が気をつけなきゃいけないのに」

可南子が謝るので首を振る。僕の方こそ、ここのところ自分のことでいっぱいいっぱいになっていた。以前から貧血の薬は飲んでいたのだから、もっと体調を気にかけてやるべきだったのだ。

可南子は倒れたときの詳しい経緯を話してくれた。今日は朝から体が重くて、母親と夕食を食べていたときも、あまり食欲がなかったそうだ。倒れた場所が家の中で、しかも椅子に座っていたのが不幸中の幸いだった。打ち所が悪かったら、様子見の入院なんかでは済まなかっただろう。

「でも、目が覚めたら私の方がびっくりしたよ。お母さんがボロボロ泣いてるんだもん」

「そりゃ泣くわよ。何度呼びかけても起きないし。ホントに心配したんだからね」

母親の前だからというのもあるのだろうが、こんなふうに和やかに話す可南子を見たのは、ずいぶん久しぶりだった。ここ最近続いていた夫婦間のぎこちなさも、緊急事態が起こったことでどこかに飛んでしまったみたいだ。

「あ、そうだ、直樹」

「ん？」

「入院用の着替えが必要なの。悪いんだけど用意して持ってきてくれないかな？」

「あぁ、そっか。今日中の方がいいよね？　これから帰って持ってくるよ」

「いや、明日でいいよ。今日はもう疲れてるでしょ？」

「ううん。大丈夫だよ。そんなに遠いわけじゃないし」

もうすぐ病院の消灯時間だから、荷物を取りに帰るなら急いだ方がよさそうだ。このあと僕らの家に泊まることになっている可南子の母親は、僕が次に戻ってきたときに一緒に帰ればいいからと、このまま入院の手続きをする可南子に付き添うことになった。

「何か欲しいものがあったらラインして」

「わかった。あ、それとさ、病院に来るときに急いでたから、家の中散らかしっぱなしで出てきちゃったかも」

「いいよ、そんなの。片付けとく」

病院から自宅まではタクシーで十五分もかからなかった。薄暗い車の中で一人になると、頭が冷静になった分、不安が顔を覗かせる。大事に至らなかったのは何よりだが、医者が入院が必要だと診断したということは、容体が急変する可能性もあるんだろうか。倒れたときに何かしらの衝撃は受けたであろう子どものことを思うと落ち着かなかった。流産の二文字が浮かんだけれど、心配しすぎるとそれが現実になりそうで、頭を振って目を閉じる。

家の中はあちこち電気がついたままになっていた。食卓の上には食べかけのシフォンケーキと紅茶が残されている。とにかく病院に引き返そうと、可南子に頼まれた入院用のバッグを用意した。着替えやタオル、スマホの充電器などを旅行用の大きなバッグに入れていく。思いつく範囲で一通りのものを揃えたあと、リストを作って可南子にラインを送った。十秒もしないうちに既読がつき、ベッドルームに置いてある、読みかけのミステリー小説を加えてくれと頼まれる。

再びタクシーで病院に向かい、入院病棟の病室に移った可南子に荷物を渡した。四人部屋を他の患者さんと二人で使っているようで、手前のベッドが薄緑色のカーテンで囲われている。面会時間も終わっていたため、話もそこそこに可南子の母親と家に戻った。これから二人で過ごすと思うと、気が重いわけではないけれど緊張はする。車中で震えたスマホには、『お母さんのこと、任せてごめんね』と可南子からラインが届いていた。人付き合いが得意ではない僕を気遣ってくれているのだろう。

「はー、長い一日だった」

家に着くなり、可南子の母親がそう言って脱力しているので、「お疲れさまです」と僕も笑った。すぐに風呂に入れるようにしておこうと、一人で浴室へと向かう。換気用の窓を開けていたこともあり、浴室は外と変わらない寒さになっていた。窓を閉めて自動給湯のボタンを押すと、機械の音声が喋り出す。

「お義母さん、今お風呂入れてるんで、もしよかったら先に入ってくださいね」

リビングに戻って声をかけたのに返事がない。どうかしたのかと部屋の奥を覗きに行くと、可南子の母親がソファに腰かけてつらそうに額を押さえていた。「大丈夫ですか？」と思わず駆け寄る。

「あぁ、ごめんなさい、なんかちょっと疲れちゃって……」

まさか親子でめまい？　今日寝てもらう部屋に布団を敷くから、もう休まれたらどうですかと勧めたのだが、可南子の母親は、とりあえずここで大丈夫、少し横になると言って、二人掛けのソファに脚をのせた。僕が寝室のクローゼットから毛布を持ってくると、そのわずか数分のうちに早くも眠りに落ちている。化粧っけのない義母の顔には年相応のしわがあって、起きているときよりも老けて見えた。娘が心配で、ずっと気を張っていたのだろう。

体が隠れるように毛布をかけてやり、少し迷ってゆるめに暖房をつけておいた。食卓の上には食べ残したケーキや紅茶が未だに残されたままになっている。もうすぐ風呂の湯が溜まるので、先に入ってしまおうかとも思ったのだが、とりあえずこっちを片付けてしまうことにした。

乾いてパサパサになっているケーキを三角コーナーの袋に捨てる。スポンジに洗剤を垂らして泡立て、ケーキ皿やティーカップなどの食器を洗った。コンロの上に朝可南子が作っていた、ひじきの煮物の入った鍋が置かれていたので、中身をタッパーに移して、そいつも一緒に洗ってしまう。

こんなにいろいろあった日でも、こうして洗い物をしていると、だんだん心が落ち着いてくるのが不思議だった。昔から水に触れていると、どういうわけか気持ちが安らぐ。可南子は洗い物が嫌いなため、僕のその変わった性質を「まったく理解できない」と言って笑っていた。たぶん、こういうのはもう生まれつきのものなのだ。逆に可南子は車の運転がすごくうまくて、僕がためらうような車線変更もすいすいこなしてしまったりする。

汚れの落ちた食器や鍋で水切りが埋まると、小さな達成感があった。縁の部分が濡れてしまったシンク回りをきれいにするため、新しいふきんを出して拭く。そういえばコンロもしばらく掃除していなかった。リビングからウエットティッシュを持ってきて、こびりついた油汚れをこすって落としていく。

いつものようにただ家事をしているだけなのに、気がつくと自分が専業主夫になったような感じがした。頭の中に男らしさの問題を抱えていても、手は休みなく動くし、キッチンは着実にきれいになっていく。そして、それは何ひとつ恥じるようなことではないのだ。少なくともこうして掃除をすることで、僕や可南子が気持ちよく生活することができる。

風呂が沸いたことを知らせる音声が聞こえたが、もう少し家事をしていたかった。冷蔵庫の中を整理し、賞味期限の切れている食材を捨て、中の仕切りを拭いていく。やっぱり僕はこういうことをやっている方が性に合っているのかもしれない。世の中には家事が嫌いな人もたくさんいるし、誰もがこういう地味な作業をストレスなくやれるわけではないのだ。

満足がいくまでキッチンを掃除し終えたところでソファからうめくような声がした。目を向けると、可南子の母親がソファで身を起こしている。「大丈夫ですか？」と気遣ったあと、風呂に入るかどうかを訊いたのだけれど、なんだか体がだるいから、悪いけれど今日はこのまま寝させてもらうとのことだった。まだ少し寝ぼけている彼女を部屋まで誘導し、布団に入ったのを見届けてから、「おやすみなさい」と声をかけて照明のスイッチを切る。再びリビングに戻ってきて、お義母さんのことを報告するために可南子にラインを送った。心配して寝られないなんてことがないように、疲れていたことに関してはやんわりと触れるだけに留めておく。

バッテリーが残り少なくなっていたスマホを充電器につなごうとしたときに、キッチンカウンターに一冊の雑誌が置いてあるのに気がついた。「ベビー用品、徹底比較！」と書かれている表紙には、ベビーカーや抱っこひもや哺乳瓶などの商品写真がいくつもちりばめられている。手に取って開くと、ベビー用品の性能を会社別に比較している記事が目に飛び込んできた。子育てを始めてまだ間もない人や、出産を控えている今の僕らのような夫婦には需要があるだろう。

きちんと消費者のニーズをとらえている雑誌を目にしたせいで落ち込んでくる。のろのろと雑誌を元の場所に戻してキッチンカウンターの縁にもたれかかった。ラインの着信音がして、可南子からの返信が届いたみたいだったが、開いて見る気も失せている。

このままでは気持ちが暗くなる一方なので、気分を変えるために風呂に入ることにした。シャワーの熱いお湯がゆっくりと髪を濡らしていくと、まとわりついていた嫌な感情が流れ落ちるようにして消えていく。でもリセットされた分、自分のことを冷静に見られるようにもなっていて、結果、最後に残ったのは、特に才能があるわけでもない、平凡でつまらない自分の不甲斐なさだけだった。家事は他の人よりもストレスなくできるかもしれないが、ただそれだけの人間だ。

排水口に吸い込まれていくお湯を眺めてから目を閉じる。自分は体のことがあるから多くを望めないのだ、と日野さんは言っていた。でも、やれることをやるしかないと受け入れて主夫業に励んでいる日野さんを、人として素敵だとは思わなかっただろうか。だいたい高望みしたところで、僕の実力が大きく変わるわけではないのだ。

風呂から出ると、部屋着に着替えて、仕事用に使っているノートパソコンをリビングに持ってきた。食卓で起動させているあいだに、電気ポットでお湯を沸かして、温かいお茶を用意する。新規作成の真っ白なページが表示されているパソコンの前に座っても、いつものような「面白い企画を出さなければ」という気負いはなかった。これも皿洗いみたいなものだと言い聞かせて、軽く手のストレッチをする。

企画のためにファイリングしていた様々な資料を参考にしながら、ぱちぱちとキーを叩いて文章を打ち込んでいく。とにかく他のパパ雑誌の真似をするところから始めようと思った。低予算でもできそうな面白いページをいっぱい真似して、パクリにならないように改良を加えることで一冊の雑誌を作ればいい。オリジナリティーがないのが気にかかるが、今までずっとそこで足踏みをしていたのだから、そこはもうあきらめた方が賢明だろう。

ただ、ひとつだけこだわろうと思ったところもあった。たった数ページで構わない。パパサークルを見学したことや、日野さんから話を聞いたことは、自分の言葉でちゃんとまとめて記事にする。当初の企画通り、悩みを抱えながらも父親として頑張っている人たちを紹介するのだ。僕の理想のパパ雑誌は、その小さなこだわりからでいい。

これまで悩んでいたのがなんだったんだと思うくらい、スムーズに企画書を書き上げることができた。最初にイメージしていたものからはかけ離れてしまったが、なんにしても、明日これを部長に見てもらうしかない。

翌朝、出社すると、まずは日野さんにお礼のメールを書いた。得難い出会いだったなと、一日経った今あらためて思う。独りぼっちで出口の見えない入り組んだ洞窟の中を歩いていたら、暗闇の向こうから懐中電灯を持った人が現れたようなものだったのだ。今度はぜひ飲みに行きましょう、と書いたものの、社交辞令に取られてしまいそうなのが嫌だった。でもこちらから具体的な日にちを提案するのも気が引ける。

ふと思いついて、デスクの抽き出しから美術館のチケットを出してきた。世界中の民族衣装を集めた展覧会で、先輩から「何枚かあるからあげるよ」ともらったやつだ。日野さんの家の居間にもそれらしい仮面が飾られていたから、そのことに触れて、「もしご興味があれば差し上げます」としておくのはありかもしれない。チケットも二枚あるし、奥様とどうぞと書いておけばなおいいだろう。

送信ボタンを押して一息吐くと、首を伸ばして笹崎部長が出社しているのを確認してから、企画書を見せに行った。自分なりの形を作れたつもりではいるが、ここでNGを出されたら、また一からやり直しだ。

胸を打つ心臓の音を感じながら、ページを繰っている笹崎部長の第一声を待つ。部長は「うーん……」とうなりながら耳たぶを何度か引っ張った。

「いいんじゃない？」

「え？」

「目新しさはないけど、手堅くていいと思うよ。これで進めて」

あまりにもあっさり通ったことに拍子抜けしていると、笹崎部長がどうかしたのかと僕の顔を覗き込んでくる。

「いや、なんていうか、もっと今までにないパパ雑誌にした方がいいのかなと思ってたので……」

「そんなもん作れる力あんのか、おまえに」

言葉に詰まるや否や、「いいんだよ、別に」と笹崎部長に笑われた。

「全員がホームランなんか打たなくていいんだ。フォアボールでも塁に出れば、とりあえず次にはつながるんだから」

放心状態で一塁ベースに立っているような気分でデスクに戻った。一部始終を見ていたらしい三好さんが、「企画通ったの？」と他人事のように訊いてくる。僕から企画書を引ったくった三好さんは、その場でぱらぱらと目を通すと、「へー、いいじゃん、いいじゃん」とちっとも嬉しくない褒め方をした。

「よし。じゃあ企画も決まったことだし、今日はパーッと飲みに行こうぜ」

こないだの険悪なムードはどこへやら、がっしりと肩をつかんで引き寄せられる。

「今日は予定があるんですよ」と断りつつも、今度時間があるときだったら付き合ってあげてもいいかなと思った。別に感謝はしていないけれど、この人にきついことを言われたから変われたようなところもあるのだ。

その日は仕事を早めに切り上げて病院に向かった。駅のホームへと続く階段を上がりながら、今から電車に乗るよと可南子に手早くラインを打つ。パパ雑誌の企画が通ったことで、ずっと体を縛り付けていた鎖が外れたみたいに気持ちが軽くなっていた。あの感じでいいのなら、自分のペースでなんとか続けていけそうだ。

入室前に手を消毒してから病室に入ると、昨日までカーテンが引かれていた手前のベッドが空っぽになっていた。四人部屋を独り占めできるようになったからだろう、可南子もカーテンを閉めておらず、ベッドの上で僕が届けたミステリー小説を読んでいる。今日は病院着ではなく、家から持ってきた部屋着の上に黒のパーカを羽織っていた。相変わらず点滴の管が腕から伸びているが、家にいるときと同じくらいリラックスしているように見える。

「どんな感じ？」

「うん、元気だよ。退屈してる」

ラインでやりとりはしていても、やはりこうして直に顔を見る方が安心する。可南子は昼間、念のために脳波検査を行っていた。それも異常がなかったので、明日には退院できるようだ。

「隣の人、いなくなったんだね」

「そう。四人部屋に一人って、気は楽だけどちょっと寂しい」

そっか、と応じながら、ベッドの脇の丸椅子に腰を下ろす。棚の上には可南子の好きそうな菓子パンが二つ載っかっていた。昼間、お母さんが仙台に帰る前に病室に来て置いていったそうだ。

「なんか顔が明るいね。いいことでもあった?」

自分では意識していないつもりだったのに、表情に出てしまっていたらしい。パパ雑誌の企画が通ったことを伝えようとしたものの、そのためにはまず雑誌部に異動になったことを明かさなければならなかった。黙っていた期間が長かった分、打ち明けるのにも勇気がいる。

「あのさ、ずっと言わなきゃとは思ってたんだけど……」

報告が遅れたことを謝ってから本題に入った。うちの会社では雑誌部が二軍であるのを前に僕から聞いていたため、可南子は「そうなんだ……」と驚きつつも、どうコメントすればいいか困っているようだった。

「……それで、今はパパ雑誌の立ち上げを任せられてる」

「パパ雑誌? え、それって直樹に子どもが生まれるから?」

「ううん。たまたま。もともとあった育児雑誌のリニューアルなんだ」

「へぇ。すごい偶然だね。でもよかったんじゃない？　雑誌作るなら、子育てのこといろいろ勉強できそうだし」

可南子が努めて明るく振る舞おうとしてくれているのが心苦しい。なるべく早く暗い話を終わらせようと、そのパパ雑誌の内容を決める企画書が無事に通ったことを可南子に話した。

「月刊誌だからさ、取材とかもあちこち行かなきゃいけなくて、これから忙しくなると思う」

「そっか。頑張ってるんだね」

自分がさもできる人間であるかのように振る舞っているのが恥ずかしかった。でも雑誌の作り方がわかったことで、以前よりもやる気になっているところはある。よその雑誌をたくさん読んで、もっと研究したかった。取材したい場所だって、考えればまだまだ出てくるはずだ。

「あ、そうだ、直樹」

「ん？」

「専業主夫になってほしいっていう話なんだけどさ」

あー……と言ったきり黙り込む。まだ答えを出せていない上に、パパ雑誌の方向性が決まったことも相まって、どうしたものかと迷っていると、目を伏せていた可南子が、ため息まじりに笑ってみせた。

「ごめん、自分で言っておいてあれだけど、やっぱり一年間は育休を取ろうかなと思ってる。なんか今回のことで思い知らされたっていうか、私、母親になる覚悟ができてなかったのよ。自分のことにいっぱいいっぱいで、赤ちゃんのこと、何も考えてあげられてなかった」

赤ん坊のことを考えていないなんて、可南子は何を言っているんだろう。たしかにここ数日は、遅くまで働いたりしていて大丈夫なのかなと心配になることはあった。でもそれは本当にここ数日だけのことだし、それまではなるべく横になったり、体にいいものを食べたりして、体に気を遣っていたのだ。

「きっとバチが当たったんだよ。おまえは子どもの母親なんだぞって、体が気づかせてくれたの。だから育休を取ったあとも、また仕事はしたいけど、ばりばり働くのはあきらめようと思ってる。今だって共働きで、直樹は家事も分担してやってくれてるわけだしさ、これ以上を求めるのは、私のわがままでしかないから」

そう言って可南子は、すべてを受け入れたような淡い笑みを浮かべている。どうしてそんな発想になったのかまったく理解ができなくて、考えるより先に、「ダメだよ、そんなの」と反発していた。可南子が「えっ？」と目を丸くする。

「そんなことでバチなんか当たんないよ。たしかに貧血で倒れたのは心配だけど、それは今後体調に気をつければいいだけの話で、出産後の働き方まで決める必要はないはずでしょ？　それとも可南子は、子どもが生まれたら女の人は子どものために生きなきゃいけないと思ってるの？」

可南子は自分が母親であることを重く受け止めすぎているようだった。今回のことで弱気になったのはわかるけれど、僕らは共に子どもが欲しいと思い、二人で子どもをつくったのだ。母親だけが育児に深くコミットしなければいけない理由はない。

「でも……働くことを優先するのは、やっぱり母親としてダメだと思うし……」

「そんなことないよ。可南子が前に言ってたみたいに、女の人だけ育児が必須になってるのは、おかしいことだと僕も思うよ。だから、可南子が望んでることは決して間違ってないっていうか……母親だからっていう理由で、したいことをあきらめる必要はないんじゃないのかな？」

必死で背中を押しながらも、それが自分の首を絞めることになるのはわかっていた。世の中が母親に求めるものはあまりにも重すぎると思う一方で、それをある程度背負ってもらわないと、自分にしわ寄せがくるというジレンマがある。特にうちの場合、可南子がしたいことを応援するのは、僕が専業主夫になることを承諾するのと同義なのだ。

可南子も同じことを思っていたようで、僕に仕事を辞める気があるのかと訊いてきた。

「パパ雑誌、これから頑張らなきゃいけないんでしょ？」と痛いところを突いてくる。

「……たしかに、仕事を辞められるかって言われたらわかんないよ。続けたい気持ちはあるし、今はまだ差し迫った状況になってないから、耳当たりのいいことを言ってるだけなのかもしれないなとは思う。でも、なんて言えばいいのかな……たとえそうだとしても、折り合いがつかないからっていう理由で、すべてをあきらめてしまうのは違う気がするんだよ。お互いの人生に関わることだからこそ、二人でちゃんと話し合って一番いい形を探したいんだ」

精いっぱい前向きなことを言ったつもりだったが、それがどれだけ相手にとって意味のあるものなのかはわからなかった。具体的な案を口にすれば、そこに責任がつきまとう中で、自分にとって確実なことだけを伝えるのは難しい。

「ねぇ、ひとつ訊いていいかな？」

可南子が静かに口を開いた。

「怒られるかもしれないけど……私、これまで一緒に生活してきて、直樹が仕事を生きがいにしてるようには見えなかったの。専業主夫にならないかって持ちかけたのも、私よりもずっと家事が得意な直樹を見てたからだし。でも、直樹はこれからも今の仕事をずっと続けていきたいって思ってるんだよね？　もしそうなら、私、直樹に主夫になってくれなんて、ひどいこと言っちゃったなって思うから……」

その発言に少なからずショックを受けた。彼女は僕が仕事に情熱を持っていないことにずっと前から気づいていたのだ。実際、僕は今だって、仕事が特別好きなわけではないのだろう。以前よりもやる気になっているのは、パパ雑誌を続けていく目処が立ったからにすぎないのだ。

「いや、可南子の言う通りだよ。本当は今だって、絶対に編集の仕事を辞めたくないと思ってるわけじゃないんだ。……僕は男として家庭を守ってるっていう自信が欲しいんだよ」

「自信?」

「稼ぎ手としての自信がないんだ。男は外で働いてないと格好悪い、仕事で成果を出してある程度の収入を得てないとみっともないっていう気持ちがあって、専業主夫にならないかって言われたときにためらったのも、それが理由だったんだよ。仕事をしてない自分が、男としての面目をどうやって保てばいいのかがわからなかった。他人が見たら、ものすごくくだらない悩みかもしれないけど」

自分がどうしてこんなことを話しているのかわからなかった。仕事にこだわりがあるわけじゃない、ただ自信が欲しいなんて、どれだけ小さい人間なんだとため息が出る。

手に触れるものを感じて、見ると可南子が僕の手を握っていた。その温もりは僕をいたわるようでもあったし、励ますようでもあった。重ねられた手に、ぎゅっと力が込められる。いつのまにか可南子の目には、持ち前の意志の強さが戻ってきていた。ときに僕をリードする、物事の明るい面を見ようと努めるこの瞳に惹かれて、僕はこの人と一緒に生きていきたいと思ったのだ。

「直樹、一緒に考えよう？　私もあなたも、たぶん世の中で言われてる『母親』とか『男の人』とかいうイメージに惑わされてるだけだと思うの。だから二人で考えて、そこから逃げる方法を見つけよう？　きっとその方が幸せになれるし、私たちがお互いに納得のいく夫婦の形っていうのがあるはずだから」

そこまで言われて、可南子も僕と同じなんだと初めて気づいた。自分一人が悩んでいるような気持ちでいたけれど、僕らは似た者同士だった。

「大丈夫。直樹が自信をなくしたときは、私がちゃんと肯定するから。その代わり、私が迷ったときは、今日みたいに直樹が私のことを支えて。バチなんて当たらないって言ってくれて嬉しかった。直樹と結婚してよかったって、本当にそう思ってる」

自分の心を芯から温めてくれるような人がすぐ側にいることを忘れていた。悩んでいるなら、まず可南子に話すべきだったのだ。

これから先のことを二人で話し合ったあと、可南子が少し眠ると言うので、僕も帰ることにした。家庭内の些細な連絡事項を交換し合い、「じゃあ、おやすみ」と病室を出ようとしたときに「あ、そうだ」と呼び止められる。

「今日の検査でわかったんだけど、赤ちゃん、男の子だって」

「えっ、そうなの？」

「うん。まだ確定じゃないけど、おそらくそうだろうって」

妊娠がわかったときとはまた違う興奮が体の中を駆け巡る。たかが性別の違いなのに、人生が大きく分岐したように感じるのが面白かった。自分は息子を持つことになるのだ。

「男の子は不安？　前にそう言ってたよね？」

「いや、今はもう平気だよ。可南子と一緒に育てるなら何の不安もない」

本当にそう思ったから、その通り伝えただけなのだけど、可南子は嬉しそうだった。

病室を出て廊下を歩き、ナースセンターの中で事務作業をしていた若い女性の看護師さんに目礼する。ちょうど車椅子の人が入ってきた病院の入口から外に出ると、空気はそこまで冷たくなかった。玄関脇に植えられている桜の木にも、暗くてはっきりとは見えないながらも、つぼみがついているのがわかる。

いずれやわらかなピンク色の花を咲かせるそのつぼみをじっと見上げているうちに、まだ見ぬ息子のことを考えていた。子どもが生まれてからの自分は、どんな人生を送るのだろうと思いを馳せる。このままずっと働くかもしれないし、専業主夫として家事や子育てをするかもしれない。でも、どういう道を進むことになったとしても、もう大丈夫なような気がした。僕に必要なのは、自信を持つことではなくて、可南子と話すことなのだ。近しい人に心を開くことを恐れなければ、僕はきっと今よりも自分の弱さを受け入れられるようになるだろう。

時刻表の光がまぶしい病院前のバス停を通り過ぎ、車の行き交う道路脇の歩道を家に向かって歩き出す。夜風に体を震わせなくていい気候の中を歩くのは心地よかった。上着のポケットからスマホを取り出し、しばらく放置していた仕事のメールを確認する。するといくつか並んだ新着メールの中に日野さんからの返信があった。件名に「日野です」と書かれたその一通だけが、自分には温もりがあるように見える。

こちらこそありがとうございました。専業主夫になってから、妻以外の人と初めて心が通じ合えたような気がします。チケットもめちゃくちゃ嬉しいです。実は大学時代に文化人類学を専攻していまして、その中でも民族文化は特に好きなんです。ただ、あいにく妻はまったくそこに興味がないので、二人で行くのは難しそうです。なので、いきなりこんなお誘いをするのはどうなんだろうとも思ったのですが、もしご興味があれば、ぜひ一緒に行きませんか？　お返事お待ちしています。

何度もメールを読み返しながら、ついつい顔がほころんでしまう。

家に帰ってからゆっくり返事を書こうと思った。恥ずかしがったり、見栄を張ったりする必要はないのだ。僕らには、まだまだ話さなければいけないことがある。

慎一

「へぇ、熟年離婚か。それもひとつの生き方よね」

親父との離婚が成立して、母親が新生活を始めた話をすると、マスターの奥さんはため息ともつかぬ息を吐きながらそう言った。死別したとはいえ、長年夫婦をやってきた人間だからこそわかる部分があるのだろう。

この前は店に入れなかったため、およそ二年ぶりに足を踏み入れたベイビーリトルの店内は、昔と何も変わらなかった。レジの横の古びたピンク電話も、カウンターの後ろの棚に並んでいる多種多様な銘柄の酒も、ピスタチオやナッツが保存されている大きな瓶も、酒を出すときに敷くコースターもそのままだ。ただ唯一違うのは、この店をこの店たらしめていたマスターがいないことだった。今にも奥の厨房からひょっこりと顔を出しそうで、そんな記憶の中の笑顔ばかりが、さっきからちらちらとよみがえる。

「明日から店開けるんですよね？」

「うん、そのつもり。最近は店番もしてなかったから、作れないお酒とかありそうで不安」

　紺色のエプロンをつけている奥さんは、砥石で包丁を研ぎながら笑っていた。髪を短くしたからか、このあいだ会ったときよりもずいぶんさっぱりした印象がある。左手の薬指には今も結婚指輪がはめられていた。夫が死んでもつけ続けるのは少し意外な気もしたが、離婚したわけではないのだから、それが普通なのかもしれない。

「何か困ることがあったらいつでも連絡してください。俺、客が多いときは酒作ってたこともありますし。できる限りのことはしますから」

「ありがと。頼りにしてるわ」

「息子さんは元気ですか？」

　奥さんは「あー……」と微妙な反応をした。ちゃんと学校にも行っているし、元気がないわけではないのだが、マスターに手を合わせることをしないらしい。

「こないだも月命日があったんだけど、頑なにお墓には行かないって言ってね。家でも仏壇に近寄ろうとしないのよ」

　中学生にしては子どもじみた行動だ。でも父親の死をまだ受け入れたくないのかもしれなかった。多感で未成熟な年齢だから、大人がどうこうしろと言っても素直に聞き入れるわけじゃない。

「まぁ長い目で見ていくしかないかなと思ってる。そんなすぐに癒えるような傷じゃないから」

　そうですね、と俺もうなずく。雰囲気が暗くなるのを気にしたのか、奥さんが今日は仕事なのかと訊いてきた。休みにしては、かっちりとした服装をしていたからだろう。

「はい、ちょっと顔を出すところがあって」

「日曜日なのに？」

「うちの会社が企画したイベントの様子を見にいかなきゃいけないんですよ。そういうのってたいてい週末にやるものなんで」

「相変わらず忙しいのね。でもあんまり働きすぎちゃダメよ？　うちの人みたいに倒れてからじゃ遅いんだから」

　また来てね、と言った奥さんに、これからはちょくちょく顔出します、と約束して店を出た。午後の日差しは暖かくて風もなく、見上げた空は雲ひとつなく晴れている。その空の静けさが、死んだ人間の静けさを思わせたからか、再び歩き出したときには、亡くなった父親に手を合わせないマスターの息子さんのことを考えていた。普通の人は、みんなそうして人の死というものに深く傷つくものなのだろう。故人と向き合わないのは同じでも、俺の場合は単に自分が薄情で、目に見えないものに敬意を払うことをしてこなかっただけだ。

　自分の母親が亡くなったあと、月命日の墓参りを欠かさなかった葵に、一度くらい一緒に行けないのかと求められたことがあった。でも俺はそのときも、仕事の忙しさを言い訳にして、ずっと断り続けていたのだ。

すっきりと晴れ渡っている空は、無言ながら俺の思いつきを後押ししているように見えた。自分の中で何かのスイッチが切り替わったのを感じつつも、これから合流する予定だった後輩の藤崎に電話をかける。

「悪い。ちょっと急な用事が入っちゃってさ。俺抜きでやっといてくんねーかな」

「えーっ、谷坂さんが取ってきた仕事じゃないですか。私一人じゃ無理ですよ」

「おまえが二倍頑張れば大丈夫だよ。ちゃんと埋め合わせはするから。頼むわ」

最寄り駅から地下鉄に乗り、二度だけ行った記憶を頼りに、都心から離れる電車に乗り換えた。仕事を後輩に押しつけて墓参りに行くなんて、昔の自分だったら考えられない。およそ一時間後に、近くに有名なお寺があるその小さな駅に降りると、グーグルマップで周辺にある墓地を調べ、だいたいの目星をつけて墓地探しの旅に出た。途中にあった花屋に寄って、目についたチューリップをメインにお供え用の花束を作ってもらう。

上着を脱ぎたくなるような陽気の中、日傘を差した中年の女性二人とすれ違う。歩きながら周りにある景色を見回しても、見覚えがあるような、ないような、あやふやな状態だった。でも辿り着いた墓地に隣接している公園を見て、記憶がぴたりと重なった。その公園の真ん中にあるすべり台が、おもちゃのロボットの形をしていたからだ。地面に斜めに突き出しているロボットの両腕が、それぞれ階段とすべる場所になっている。

場所の確信を得たからか、墓地に入ると、そこまで迷わずに目的の墓の前に来ることができた。オーソドックスな縦長の墓石には、葵の家の名字である「古川《ふるかわ》」の字が彫られている。葵の母親の車椅子や、チェック柄の膝掛け、点滴がつながれていたやせ細った腕なんかが脳裏に浮かんでは消えていった。

墓参りなのだから、一応掃除とかもした方がいいんだろうか。でもさすがによその家の墓を勝手に掃除するのは気が引けたので、花立ての水だけ替えにいって、買ってきた花束をそこに入れた。線香も持ってきていないが、まぁいいだろう。その場にしゃがんで手を合わせ、故人の冥福を祈ることに集中した。でも目を開けても、何か自分が都合のいい罪滅ぼしをしたようにしか思えなかった。花を供えただけなのが、余計にその上辺感を引き立たせているように見える。

両膝に手をついて立ち上がろうとしたときに、誰かが向こうから歩いてくるのに気がついた。二メートルほど離れた場所で足を止めた女を見てこっちも固まる。「なんで？」と俺に率直な疑問をぶつけたのは葵だった。ストライプのロングスカートに、黒のライダースジャケットを着て、両手には水桶と花束を提げている。

「いや、葵のお母さんの墓参りに来たんだけど……」

「え、まさか月命日覚えてたの？」

「月命日？」

何のことかわからずにいると、それが理由で来たんじゃないのかと訊き返された。偶然にも、今日は葵の母親の月命日だったらしい。俺がたまたまここに来たことを理解した葵は、「まぁ、覚えてない方があなたらしいけど」と元妻ならではの納得の仕方をしていた。水桶や肩にかけていたトートバッグを俺の側に下ろしながら、でもなんで急に来ようと思ったのかと尋ねてくる。

「まぁ、なんとなく……思いついて」

「っていうかよく場所覚えてたね」

「うん。意外と覚えてるもんだよな」

葵が墓石の前に立つ。「花も買ってきてくれたんだ」と彼女はその場でつぶやいた。許可なく墓参りに来たのがまずかったかもしれないことに今さら気づく。

「花、ダブっちゃったね」

「あ、それなら俺のは持って帰るよ。お義母さんも娘の花の方がいいだろうし」

「いいよ、そんなことしなくて。適当に混ぜて一緒にするから」

愛想のない返事をされ、やっぱり怒ってるのかな、としばらく様子をうかがったが、そういうわけでもないようだ。墓石を拭いてくれるかと雑巾を差し出されたので、戸惑いながらも引き受ける。水桶に浸して絞った雑巾で墓石を拭き始めた俺の横で、葵はいったん回収した俺の花と、自分が買ってきた花との組み合わせを探っていた。バランスを見ながら花を加えたり減らしたりして、必要であれば花切りばさみで茎の長さを調節している。その細やかな作業のおかげで、俺たちが別々に買ってきた花はケンカせずに見栄えよく納まった。種類と色が増えたため、見た目が豪華になっている。

「線香は？　あなたもあげる？」

ライターで火をつけた線香の束を葵が半分よこしてくる。先に墓前に供えさせてもらい、場所をゆずるようにして後ろに下がった。二度も同じことをする必要はないかと思い、墓前にしゃがみ込んだ葵の背中を眺めるだけに留めておく。葵はずいぶん長いあいだ母親に手を合わせていた。

「ねぇ」

「ん？」

「ペットの遺骨って、人間のお墓に入れられないのかな？」

意味がわからずどういうことかと話を聞くと、葵はこのあいだ亡くなった飼い猫の遺骨を、目の前の墓に入れたいと考えているようだった。

「いや、ペット霊園に入れればいいんだけどさ、他の動物があんまり好きな子じゃなかったから、そんなところに独りぼっちで入れるのは可哀想だなと思って。それに、お母さんも猫好きだったし。一緒に入れてあげたら喜ぶかなって」

「うーん、どうだろうな。納骨するのって、埋葬許可証とかいらなかったか？　もし申請したとしても、ペットは認めてもらえないかもな」

俺が現実的なことを言ったからか、葵は「そっか。やっぱり無理か」と残念そうだった。その声を聞くと、なんとかしてやりたくなる。

「こっそり入れるか」

「え？」

「墓の構造にもよるけど、頑張れば自力で入れられるだろ」

「いや、でもそれは……」

「いいんじゃねぇの。今はペットを家族だと考えてる人も多いんだしさ。墓の決まりが時代の価値観についていってないだけだよ」

何を言われようが知ったこっちゃないという態度でいる俺に葵は笑った。立ち上がって大きく息を吐いてから、「変わらないね」と呆れている。

「あなたのそういうところが好きだったのよ。今はもうだまされないけど」

立ち上がった葵がいたずらっぽい笑みを浮かべている。彼女の後ろで線香の煙が風に吹かれて揺れていた。

「このあと予定あんの？」

墓地を出るなり葵に訊くと、彼女は歩きながら俺のことを見返した。「家に帰るよ」と素っ気ない返事をしてくるので、街中でナンパでもしているような気持ちになる。せっかくこうして顔を合わせたのだから、飯でも食って帰らないかと誘おうとしただけなのに、ますますナンパになりそうでためらった。自分の希望と、薄っぺらい男になりたくない意地とのあいだで悩む。

「どうかしたの？」

喋らなくなった俺を不審に思った葵が顔を覗き込んでくる。他の女が相手だったらためらいもしないことに、またしても時間をとられているのがバカらしかった。「いや、飯でも食っていかないかって誘おうかと思ったんだよ」と正直に白状する。別にやらしい

「でも、元妻にそういうことを言うのは変じゃないかって気がしてさ。別にやらしい意意図とかはなく、ただもうちょい話したいなって思っただけなんだけど」

結果として悪くない誘い方になったことが自分でも意外だった。葵も俺の素直な気持ちをうっとうしいものとは受け取らなかったのか、どういう話がしたかったのかと尋ねてくる。

「うーん……まぁ、いろいろ。ここ最近で思ったこととか。なんかマスターが亡くなってから、葵のことをよく考えるようになったからさ」

「えぇ？　なんでマスターが亡くなって私のことを考えるのよ？」

「なんでって言われてもな。事実そうだったんだからしょうがないだろ」

それきり説明せずにいると、答えを与えられなかった葵が、今の話は終わりなのかと訊いてきた。これだけ食いついているのならと、「だからそれを話すために飯を食いに行こうと思ったんだよ」と話を戻す。すると葵は一瞬迷うような顔をしたものの、「いいよ、じゃあ」と食事に行くことをＯＫした。

「え、いいの？」

「だってご飯行くだけでしょ？」

「まぁ、そうだけど」

もっと難色を示されると思っていたから拍子抜けする。四つ角を直進しようとした俺を、葵は「駅はこっち」と左の方に引っ張った。

「あ。じゃあさ、場所は俺が決めていいかな？　落ち着いて喋れるとこ知ってるから」

葵の了承を取りつけて二人で電車に乗った。降りた駅からタクシーに乗り換え、運転手に行き先を告げると、葵が「うん？」と眉をひそめる。適当にごまかして車を出してもらい、十五分ほどで目的地に到着した。車を降りた葵は、目の前に建っている俺のマンションを見上げて固まっていた。

「ねぇ、ちょっと待ってよ。なんであなたの家なわけ？」

怒っている元妻をおいてけぼりにして歩いていく。「落ち着いて喋れるからだよ」と答えると、葵は「いや、そういう問題じゃないでしょ」と背中に声を飛ばしてきた。

「別にいいだろ？　まだ夕方なんだしさ。飯食うには早すぎるよ」

どうぞ、と執事のような笑みを浮かべて玄関のドアを開けてやる。葵は俺をぎろりとにらみつけてから、不本意そうに家の中に足を踏み入れた。およそ二年ぶりに前の家を訪れた葵は、しかめっ面で部屋のあちこちを見回していた。

「なんか全然変わってなくない？」

二年経っても家の様子は覚えているものらしい。「そうか？　まぁ、変える必要も感じないしな」と受け流してエアコンをつけ、荷物置きになっていた食卓の椅子を座れるように空けてやった。

「そう？　私だったら変えるけど。思い出が残ってる家にいるのって嫌じゃない？　最低でも模様替えくらいはするよ」

そういうのが気にならないのが俺のおかしいところなのかもしれない。たしかに離婚してしばらくは葵の空白を家のいたるところに感じたが、それを取り去ろうという考えは一度も起こらなかったのだ。

「ねぇ。あの棚の上にあるの、何？」

葵が指差したのは須田の作った「倫理」の入った瓶だった。どう説明すればいいか迷った挙げ句、「あー……魔除け、みたいなもんかな」と真面目な顔で嘘を吐く。

「ふーん」

あまり納得はしていない様子だったが、それ以上は追及する気もないらしい。葵は上着を脱ぎもせずに食卓の椅子に腰かけた。一瞬だけ昔に戻ったような錯覚に陥って、でもすぐに今の葵が昔とは違っているのに気づく。単純に見た目が変わったとかではなく、葵はこの見慣れた居間の景色に溶け込んでいなかった。ときどき家に来ていた他の女たちと同じように、異物として存在している。

「何飲む？」

「うーん、お茶がいいかな」

こっちは酒のつもりでいたが、飲む気がないならしょうがない。キッチンの戸棚をあさって見つけた緑茶のティーバッグで葵に温かいお茶をいれてやり、自分だけウイスキーの水割りを飲むことにした。

「そういえば、今日、ベイビーリトルに行ってきたよ」

「そうなの？」

湯呑みを葵の前に置き、向かいの椅子に腰を下ろす。食卓の上に散乱している仕事の資料を適当に片付けた。はらりと落ちた誰かの名刺に気を取られていた俺に、「それで？」と葵が続きを促す。

「あぁ。一人で店やってくのが不安そうだったから、俺にできることがあったらなんでもしますって言っておいたよ。あの店には返しきれないくらいの恩もあるしな」

少し前にマスターの家にも行って、仏壇に手を合わせたことを伝える中で、奥さんと葵のつながりのことが話題に上った。「仲いいんだな」と俺が言うと、葵は湯呑みに口をつけるのを止めて、「そうだねぇ」と笑っていた。

「マスターの奥さん、実は再婚なのよ。前の旦那さんとのあいだに娘さんがいて、私と年齢が近いらしいの。親しくしてるのは、きっとそういうのもあるんじゃないかな」

示し合わせたわけでもないのに同じことを言っている。奥さんの話をする葵の顔には、親しい人のことを喋っている人間特有のやわらかさがあった。気の合う女同士で旅行に行ったり、おいしいものを食べに行ったりするのは純粋に楽しいのだろう。

「あ。あと、ウチの両親、離婚したんだよ」

「え、やっぱり無理だったんだ？」

前にお通夜で会ったときに、するかもしれないとは言っていたので、そこまでの驚きはなかったようだ。離婚に至るまでの一部始終を聞いた葵は、母親が家を出るときに「お世話になりました」といやみったらしく親父に頭を下げたのが、昼ドラみたいだと気に入っていた。

「あなたがあいだに入ってあげなかったの？」

「入っても役に立たないよ。俺が偉そうに言うのもなんだけど、たぶん夫婦ってのは、よほどお互いが能天気でもない限り、努力しなきゃ続かないんだと思うよ」

七海の旦那の健太郎くんに言われたことが、今でもすぐに思い出せるくらい刺さっていた。彼に比べれば、俺や親父は自分の妻だった女に対して何もしていないようなものだった。

「それは何？　相手を尊重するとか、思いやるみたいなことができないとうまくいかないってこと？」

「いや、そうじゃないよ。そういうのって、みんな自分はある程度やってるって思い込んでたりするからな。それよりも、自分の考えは間違ってるかもしれないっていう疑いを持てるかどうかなんじゃないの。俺の親父は、そこが全然ダメだったんだよ。いつだって自分が正しいと信じてたし、そのことを自覚さえしてなかった」

葵が笑いを噛み殺している。「まさかあなたにどうやったら夫婦はうまくいくかを説かれるとは思わなかった」ともっともなことを言うので、「たしかにそうだな」と俺も笑った。

「俺も他人のことは言えないよ。葵と一緒にいたときも、自分は間違ってるかもしれないなんて考えは浮かばなかった。そういうことに対する反省を今さら感じてんのかもな。って言っても、別に謝りたいと思ってるわけじゃないよ？　謝るくらいならそのときにちゃんとやっとけって話だしな」

まったくその通りだと葵は深くうなずいていた。いつのまにか酒を飲み干してしまっていたため、台所にお代わりを作りにいく。何か食べるかと葵に訊くと、「おやつがあれば」と返事があった。冷蔵庫を探ってみると、前に須田が置いていったポッキーが一袋だけあったので、新しく作った酒と一緒に食卓へ持っていく。

「でもさ、やっぱり謝らなきゃいけないこともある気がするんだよ」

「何について？」

ポッキーの袋を破った葵が俺を見上げる。口に出していいか迷ったものの、ここで呑み込んでも意味がない。再び椅子に座ってから「流産したときのことだよ」と切り出した。

「俺は支えられなかったからな」

その一言で葵には十分伝わったらしい。ぽりぽりと一本目のポッキーを食べ終えた葵が、口の中のものを呑み込んでから、「私も悪かったのよ」と俺に言う。

「あの頃は、ちょうどお母さんが亡くなったあとだったでしょ？　あなたとの結婚生活もすれ違いが続いてたし、お腹の子どもが唯一の希望みたいになってたの。でもそれがダメになったから、ちょっと心が折れちゃって。だから私も、必要以上に引きずってたのよ」

唯一の希望のように思っていたなんて初耳だった。ひょっとすると俺は、自分が考えていた以上に葵のことを傷つけていたのかもしれない。

「なぁ、葵。そのときのこと、もう少し教えてくれないかな？　わざわざ振り返ることじゃないのかもしれないけど、そのことだけは、当時の俺が受け止めなきゃいけなかったことだと思うんだ。でも、俺は自分のことしか考えてなくて、生まれなかった子どもにちゃんと手を合わせたことすらなかったんだよ。それは父親として本当に恥ずかしいことだったと今は思ってる」

葵は目を伏せていた。今さら何を言っているんだと怒っているのだろうか。ゆっくりと湯呑みを取り上げた葵は、結局それに口をつけずに、また元の場所に戻した。

「あなたも知ってる通り、はじめのうちは毎日泣いてた。自分のせいだと思ってたから」

過去の記憶と目の前の現実が溶け合っていくようだった。この食卓でも、葵はよく泣いていた。

「でもそれはさっき言ったように、子どもに期待しすぎてたところもあったの。お腹の中の子が自分の人生を変えてくれるような気がしてた。だからつらくて、毎日泣いて、私が期待したのがいけなかったのかなって自分を責めてた。もっとあの子が無事に生まれてくることだけを願っていればよかったたって」

うつむいている葵から洟《はな》をすする音がする。泣いているのかと思ったが、再び顔を上げた葵の目に涙はなかった。

「離婚してからは、なるべく忘れようとした。ちょうど働き出したりして忙しくしてたから、しばらくは精神的にも落ち着いてたの。でも街で妊婦を見かけたり、友だちが子どもを産んだりすると、どうしても思い出しちゃうのよね。だから夜中にときどき泣いてた。何度もお腹に手を当てて、戻ってきてくれないかなって願ったりして」

「そっか……」

「今でもふとしたときに思い出すのよ。未だに引きずってるとか、そういうんじゃないんだけどね。骨まで染み込んだ記憶って自分の意志では消せないの。たとえ私がいつか子どもを産んだとしても、私の中でその子は二人目の子になるんじゃないかな」

酒を飲むことでリラックスしていたはずの体が、今では空っぽのように感じられた。もし将来自分が子どもを持ったとしたら、その子を二人目だと思えるだろうか。俺は流産をただの不運だと考えるような人間だから、この手に抱かなかった赤ん坊のことなんて記憶から消してしまうかもしれない。

「やっぱり全然違うんだな」

俺が言うと、葵はポッキーに手を伸ばしながら「何が？」と訊いた。

「流産に対する気持ちっていうか……正直これだけ聞かされても、わかんない部分も多いんだよ。俺は子どもを体に宿した側の人間じゃないから、葵が感じた痛みとか悲しみを、きっと四分の一も理解できてないと思う。俺にわかるのは、そのとき葵を支えなかった自分がどれだけクソだったかっていうことだけだ」

「いいんじゃないの、それで」

「え？」

「私とは立場が違うんだし。逆に全部わかったって言われる方が腹立つよ」

「そういうもんか？」

うん、と葵にうなずかれると、そんなような気もしてくる。

やがてお茶を飲み干した葵は、一言「帰るね」と俺に言った。二人で夕食を食べる必要はもうなさそうだった。他人同士の俺たちがこれ以上馴れ合ったところで、ただ思い出をなぞるだけだし、どこにも行き着かないからだ。

「あ、お母さんのお墓参り、行ってくれてありがと」

玄関で靴を履いた葵が思い出したように言う。「あぁ」と相づちを打ちはしたが、感謝されるようなことをしていないのは自分が一番わかっていた。今後会う予定のない葵が「またね」ではなく「じゃあ」と言って外に出ていく。元妻の背中がドアの向こうに消えてしまうと、柄にもなく寂しさを感じている自分がいた。葵が最後に見せた笑みだけが、何もない空間に残っていた。

週末は酒を飲みながら、ソファに寝そべってだらだらと海外ドラマを観るに限る。グラスの中の赤ワインを飲み干して、ローテーブルの上に転がっているピスタチオに手を伸ばした。一緒にいるのが苦じゃない人間というのは、何によって決まるのだろうと最近よく考える。相性と言ってしまえばそれまでだが、その謎が解明されれば、みんなもっとストレスなく他人と生きることができるんじゃないだろうか。まぁなんにせよ、俺の家に入り浸るのは相変わらず須田だけだ。

「それ以来、葵さんとは一回も会ってないんですか？」

眉間にしわを寄せながら、須田が赤ワインのコルクに刺したオープナーを引っ張っている。せっかくそんなふうに話す機会があったのだから、この際もっと仲良くなって再婚すればいいのに、と須田は俺に勧めてきた。そういうんじゃないんだよ、とさっきから何度も言っているのに、まったく聞く耳を持とうとしない。

「いいじゃないですか。再婚もありだと思いますけどねぇ」

「あのな。そんな簡単に再婚するなら、そもそも離婚なんかしないんだよ」

ようやくコルクが抜けたらしく、須田が新しいワインを自分のグラスに注いでいる。

慎一さんもいりますかと訊かれたので、左手に持っていた空のグラスを差し出した。

「なーんか、でもがっかりですよ。慎一さんが葵さんのお母さんの墓参りに行くなんて」

「なんでだよ？」

「だってイメージにないでしょ？　墓とか見ても、『ただの石だろ』って思うのが慎一さんじゃないですか。そんな人が自分の行いを省みて、自発的に手を合わせに行くなんておかしいですよ」

　須田の主張はわからなくもない。でも、そういうところが欠けていたから離婚したようなものなのだ。本当は来週、自分の子どもの水子供養をした寺に墓参りに行こうかと考えていたけれど、須田に言うのはやめておいた。頭の具合を本気で心配されそうだ。

「でもさ、おまえ矛盾してない？　再婚するのはありで、墓参りはなしなの？」

「え、だって再婚はまた離婚する可能性があるじゃないですか。俺はそれを期待してるんですよ」

　なんてことを言うんだ、こいつは。ピスタチオの殻を強めに投げつけると、須田は「いてっ！」と額を押さえた。「ちょっ、地味に痛いんでやめてください！」と追撃を加える俺にストップをかけてくる。

「っていうか、慎一さんはそれでいいんですか？　人としてつまんないと思いません？　もっと荒波の中に身を投げましょうよ。心を入れ替えた慎一さんなんて俺は見たくないですよ」

そんなの知ったことじゃない。うるさい犬を追い払うように、しっしっと手で払ってワインを飲むと、「あ、いいこと思いついた」と須田が急に目を輝かせた。

「俺が慎一さんを荒波に戻してあげますよ」

須田はソファから立ち上がると、リビングの棚の上に置いてある「倫理」の瓶を持ってきた。赤いふたを回して開け、中に入っているハガキ大の紙を取り出している。それを裏返したかと思ったら、ペン立てから油性マジックを取ってきて、きゅっきゅっ、と何かを書き出した。現れたのは「良心」の文字だ。字が見えるように瓶の中に入れ、再びふたを閉めている。

「よし。これで慎一さんはもういい人じゃなくなりましたから」

「いや、もうそんなことされてもなんも変わんねぇよ」

「どうですかねぇ？　そりゃあ、もともと性格のいい人だったら無駄でしょうけど、慎一さんは反省して一時的に善人になってるだけですからね。その薄皮を一枚剝げば、俺の大好きな慎一さんにすぐに戻ると思いますよ。ほら、なんでしたっけ。人と人は一生わかり合えないし、そもそもわかり合う必要がないってやつ。あれこそが慎一さんの本質ですから」

須田は不敵な笑みを浮かべると、「ションベンしてきまーす」と言ってリビングを出て行った。テレビから役者たちの緊迫した掛け合いが聞こえる中、テーブルの上に残された「良心」の入った瓶に自然と気を取られてしまう。じっとそれを見ていると、この数ヶ月で手にしたはずの人としてのまともさが、本当にそこに閉じ込められてしまったような気がした。ふたを開けて中の紙を破ろうかとも思ったが、そんなことをしたら、この程度の冗談を本気にしたのかと須田にバカにされそうだ。

なんだか仕返しをしたくなってきて、瓶のふたを回して開けると、中の紙を取り出した。さっき須田が使った油性マジックではなく、わざわざシャープペンシルを持ってくる。そいつで「良心」の文字の右側に、小さく「須田の」と書き加えた。マジックに比べたら字が薄いから、これで元通りにしておけば、須田は気づかないだろう。

シャープペンシルをソファの隙間に隠すと、廊下の方から足音がした。ソファに戻ってきた須田は、俺が細工した瓶には目もくれずに、ローテーブルの上のつまみに手を伸ばしている。不思議なもので、一度ああやって書いてしまうと、瓶の中にあるのが須田の良心にしか思えなかった。テレビを見つめる須田の目が、心なしか冷たく感じる。

「なんすか」

視線に気づいた須田が顔をしかめているので、「別に」と言ってワイングラスを取り上げた。知らぬ間に良心を盗まれた男が、怪訝そうに首をかしげてテレビの方に向き直っている。でもよく考えたら、この男は良心なんかなくても問題なく生きていけそうだった。須田は大きなあくびをすると、「あ〜、仕事めんどくせ。明日、地球が爆発すればいいのになぁ」とぼやきながら、ずりずりとソファに寝そべった。

幸太郎

割り箸を上手に動かせないせいで、思ったように白飯をすくいあげることができなかった。沼島さんとのケンカで手の甲と人差し指の骨にヒビが入ったため、右腕は三角巾で吊るされた状態になっている。おまけに不慣れな左手で食べ物を取り上げても、唇の端が切れているから口の中に入れるのも一苦労だった。

半分ほどでコンビニのからあげ弁当をあきらめ、ストローを差した紙パックの緑茶を取り上げた。切れていない方の唇の端に当てて吸うと、ぬるいお茶がわずかな苦みを残しながら喉を通りすぎていく。陽が当たって暖かそうなうちの狭いベランダでは、千香がぼくの洗濯物を干してくれていた。一応自分でやろうとはしたのだけれど、一枚干すのにやたらと時間がかかっているのを見かねた千香が代わると言ってくれたのだ。干すときに叩いてしわを取ってくれていないのは残念だけど、指摘したら「だったら自分でやれば？」とキレられそうだから、やってもらえるだけありがたいと感謝した方がいいのだろう。

千香がこちらに気づいていないのをいいことに、洗濯物を干す歳の離れた妹の背中をしげしげと眺めてしまう。今もこうして千香がぼくの家にいてくれるのが奇跡としか思えなかった。握手会の会場で鉢合わせした時点で、これはもう自害する他ないと死を覚悟したほどだったのだ。

あの日、どうして握手会に来たのかと問われて気絶したフリをしたあとで、焦った千香に救急車を呼ばれそうになった。慌てて目を開け、自分は大丈夫であることをアピールしたら、今度は騒ぎを聞きつけた握手会のスタッフと警備員がやってきて、ぼくと沼島さんだけ別室で事情を聞かれるハメになった。幸いただのケンカだと判断されて出禁になったりはしなかったが、家に帰れば帰ったで、今度は先に帰宅していた千香が、ぼくのせいでオーディションに落ちたらどうするんだと詰め寄ってきた。ぼくの名前は控えられてしまったわけだし、もしぼくと千香が兄妹であることが運営側に伝わってしまったら、心証は最悪だと言うのだ。

「っていうかさ、そもそもなんであんなところにいたの？」

「いや、だから……それについてはホントに申し訳なかったと思ってるよ。アイドルって、やっぱり大変な仕事だと思うから、ちょっと心配だったんだよ」

「心配って？　それで見に来たってこと？」

「そう。そうだよ。ほら、ラグドールがどんなグループで、どういうファンの人に支持されてるのかわかんないしさ。それでキョロキョロしてたら、変な男に絡まれて……」

口から出任せもいいところだけど、嘘を吐く以外にやりようがなかった。もし本当のことを話していたら、ぼくは千香に兄妹の縁を切られていただろう。

スマホでツイッターを開いて、フォローリストから沼島さんのアカウントを探した。あれ以来、あの人とは連絡を取っていないので、何か近況のわかるツイートをしていないかチェックする。最後の投稿は五日も前だったため、沼島さんが今何をして、どんなことを考えているのかをうかがい知ることはできなかった。ケンカのことを思い返すと、今でもまだ傷口がうずく。でも何よりも深く残っているのは、体の傷ではなくて、沼島さんに言われたことだった。

今までの人生で一度でも誰かから本気で好かれたことあるか？　俺らみたいな底辺の男はな、疑似恋愛で幸せになるしかないんだよ。

昨日今日と頭の中で反論を組み立ててみたけれどダメだった。里美さんとのあいだに起こったことを考えると、沼島さんの主張が正しいと言わざるを得なくなる。でも、そんなふうに自信が失われていく一方で、里美さんは本当にぼくのことを好きじゃなかったんだろうかという疑問もあった。誕生日に手の込んだ料理を作ってくれたことや、いかにも幸せそうにぼくに抱きつきながら「幸太郎くんといると安心する」と言ってくれたことすら嘘だったのか?

「どうかしたの?」

いつのまにか千香がすぐ側に立っていた。洗濯物を干し終えたらしく、空のかごを手に持っている。焦りながらも「なんでもないよ」と首を振り、家事を代わりにやってくれたことに礼を言った。半分以上残っているからあげ弁当を見た千香が、「そんなに残すの? もったいなくない?」と眉根を寄せる。

「いや、食べるよ。ちゃんと食べる」

再び左手で箸を持ち、ポテトサラダを無理やり口に押し込んだ。引き伸ばされた唇の端の傷が激しく痛む。もっと吸うだけで済むような、ウイダーインゼリー的なものを買ってくれればよかった。

「うわ、どうしたの、そのケガ」

腕に三角巾、顔には絆創膏を貼っていたからだろう。翌朝は市役所に着くなり職場の人たちから笑われた。一応階段で転んだとそれらしい嘘を吐いておいたが、そのツイてなさがいかにも森野らしいと思われているようだ。でも、ぼく自身はそんなことはどうでもよくて、今日はどうにかして綿貫さんと話すのが目標だった。里美さんがぼくのことを本当はどう思っていたのかという疑問。さすがに今さら本人に訊くことはできないので、同じ年上の女性である綿貫さんに事情を話して、率直な意見を聞いてみたい。

二人でいるところを見られたら、同じ課の人にまた誤解されそうだ。そのため、綿貫さんが一人になったときを狙おうとしたのだが、迷っているうちに機を逃したりして、結局仕事が終わったあとに、駅へと向かう綿貫さんを後ろから呼び止めることになった。

急に声をかけられた綿貫さんが「森野くん？」と困惑するようにして固まっている。

「あの、このあとって何かご予定ありますか？」

「いや、家に帰るだけだけど……」

「あの、じゃあ、ちょっと相談に乗ってもらえませんか？」

時間的に夕食を食べようということになり、ぼくの知っているお店に連れていった。市役所から二駅ほど離れた場所にある焼き鳥屋で、食べ歩きを趣味にしていたときにときどき行っていた店だ。狭い店内のカウンターで横並びに座った綿貫さんは、髪をまとめて剝き出しになっている耳に、この前とは違う三日月形のピアスをつけていた。

「ケガ、大丈夫？　なんか階段で転んだって聞いたけど」

「あぁ、それは全然。大丈夫です」

言ってから、食事も満足に取れないことを思い出す。まぁ口の端の痛みは我慢すれば食べられないことはないだろう。それよりも骨にヒビが入っているから、お酒はやめておいた方がいいと思い、ぼくだけウーロン茶にさせてもらった。

「それで？　相談って何？」

綿貫さんからさっそく水を向けられて言葉を探した。ぼくが相談を持ちかけたのだから、ためらっている場合じゃない。この前、アイドルに逃避するのをどう思うか訊いたときみたいに、友だちのことにして話すこともできるけれど、もうそういうのはやめにした。正面から向き合わないと意味のないことだってあるはずだ。

これまで誰にも言わなかった里美さんとのことを綿貫さんにすべて話した。お見合いパーティーで出会い、結婚を前提に同棲していたこと。ある日、友だちと電話しているのを偶然聞いてしまったこと。もう二年も前のことなのに、話すとじくじく胸が痛んだ。傷口はとうの昔にふさがったと思っていたけれど、心の古傷というのは人に話すことでまた開いてしまうものらしい。

「……その電話の中で、彼女は『ぼくのことは恋愛対象としては見ていない』って言ったんです。今でも前の彼氏が好きだけど、恋愛はもうあきらめた、子どもが産めればそれでいいって」

話に割って入るように遅めのビールとウーロン茶がやってくる。雰囲気的に乾杯をしなければならなくなり、仕方なしにジョッキとグラスをぶつけた。タイミングが悪すぎる。飲み物が来てから話し始めればよかった。

「あの、それでさっきの話なんですけど、彼女はぼくのことを好きじゃなかったと思いますか？」

綿貫さんは口につけたジョッキをカウンターに戻しながら、「うーん」と答えに困るような顔をした。

「でも結婚の約束はしてたんだよね？　それなら好きだったんじゃないかなぁ？」

「えっ、恋愛対象として見てないって言ったんですよ？」

「それはそうなのかもしれないけど……恋愛と結婚は別じゃないのかな。私の周りにも、すごく好きだった彼氏とうまくいかなくて、そのあと出会った人とあっさり結婚したって話、けっこう聞くよ？　そういう場合って、恋愛的にどうこうって言うよりは、単に結婚相手として見てるんじゃない？　その彼女、歳いくつだったっけ？」

「そのときは三十五歳です」

「じゃあ尚更だよ。しかも子どもが欲しかったわけだし」

「そうですけど……」

「いや、別にその人の肩を持ってるわけじゃないよ？　恋愛対象として見てないなんて言われて傷ついたのはよくわかるし。ただ、結婚相手としては普通に好きだったんじゃないのかなと思うだけ。だってそうじゃなきゃ結婚なんかできないもん」

どれだけ肯定的なことを言われてもすぐには納得できなかった。もし、同じ説明を里美さんからされたとしても、ぼくは受け入れることができないだろう。するとその不満を見透かした綿貫さんが、恋愛対象に見られないと嫌なのかと訊いてくる。

「いや、そういうわけじゃないんですけど、子どもが欲しいから結婚したって言われると、ぼくじゃなくてもよかったのかなって思うんですよね。言い方はあれですけど、都合のいい種馬にすぎなかったんじゃないかって」

「種馬……」

絶句していた綿貫さんが急に頬を膨らまして「ぶっ」と噴き出す。うつむいて笑いを噛み殺しているので、どこに笑うところがあったんだと不快になった。

「いや、ごめんごめん。言葉がちょっと強烈すぎた。さすがに種馬はないと思うよ。それは自分を卑下しすぎだよ」

「そうですか？」

「そうだよ。だいたいお見合いパーティーで出会ったんだったらさ、相手を結婚相手として見るのは普通じゃない？　森野くんだって奥さんになってくれる人を探してたから、そういう場所に行ってたんでしょ？」

綿貫さんの言っていることは正論だった。だとしたら、ぼくがどうでもいいことにとらわれているだけなんだろうか。明るく元気な女性の店員さんが運んできた焼き鳥に、すぐには手をつけることができなかった。すっきりしないぼくをよそに、綿貫さんは「おいしそー」と目を輝かせて、さっそくなんこつを手に取っている。

「いや、さっきも言ったけど、彼女の本音を聞いちゃったのは、すっごくつらいことだと思うよ？　誰だって結婚しようとしている人からそんなこと言われたら傷つくもん。でもさ、自分のことを種馬だなんて思う必要はないんじゃないの？　別れるときも、彼女は必死で引き止めようとしてくれたんでしょ？」

「そうなんですけど、自己評価が低いんですよ。ぼく、学生時代から一度も女の人に好かれたことがなくて。だから、それで子どもが欲しいから結婚するんだとか言われると、本当に自分が無価値のような気がして」

でも綿貫さんの話では、里美さんはぼくのことを結婚相手としては好いてくれていたのだ。そう思うと、自分の発言がただの卑屈なぼやきにしか聞こえなかった。ぼくは単に里美さんからあなたのことが一番好きだと言われたかっただけかもしれない。

「それに、うまく言えないんですけど、もし役割を果たせてなかったら、一緒にいる意味がないと思われてたんじゃないかっていう不安もあって」

「役割？」

「えっと、なんていうか、男の人としての役割です。実は付き合ってすぐの頃に、子どもができるかどうか、事前に検査してくれって頼まれていて……もし、ぼくに子どもをつくる機能がなかったら、彼女はぼくと一緒にいてくれたのかなって、今でも考えたりするんです」

焼き鳥のタレで汚れた指をおしぼりで拭いた綿貫さんが「なるほど」とうなずいている。

「それで二年も前のことを引きずってるんだ？　でも、なんで今このタイミングで私に相談してきたの？」

「えっ、それはまぁ……いろいろあって」

ぼくが言いにくそうにしているからか、綿貫さんはそれ以上聞き出そうとはしなかった。別に話したくないわけではないのだけれど、ここに至るまでの道のりが複雑すぎて簡単には説明できない。二本目の串を平らげた綿貫さんは、「うーん」とうなりながらすでに半分以下になっているジョッキの中のビールをにらんでいた。

「でもさ、結局はその『機能的な問題』はなかったわけでしょ？」

「そうですね」

「だったら、自分のことだけじゃなくて、その彼女の抱えてる不安にも、ちょっとは目を向けてあげるべきだったんじゃない？」

飲もうとしたウーロン茶のグラスを思わず止めた。彼女の不安？

「女の人の『子どもを持ちたい』っていう願望って根が深いものなのよ。私は自分の家族を持つことにそこまで興味がなかったし、趣味も充実してたから一人でいいやって思えたけど、それでもどこかではチラつくのよね。おまえは本当に子どもを持つ人生をあきらめていいのかって、もう一人の自分が問いかけてくるの。私ですらそんな感じなんだから、もともと子どもが欲しいと思ってるような女の人は、たとえば年齢が上がってきたりすると、相当思い詰めるんじゃないのかな」

我が道を行っていると思っていた綿貫さんに、そんな迷いがあったことが驚きだった。ビールを飲む横顔や、ぼくよりも細い腕が、なんだか急に女性的なものに見えてくる。

「だからさ、不安はお互い様だったんじゃないのかな。きっとその人も、森野くんと同じように悩んだりしてたんだよ。本当はそのことを二人で話し合えたらよかったのかもしれないね。そうすれば、すれ違うことなく、もっと関係を深められたのかも」

「あの、今日はありがとうございました」

帰り道に頭を下げると、「ううん、全然」と綿貫さんは首を振った。それよりもおごってもらっていいのかと、ぼくが夕食のお金を出したことを気にしている。

「もちろんです。相談に乗ってもらったので」

「そう？　じゃあ遠慮なく。ごちそうさま」

渡ろうとした横断歩道の信号が赤へと変わる。周りに人がいるせいで、綿貫さんとの距離が近くて肩が触れ合うほどだった。でも不思議と緊張はしていない。女の人で、こんなにも壁を感じずに話せる人に出会ったのは初めてだった。しばらくすると、目の前の車の流れが途絶え、信号待ちをしていた人たちが歩き出す。

「でもなんか、話聞いててちょっとうらやましくなっちゃった。若いからこその悩みっていうか、私の不安って言ったらさ、老後どうしようとか、親の介護どうしようとか、そんなのばっかりだよ」

綿貫さんの年齢まで十五年以上ある自分には、独りで生きていくと決めた人の人生がどういうものなのかは想像がつかなかった。たとえ見込みは薄くても、ぼくは誰かと結婚して家庭を持ちたいと思っているし、うちの両親は五十になったばかりでまだまだ元気だ。ただ、いずれはぼくも綿貫さんの年齢になるのは間違いのないことだった。そのときに結婚どころか彼女すらできていなかったら、ぼくはこの人みたいに明るく生きていけるだろうか。

改札を抜けて、ホームへと続く階段を二人で上がる。綿貫さんとは逆方向の電車だったが、まだどちらも来ていなかった。喋らなくても気まずくならない沈黙が流れているのに、何かを話したいような、でも何を話せばいいのかわからないようなもどかしさに襲われる。

「あの、綿貫さんは後悔したりしないんですか？」

「何を？」

「独り身であることを……」

さすがに質問がぶしつけすぎた。「あー……」と目を伏せていた綿貫さんが、「まぁ、ときどき寂しくなることはあるかな」と笑っている。

「でも前にも言ったけど、全部を手に入れるのは無理だからね。私は家族を持つ人生と引き換えに、好きなものに時間とお金を注ぎ込める生活を手にしたわけだから」

「引き換え、ですか」

「そう。でも、そうやって選んだから得られる幸せもあるわけで。簡単には比べられないのよ。どんな道を進んでも、いいところも悪いところもあるのが人生だから」

そう言われると、それが真理なような気もしてくる。最善の道、みたいなものは、その人の思い込みでしかないのかもしれない。

「じゃあまた明日」

先に電車が来た綿貫さんが手を振るので、お疲れさまです、と頭を下げた。反対側の電車に乗り込んだ綿貫さんは、扉が閉まって動き出してからも、流れていく窓からぼくに手を振ってくれていた。そのことに若干の照れくささを感じながらも、年齢を重ねた女性の選択が、どういった意味を持つのかをあらためて考えてみる。里美さんと別れて以来、ずっと自分は被害者なんだと思い込んでいたけれど、自分に同情する前にやるべきことがぼくにはあったのかもしれない。

ためらいはしたし、勇気もかなり必要だったが、里美さんに『会って話ができないかな？』とラインを打った。かつてぼくが傷つけたかもしれない人が今困っているのなら、できる限りのことはしてあげたい。送信ボタンを押してしまうと、本当によかったのかと迷いが再燃したけれど、もう送ったのだとあきらめてスマホをしまった。こんなことでも少し前に進めたように思えるのは気のせいだろうか。ようやくやってきた電車に乗り込んで吊り革をつかむと、上着のポケットの中でスマホが振動する音がした。

もっとゆっくり飲まなければいけないのに、カップの中のコーヒーはすでに四分の一ほどになっていた。代わりに水を飲んだものの、喉の渇きはまったく解消された気がしない。緊張しているのは、膝元に置いているショルダーバッグの中に、五十万という大金が入っているからでもあった。こんなに大きなお金を持ち歩くのは初めてだ。治りきっていない怪我の痛みも今は感じないほどだった。

里美さんにOKの返事をもらってから、どこで会うべきかを数日かけて考えた結果、このあいだ須田さんの取材を受けた喫茶店を待ち合わせ場所に指定した。コーヒー一杯の値段は千円近くしたが、ボックス席だし、周りの目を気にしなくて済むのがいい。無意識にまたコーヒーカップを取り上げかけて踏みとどまり、通りかかった店員さんに水のお代わりを頼んだ。もうすぐご飯どきだというのに、店内にはまだ多くの客がいる。

里美さんは約束の時間ちょうどに現れた。軽く手を上げ、ささやかな好意を示すみたいに口の両端を上げている。向かい合わせになって座ると、それだけで落ち着かない気持ちになった。引力とでも言えばいいのか、自分は椅子に座っているのに、前方に引っ張られているような感じがする。トレンチコートを脱いで、タートルネックのセーター姿になった里美さんは、水を持ってきた店員さんにホットのミルクティーを注文した。

「日曜なのに、遅めの時間になっちゃってごめんね。最近、ちょっと忙しくしてて……」

まだ空気がぎこちない。三角巾はとれたものの、まだ包帯は巻いたままの右腕と、顔に残る傷を見て、「どうしたの、それ」と里美さんに心配された。階段で転んだのだとごまかすと、また喉の渇きを感じて、たまらず水を取り上げる。

「そうなんだ。早く治るといいね。……それで、話したいことって？」

「あぁ、うん。不妊治療のことなんだけどさ」

里美さんはやっぱりそのことかと苦々しそうに目を閉じた。こちらが続きを話すより先に「あのときは本当にごめんなさい」と頭を下げる。

「言い訳に聞こえるだろうけど、いろんなことが重なって、精神的にすごく追い詰められてた時期だったの。あんなことお願いすべきじゃなかったって反省してる」

求めてもいない謝罪をされたことで、出鼻をくじかれたような気分だった。「いや、あの、そうじゃないんだよ」とうなだれている里美さんに声をかける。

「別にそんなことを謝ってほしくて、ここに呼び出したわけじゃないんだ」

「そうなの？」

里美さんのミルクティーが運ばれてくる。店員さんは、ぼくらのテーブルの重たい空気に見て見ぬフリをしたようだった。二人きりに戻ってから、付き合っていたときのぼくがいかに鈍感だったかを話し始める。ほとんど綿貫さんに言われたことの受け売りだったが、謝るべきはぼくなんだということを、つたない言葉で必死に伝えた。

「きっと里美さんも悩んでたのに、ぼくが一方的に壁を作っちゃったから……だからお詫びっていうわけじゃないんだけど、今、里美さんが困ってるなら力になりたいんだ」

ショルダーバッグに入れていた封筒を出してテーブルの上に置く。銀行でお金を下ろしてきたのだと言うと、里美さんは言葉をなくしていた。

「ただ、百万はちょっと厳しくてさ、五十万でも大丈夫かな？」

訊いても何も返答がない。「里美さん？」と呼びかけると、それでようやく我に返ったようだった。

「あー……えっと、どう言えばいいのかな」

里美さんの目が泳いでいる。

「ごめんなさい、お金は、受け取れないです」

えっ、と大きな声が出る。里美さんは、子どもはあきらめたのだと言った。

「あきらめた？」

「今、付き合ってる人とね、子どもがいなくても二人でやっていこうって、話し合って決めたのよ。だからもう、不妊治療は続けないことにしたの。言ってなくてごめんなさい。この前、私が謝ったラインで、もうこの件については終わったと思ってたから……」

頭の中で扉が閉められてしまったような音がする。気がつくと、膝元に置いている自分のバッグを強く握りしめていた。どうしてぼくのときはその選択肢がなかったんだろうと素朴な疑問が湧いてくる。状況が違うし、ぼくが口を出すことではないとわかっていても、自分だけが不当な目にあっているように思えて仕方なかった。体の強張りを解くために努力して吐こうとした息が震えている。

「……それでいいの？」

「えっ？」

「子どもを持つのが夢だったんでしょ？　あきらめていいの？」

予期せぬ問いかけだったのか、急にまばたきが多くなった里美さんの視線が落ちていく。迷っているのがわかったことで、自分の気持ちが勢いづいた。かたく閉ざされたものをこじ開けようと、説得に使えそうな言葉を可能な限りかき集める。

「あのさ、ぼくから借りるのが申し訳ないと思ってるんだったら、そんなのは全然気にしなくていいよ。ぼくが貸したいって言ってるわけだし、遠慮する必要はまったくないんだ。それに、あれだよ、利子とかはもちろん取らないし、期限だっていつまでもいいんだ。五年後でも十年後でも、余裕ができたときに返してくれたらそれでいいから……」

必死になればなるほど、言葉がすべて上すべりする。自分が何に突き動かされてお金を貸そうとしているのかわからなかった。「あきらめる必要なんてない」「せっかく下ろしてきたんだから」と、どんどん恩着せがましくなる。

「ぼくは里美さんのことを応援したいんだよ」

本当にそうか？　と心の中で誰かが問いかけてくる。説得の根っこにあるものが優しさや思いやりではないことが相手にも伝わってしまったのだろう。里美さんはぼくの意地悪さを受け流すみたいに、「ありがとう。気持ちだけもらっておくね」と取り合わなかった。

「いや、でもさ」

「もう決めたのよ。今さら迷わせないで」

里美さんが首を振る。きっぱりと線を引くように黙り込まれてしまうと、それ以上踏み込むことができなくなった。口の中がからからに乾いて、心音だけがどんどん大きくなっていく。動揺と焦りが広がっていく中で、違うんだ、そんなつもりで言ったわけじゃないんだ、と叫び出しそうだった。

ちりりんとベルを鳴らして、後ろから来た自転車がぼくを追い抜いていく。何か急ぎの用でもあるのか、自転車はブレーキをかけても絶対に止まれなそうな速さで夜道を走り去っていった。あっという間に見えなくなって、あとには街灯に照らされた十字路とぼくだけが残される。窓に明かりはついていても、周りの家々は静かだった。本当に人が住んでいるのか疑うほどだ。

体の半分くらいが、えぐり取られてしまったみたいにうまく力が入らなかった。お金を貸すことで、里美さんが自分を好いてくれるんじゃないかという期待がどこかにあったんだろうか。ただ、冷静になった今、あのとき自分がどうして意地悪になったのかははっきりしていた。ぼくは里美さんが人生を共にすると決めた男に嫉妬したのだ。

里美さんの、男との信頼関係を感じさせる言葉が耳にはりついて離れなかった。逃げてばかりだった自分を変えるため、勇気を出して行動を起こした結果がこれだなんて情けなくなる。きっかけを作った綿貫さんを責めたくなったが、そんなのはみっともない責任転嫁だというのは自覚していた。

郵便受けを探る元気もなく、アパートの階段を上がっていく。自分の部屋の鍵を開けようとしたときに、目の前の木製のドアが「ドンッ」と内側から蹴られたような音を立てた。何かが倒れてぶつかったのかと、急いでドアを開けて中の様子を確かめる。すると、居間に座り込んでいる千香が泣きながら身の回りの物を投げつけていた。ぼくの足元には中身が半分ほど入ったお茶のペットボトルが転がっている。

「ちょっ、どうしたの？」

千香は答えずに泣き続けていた。三角座りになって顔を伏せ、しきりに肩を震わせている。こんなにも大泣きしている妹を見たのは、千香が小学生のとき以来かもしれなかった。反抗期がきて家族と喋らなくなる前は、千香はよく泣く子どもだった。

「オーディション、落ちた」

一瞬言葉をなくしたけれど、それで荒れていたのかと納得もする。千香は足元に落ちていた化粧ポーチをつかんで投げた。壁に打ちつけられた哀れなポーチが、がしゃっと音を立てて床に落ちる。

「頑張ったのに。もう嫌。もう無理だよ……」

自分を変えるためにアイドルになりたいのだと千香は前に言っていた。きっかけを求めていた千香にとっては、ここで落ちたら元の場所に逆戻りだという感覚が強いのだろう。

もしかしたら、ぼくが騒ぎを起こしたのがオーディションの結果に影響したのかとも思ったけれど、さすがにそれは考えすぎだと信じたい。足元のペットボトルを拾い上げ、靴を脱いで家に上がった。兄として何か言ってやらなければいけないと思うのに、何も言葉が見つからない。ただ、どこかで仲間意識のようなものを感じてもいた。一緒にしたら怒られるかもしれないけれど、ぼくらは二人とも努力が報われなかった人間なのだ。

「ねぇ、千香。何か食べに行こうよ」

言ったものの返事はなかった。千香は三角座りをした膝に顔を押しつけてしゃくりあげている。

「落ち込んだときはさ、おいしいものを食べるのが一番いいんだよ。ずっとダイエットしてたんだし、今なら気にせずに食べられるじゃん。ぼくがおごるからさ、食べに行こうよ」

そんな気分じゃないと言いたいのだろう。気持ちはよくわかっても、一向に顔を上げない千香を相手にするのが、だんだん面倒になってきた。今日はぼくだってつらいことがあって落ち込んでいるのだ。なのにこんなふうに家で泣かれて、傷ついた心を休ませる場所もない。

ぎゅっと目を閉じ、破れかぶれになって千香の手首をつかんだ。「ほら、行こう。泣いててもしょうがないよ」と無理やり立たせようとすると、「痛いなぁ、ほっといてよ！」と千香が振りほどこうとする。

「ほっとけないよ！　妹が泣いてるのにほっとけるわけないだろ!?」

珍しく大声を出したことで、千香はひるんだようだった。そのまま妹の手を引いて、家の近所にある、ちょっと高めの回転寿司に連れていく。週末だから店は混んでいたし、待っている客もいるほどだったが、運よく客がはけたおかげで、カウンター席に通された。

「なんでも好きなもの食べていいよ」

目の前のパネルを指でタッチしながら言う。泣いて化粧の落ちた千香は、周りの目が気になるのかパーカのフードをかぶっていた。ぼくの勢いに気圧されて店には来たが、やはり不本意だったらしく、ぶすっとしている。

パネルでの注文を済ませると、機嫌の悪い妹には構わずに、流れてきたはまちを取り上げた。そんなにお腹は空いていなかったけれど、いざ寿司を前にすると食欲が湧いてくる。さすが普通の回転寿司より高いだけあって、味はなかなかのものだった。そういえば、昔は家族でよく回転寿司に行っていた。千香は寿司よりもデザートのゼリーとかプリンが好きで、そればかり何個も取ろうとして両親に注意されていた。

回っているものを三皿ほど食べたところで、パネルで注文したいくらの軍艦巻きがやってきた。ネタの中では高級な方だけど、お金のことは気にせずに、高い皿でもがんがん頼んでいくつもりだ。今、ぼくのバッグには、里美さんに受け取ってもらえなかった五十万が入っている。どんなに食べてもお金が足りなくなることはない。

「あのさ……たとえ結果は出なくても、頑張ったことがかっこいいんだよ」

いったい誰を励ましているのかわからなかった。千香に向けて言っているはずなのに、自分を励ましているように聞こえる。

「挑戦したことに価値があるんだ。それは決して無駄なことじゃないし、何もしてなかったときよりは成長できてる。だから自分を誇らしく思っていいんだよ。千香はそれだけ頑張ったんだから」

里美さんにお金を貸そうとしたのは、ぼくなりの誠意を示すためだった。だけど向こうはそんなことは求めていなくて、今の男と支え合いながら生きていくことを決めていたのだ。何も知らずにお金を貸そうとしたぼくは、のこのこと遅れてやってきた間抜け以外の何ものでもない。

でも、ぼくなりに頑張ったのだ。途中で男に嫉妬したり、善意とは違う気持ちでお金を貸そうとはしてしまったけれど、最初に動いたきっかけが、「里美さんを助けたい」という、まっとうな思いであったことに違いはない。

それなのに、なんでぼくが傷つかなきゃいけないんだ？

お金まで下ろしてバカみたいだ。

追加で握ってもらった中トロを手でつかんで口の中に押し込んだ。こんなにも寿司はうまいのに、みじめで格好悪くて涙が出てくる。頬を伝って口に入り込んだ涙は、余計なしょっぱさとして寿司の味の邪魔をした。泣いていることに気づいた千香が、びっくりしてぼくを見ている。

「ちょ、えっ？　なんで泣いてんの？」

「頑張ったのに……どうして受け取らないんだよぉ……」

「えぇ？　ちょっと、何言ってんのよ？」

溢れてくる涙を止めることができなかった。右手に寿司を持ったまま顔を伏せているせいで、涙の粒がズボンに落ちて染み込んでいく。気がつくとぼくは妹の前で嗚咽《おえつ》を漏らしていた。「恥ずかしいからやめてよ」と怒る千香の、背中に当てられた手だけが温かかった。


明日からもまた仕事なのに、その日の夜は布団に入ってからもなかなか寝つくことができなかった。自分を責めるようなことばかり考えてしまうし、泣きすぎたせいでまぶたが重い。ただ、涙を流したことによって、今日の出来事が遠くに押しやられたような感じもあった。里美さんに会っていたのは、つい半日前だというのに、ずっと昔のことに思える。

寝るのをあきらめ、布団から手を出して枕元のスマホを取り上げた。光の強さに顔をしかめながらツイッターを眺めたあと、傷ついた自分の心を癒すためにカメラロールを開く。保存している大量のえりちょす画像をスクロールして見返すと、少し気持ちがなごんだが、大きな癒しにはならなかった。

「ねぇ、まだ起きてる？」

閉め切られた引き戸の向こうから千香の声がする。反射的にホーム画面に戻しながら「起きてるよ」と返事をした。千香は数秒ほどあいだを空けてから、「今日はごちそうさま」と急なお礼を言ってきた。

「お寿司。おごってもらったから」

「あぁ……」

また部屋が静かになる。千香の前で泣いたことが恥ずかしすぎて、回転寿司での一件はなるべく思い出したくなかった。話はそれで終わったのかと、頭を起こして引き戸の方に目をやると、「ねぇ、前から訊こうと思ってたんだけどさ」と再び千香の声がする。

「お兄ちゃんって、ラグドールのファンなの？」

布団の中で体が石化したように強張った。「な、なんで？」と平静を装ったものの、千香にはバレているらしい。「ゆりっぺのこと知ってたし、握手会にも来てたし……」と次々と証拠を挙げられる。

「それに、押し入れのキャリーケースの中にグッズが隠してあったから」

「え、見たの!?」

「怪しいなと思って、部屋の中を調べたの。まぁ、勝手に見たのは悪いと思ってるけど」

「でも、ロックかけて、暗証番号……」

「誕生日でしょ？　すぐに開いたよ」

　両手で思わず顔を覆った。誕生日などという、兄妹であれば簡単に開けられる暗証番号にしていたことを心の底から後悔する。あの大量のグッズを見られてしまったら、もう言い逃れる術はなかった。

「私がもし受かってたらさ、どうするつもりだったの？」

　そのままファンを続けるかどうかは、ぼくも迷っていたところだ。でも関係者としてライブを観に行けるかもしれないという下心もあったので、辞めるつもりだったとも言えなかった。

「いや、いつかは言おうと思ってたけど、言いそびれてて……」

「なんで？　アイドルが好きだって知られたら、気持ち悪がられると思ったの？」

「うん、まぁ」

　きっと呆れられているのだろう。引き戸の向こうの沈黙が、ぼくを責めるようにその重みを増していく。

「なんで隠してるかな。黙っててもいつかバレるじゃん。どうせ私が受かったら、メンバーと直に会えるかもとか思ってたんでしょ」

「そ、そんなこと思ってないよ！　まぁ、ライブは関係者席で観られるかなとは思ったけどさ、そんなメンバーに直に会うとかは……」

がたごとと音がして、勢いよく引き戸が開けられた。

「何それ！　関係者席で観られると思ってたの？」

千香の顔が鬼のようになっている。

「最悪。ってことは、私に協力的だったのも全部そのためだったってこと？」

「違うよ！　応援してたのはホントだし、そこに下心なんてなかったよ」

「じゃあなんで関係者席でライブが観られると思うのよ？」

「それは……だって、ファンだったら思うでしょ。だいたいぼくがラグドールのファンだったのは前からなんだし、そこを責められても困るよ」

「はぁ？　開き直るの？　信じらんない」

髪の毛を掻きむしった千香は、どすどすと足音を鳴らして台所へと歩いていった。冷蔵庫を開け、自分が冷やしていた二リットルのペットボトルの水を取り出すと、直接口をつけて飲んでいる。喉の渇きを癒したことで、妹はほんの少しだけクールダウンしたようだった。腕組みをしてシンクの縁にもたれかかっている。

「っていうかさ、なんで回転寿司で泣いてたの？」

あまり踏み込まれたくないところに踏み込んでくる。「それは……まぁ、いろいろあって」とごまかそうとしたのだけれど、「いろいろって何？」と突っ込まれてしまい、それ以上逃げることができなくなった。迷いに迷って、女性関係でつらいことがあったのだと正直に話すと、千香はいぶかしげに目を細めながら「女性関係？」と鼻で笑った。

「どうせ片想いしてる人に一方的な気持ちをぶつけてフラれたりしたんでしょ？」

そんなんじゃないよ、とすぐに否定しようとしたが、考えてみると、当たらずとも遠からずだった。ただ詳しく話したくはないから反論できない。

「私、わかるよ。お兄ちゃんみたいに学生時代からずっとモテなくて、アイドルに癒しを求めてるような男の人は、女の人に幻想を抱いてるんだよ。生身の女の人が、普段どういうことを感じたり考えたりしてるのかが、まるでわかってない。でも妄想だけは膨らんでるから、いざ現実を見せられると、『自分が見たいのはこういうのじゃない！』とか言って怒ったりするんだよね。そんなんで彼女ができるわけないじゃん。そうやって他人のせいにして逃げてるからモテないんだよ」

「他人のせい？」

たいして頭がよくないぼくには理解するのが難しかった。女の人に幻想を抱いているのは認めるけれど、それのどこが他人のせいにしているんだ？

「だってそうでしょ？　世の中の女の人は、お兄ちゃんの夢を壊さないために生きてるわけじゃないんだもん。それなのに、期待を裏切られたなんて言って怒るのは、自分の子どもっぽさを相手に押しつけてるだけじゃん。そりゃ女の人だってうんざりするよ。身勝手な期待を押しつけられる側の身にもなってみなよ」

自分のダメなところを大きく引き伸ばして壁に貼り出されているみたいで恥ずかしかった。あぁっ、といらついた様子でこめかみをぐりぐりと押さえた千香が、「もう寝るね」と切り上げるようにして、また寝室へと戻っていく。

「……ちょっと言いすぎたかもしれないけど、お兄ちゃんも前に『変わりたい』みたいなこと言ってたでしょ？　頑張って変わりなよ。じゃないといつまでも卑屈なままで生きていくことになるよ。おやすみ」

引き戸が隙間なく閉められて、家の中が静かになる。散々好き放題言われた怒りが今になって湧き上がってきたけれど、千香に指摘されたことがもっともすぎて、その怒りも長くは続かなかった。里美さんに対してぼくがしたことは、まさに自分の理想を押しつけることだったからだ。ぼくが高校生みたいに夢見がちで、相手の本当の姿を見ようとしなかったがために、なるべく早く子どもを持ちたいという里美さんの焦りから来る不安をわかってあげられなかった。それにお金を渡しに行ったときも、里美さんはぼくの気持ちを喜んでくれるはずだと信じて疑わなかったのだ。

すっかり温もりのなくなってしまった布団にもぐり込み、寒々とした気持ちで天井を眺めた。女の人に一方的な夢を見てしまうのは、大人になりきれていないからだということは自分でもよくわかっている。でも、そのせいで、大事に想っていた人を孤独にしたり、別れる原因を作ってしまったりしていることを考えると、そんな厄介な理想はすぐにでも捨て去ってしまいたかった。ただ、こんなにも体に染みついてしまっているものを、そう簡単に変えることなんてできるだろうか。

両手で顔をぐしゃぐしゃとこすって寝返りを打ち、横向きになって布団をかぶった。面倒な現実から逃げようとしても、結局残るのはコンプレックスだらけの自分だ。できることなら、ぼくも千香のように変わるための努力をしてみたかった。森野幸太郎という冴えない男に誰よりもうんざりしているのはぼくなのだ。

市民課の窓口業務は、ときおり変な人が来て精神を削られる。今日は朝から、目の下にくまができている陰気な女の人がやってきて、先日結婚を発表した人気俳優の戸籍謄本を出してくれと言われたから大変だった。正当な理由がないのなら渡せないと何度も言っているのにわかってもらえず、しまいには「なんであんな女と結婚したのよ！」とおいおい泣かれて、なぐさめの言葉をかけなければいけなかった。ただでさえ「爆弾処理班・森野」と呼ばれて、いいように使われているのだから、せめて自分が窓口にいるときくらいは、まともな人だけ当たってほしい。

午前中のピークがすぎて、ようやくお昼休みになったため、データの打ち込み作業をしていた先輩に「休憩行ってきます」と頭を下げた。財布とスマホを持って食堂へと向かい、入口で食券を買ってから綿貫さんの姿を探す。先に昼休憩を取っていた綿貫さんは、端の方の席でいつものようにＤＶＤを観ながらお弁当を食べていた。

厨房のカウンターで食券と引き換えに天ぷらうどんを受け取って、小さく息を吐いてから綿貫さんの方に歩いていく。隣まで行き、視界に入るように「お疲れさまです」と声をかけると、綿貫さんはびくっと体を震わせてイヤホンを耳から外した。

「あぁ、お疲れさま」

「隣、いいですか？」

席を指差したぼくに綿貫さんは困惑していた。職場ではなるべく話さないようにしようと二人で決めていたからだろう。了承が取れたので隣に座ると、綿貫さんは多少の戸惑いを引きずりながらも、「今日、大変だったね」と午前中の騒ぎのことをねぎらってくれた。

ひとつ向こうのテーブルで、化粧直しをしていた同期の増田さんが、隣の同僚の肩を叩いて耳打ちしている。周りの目を気にしないのは簡単なことではなかったけれど、自分を変えるためにも、あえてこの場所で話しかけようと決めたのだ。ざわつく心にふたをして、どうにか気持ちを落ち着けた。

「あの、綿貫さん」

食事を再開していた綿貫さんが、咀嚼する口を手で隠しながら、「何？」とぼくの方を見る。

「……前に盆栽が趣味だって言ったじゃないですか。実はあれ、嘘なんです。本当はぼく、アイドルが好きで、ラグドールっていう女性アイドルグループのファンなんです」

数秒ほどフリーズした綿貫さんが「へ？」と呆気にとられている。何の前置きもなく、わけのわからないカミングアウトをしたのだから無理もなかった。でも今はそんなことに構っていられない。本題はここからなのだ。

「あの、綿貫さんにお願いがあるんですけど」

「何？」

「もしよかったら、ぼくと友だちになってもらえませんか？」

「え？」

「いや、ぼく、女性の友だちが誰もいなくて。っていうか、どこから話せばいいのかな……。ほら、こないだ、元カノのことを話したじゃないですか。ぼくが彼女の不安をわかってあげられなかったたってやつ」

前に相談したときのことを持ち出すと、綿貫さんは「あぁ」と思い出したようにうなずいた。

「あれ、よく考えると、ぼくはぼくで、理想を押しつけていたのかもしれないなと思って。彼女の本当の姿を見ようとしてなかったたっていうか」

「どういうこと？」

「……ぼく、いつからか女の人に幻想を抱くようになってたんです。ずっとモテなかったぼくみたいな男でも、幻想の中でだけは、女の人に受け入れてもらえるっていう期待を持つことができるから、ついそれを引きずったまま、理想を押しつけてしまってたんだと思います」

ぼくは何の報告をしているんだろう。でも自分の正直な気持ちを話しているつもりだった。幻想の中の女の人はいつもぼくに優しくて、ぼくが嫌がることは絶対にしてこなかった。

「ただ、それじゃあ、いつまで経っても、生身の女の人とうまく付き合えないと思うんですよ。だから、女の人のことをもっとよく知りたいんです」

「そのために、友だちになってほしいってこと？」

察しのいい綿貫さんが先読みしてくる。ぼくが真剣にうなずくと、綿貫さんは「いいよ」と快諾してくれた。「っていうか、森野くん、真面目だね」と苦笑している。

「そう、ですかね？」

「そうだよ。まぁ、そこが君のいいとこだけど」

昼食を食べ終えたのか、綿貫さんが弁当箱のふたを閉じていた。使っていたお箸を箸箱に入れ、水筒のキャップに残ったお茶か何かを飲み干している。

「でも、森野くんだけじゃないからね」

「何がですか？」

「女の人に幻想を抱いてるってやつ。たいていの男の人はみんなそうだし、女の人だって男の人に幻想を抱いてるわけだから」

綿貫さんがＤＶＤプレーヤーをぼくの方に寄せてくる。決して大きくはない画面の中では、えらく顔立ちの整った男性五人が、キレのあるダンスを披露していた。中央のステージを取り囲むようにして、真っ暗な客席がサイリウムの海になっている。音声は聞こえていなかったが、そこにいるファンの人たちが、ステージ上の五人に夢中になっているのは明らかだった。

「自覚的にせよ、無自覚にせよ、他人に理想を押しつけない人なんて、そうそういないんじゃないのかな。ま、そこと折り合いつけるために、女の人のことを知ろうとするのはいいことだと思うけどね」

ぼくが気づいていなかっただけで、里美さんや千香も誰かに理想を押しつけていたんだろうか。綿貫さんは「頑張って」とぼくの肩を叩いてくれた。初めて誰かに応援されたような気がしたけれど、女の人のことを知るために、具体的に何をすればいいのかはまだわからない。とりあえずこうやって綿貫さんと話したり、千香とももっとコミュニケーションをとる努力をしてみようと思った。特に千香からはボロクソに言われてメンタルが重傷を負うかもしれないけれど、嫌いな自分から目を背けて生きるよりはマシだろう。

ＤＶＤプレーヤーの電源を切った綿貫さんが「よし。仕事に戻りますか」と伸びをしている。そのぱりっとした明るい声が、今のぼくには心地よく響いた。手をつけていなかった天ぷらうどんを食べ始めようとしたところで「ねぇ」と声をかけられる。

「もしよかったらさ、森野くんの好きな、その『ラグなんとか』のライブＤＶＤも明日持ってきてよ。どんなのか観てみたいから」

意外な申し出に戸惑いつつも「わかりました」と請け合った。何枚か出ているＤＶＤの中からどれを観てもらおうかと考えているうちに、「じゃあ、お先」と綿貫さんが立ち上がる。「あ、お疲れさまです」といつものくせで頭を垂れると、一瞬止まった綿貫さんに、「それじゃ先輩と後輩のままじゃない」と笑われた。

解説──男もつらい。男も？

武田砂鉄

男性もつらい、男性もしんどい、という内容の記事や書籍を、ここ最近、あちこちで見かけるようになった。これまで向き合ってこなかったつらさやしんどさに気づき、それをじっくり自覚しながら、他者との接し方に活《い》かしていくのならばとても前向きなのだが、結果として、「男もつらい」の「も」の部分だけが強調されている感じがする。「女性がつらい、女性がしんどい、って言われてきたけれど、ほら、男性もつらいんだよね、男性もしんどいんだよね」と対等に並べるだけで議論を終えているのではないか。そうやって、「も」で議論を終わらせてしまうのって、それこそ、男性の優位性そのものに思える。

国語の授業のようなことを言えば、係助詞の「も」って、ひとつの事柄と同様の事柄が他にあることを示したり、列挙したりする意味を持つのだから、女性と同じような感じが男性にもある、としたにすぎない。それなのに、「男性もつらい」が力強く宣言される時、そこには、「世の中では、女性のほうが生きるのが大変な社会だ、なんて言われているけど、男性だって生きるのは大変で、こっちに着目されることは少なくて、逆に差別されている感じがするし、ほら、女性って、最近の世の中で、優遇されることも増えてきたから、ああ、もう、男性のほうが大変だと思うんだよね」という意味合いが盛り込まれ、「も」のくせに、こっちのほうが大変という結論に持ち込まれてしまう。

男性として断言するが、日本社会は明らかに男性優位にできている。それを受け止めずに、「も」の言葉遣いごときで均等に持ち込み、ましてや、上回ってやろうと試みるようではいけない。自分も、著者の白岩さんも今現在三〇代後半の男性だが、同世代の女性が、二〇代・三〇代でありとあらゆる選択を迫られる様子を見てきた。自分は六年前まで一〇年間ほど会社勤めをしていたが、同世代の女性の何人かは、出産して、育休をとり、仕事に復帰して、時短勤務をしていた。時短勤務とはいえ、夕方四時くらいに会社を後にした先輩に仕事上のメールを送ると、メールが返ってくるのは、いつも夜中の二時くらいだった。「すみません、昨日のメール。あんな遅くに」と告げると、「いやもう、あの時間にならないと」としんどそうな顔をしていた。いつも、保育園に迎えに行く時間が近づくと、かかってきた他部署からの内線に対して「すみません、そろそろ出なくちゃいけなくて」と何度も謝っていた。妊娠、出産、子育て、その流れのなかで最も頻繁に発した言葉は「すみません」だったと聞いた。とにかく謝る、相手を怒らせない、迷惑だと思わせない、これを徹底するために、ちょっとしたことでやたらと謝っていたという。

世の中のオジさんは、とにかく生意気な若者が好きだ。だが、生意気な若者の性別は限定されている。男だけだ。オジさんは生意気な若い男が好き。私は、会社員生活をとても生意気に過ごした。怖いもの知らずだったわけではなく、生意気でいても、そんなに怖い思いをしないってことを知っていた。時に上司に対して暴言を吐くと、上司は「なんてこと言うんだ」と笑顔で叱りつけてきた。ったく、こいつは生意気なヤツだからなと周囲に喧伝《けんでん》していた。生意気でいることは快適だった。生意気のさじ加減を間違えた時には本格的に叱られたが、次の機会には「この前、本気で叱られちゃいました」と言えば、「ったく、こいつは生意気なヤツだからな」が戻ってきた。こんなことを言ったら、当時の上司に本格的に叱られるかもしれないが、彼らを操縦するのは、管理するのは、正直、簡単だった。

では、あの時、自分は、上司の何を操縦し、管理していたのだろう。以下の箇所を読んで、ああ、これだったのかもしれないと思った。

「オスのライオンって、頭の周りにたてがみが生えてるでしょ？　あれって自分の強さを誇示するためにあるらしいの。メスにアピールしたり、別のオスに対して牽制したりするのに使ってるわけ。人間のオスも同じなのよ。本人は気づいてないことが多いけど、大抵の男の人には『見えないたてがみ』が生えてるの」

「それは経済力とか、肩書きとか、学歴とか、運動神経、あるいは仕事ができるかどうかだったりもするんだけど、その人が他人よりも勝ってると思ってるところを見つけ出して肯定してあげると——つまりはそれがたてがみなんだけど——男の人はリラックスするの。口に出して褒めなくても、心の中で受け入れるだけでいいのよ。それだけで男の人って居心地が良くなるものなの」

自分が操縦し、管理していたのは、たてがみだったのか。自分の生意気っぷりは、そのたてがみを刺激するものの、根本からへし折るものではない。逆に、その生意気な声を難なく受け容《い》れることによって、自分にはなかなかのたてがみが生えている、と周知させる効果を持っていたのではないか。彼らが居心地が良さそうだったのは、自分の生意気に耐えていたわけではなく、私が、上司の「勝ってると思ってるところを見つけ出して肯定して」いたからなのかもしれない。

本作を読むと、この社会は、男性がまっすぐでいられる社会なのだと改めて気づく。どういうことか。決して、純粋、という意味ではない。いつだってそのまままっすぐ進むことができるという意味だ。仕事に対しても、恋愛・結婚・夫婦関係に対しても、あるいは、この小説ならば、アイドルに向ける幻想に対しても、ピュアでいれば、純朴でいれば、そこに大きな受け皿がある。多少の生意気は許容され、歳《とし》を重ねれば、自分の頭にたてがみが生えてくる。長らくたてがみを生やしてきた人たちから無条件で歓迎される。女性はどうだろう。まっすぐいっても、受け皿がない。たてがみに煙たがられる。なので、たてがみの機嫌を損ねないように心がける。謝りながら機嫌を保ち、抜け道を探し、キャリアを築いていく。

まさにタイトルにあるように、この小説には、たてがみを捨てた、あるいは、捨てようとする男性たちが出てくる。自分たちは今、何を手放さなければならないのか、これまでの無自覚を自覚に変えていく。ふと、「身ごもった側にとってはきついことだったんだろう」という一節に引っかかる。そう、女性はこうして「側」として語られる。同じ社会を生きているのに、身ごもった側とか、バリバリ働く側とか、家庭に入った側とか、どんな側道を選んだ人なのかと問われる。メインの道路には、引き続きずっと、「たてがみ」が疾走している。

この小説の単行本が刊行された後、いくつもの媒体で本作を基に男性の生きづらさに触れる紹介記事を読んだ。その多くは、女性の「側」に目線を向けた上での考察だったけれど、なかには「男性もつらい」の「も」を強調した考察もあった。この「も」は、「側」を見つめた上で使うべきで、「男性も！」と、単なる権利主張に使われてしまってはいけない。

「男らしさ」というのはあまりに感覚的な言葉。その「らしさ」はどんな男性にも内蔵されているものだし、強化されていくものでもあるし、揺さぶられるものでもある。かなりの年月をかけて体内に備蓄されてきたものだから、家に点在しているゴミ箱のゴミを一つにまとめてゴミの日に出しに行ってサッパリするような感じでは捨てられない。捨てるときには相当な洞察を自分に向けなければいけない。煩悶《はんもん》や逡巡《しゅんじゅん》がなければならない。

「世の中の女の人は、お兄ちゃんの夢を壊さないために生きてるわけじゃないんだもん。それなのに、期待を裏切られたなんて言って怒るのは、自分の子どもっぽさを相手に押しつけてるだけじゃん。そりゃ女の人だってうんざりするよ。身勝手な期待を押しつけられる側の身にもなってみなよ」

わっ、また、「側」が出てきた。側に、身勝手な期待を押しつけてきた。本作を読みながら、何度も、「ああ、気をつけよう」と思う。感想としてはとっても稚拙かもしれないが、この稚拙な感想から始めなければ、男性は、すぐに「も」を使いながら、女性を「側」に追いやる。男性が生意気でいられる社会が堅持されつづける。男性の息抜きのために「男性もつらい」が使われてはいけない。正しい「も」の使い方で男性を疑いながら、丁寧に女性「側」を知ろうとする作品だ。

男らしさはすぐには捨てられない。まずは捨て方から学ぶ。捨て方にはいくつものパターンがある。人それぞれ違う。男女平等がそこかしこで叫ばれるが、乱暴な諦め方も目立つ。このところ、「その、たてがみの捨て方、男らしいっす」みたいな矛盾した状態も散見される。とにかくまず、気をつけよう。そこから始めるべきだ。この小説は、そこから始めているし、そこからいくつもの捨て方を導き出している。

（たけだ・さてつ　ライター）

本書は、二〇一八年九月、集英社より刊行されました。
初出「小説すばる」二〇一七年九月号〜二〇一八年二月号
（「ライオンのたてがみは必要か？」改題）

集英社文庫　目録（日本文学）

清水義範　新アラビアンナイト
清水義範　イマジン
清水義範　夫婦で行くイスラムの国々
清水義範　龍馬の船
清水義範　シミズ式 目からウロコの世界史物語
清水義範　信長の女
清水義範　夫婦で行くイタリア歴史の街々
清水義範　会津春秋
清水義範　夫婦で行くバルカンの国々
清水義範　ifの幕末
清水義範　夫婦で行く旅の食日記 世界あちこち味巡り
清水義範　夫婦で行く意外とおいしいイギリス
清水義範　夫婦で行く東南アジアの国々
下重暁子　鋼《はがね》の女《ひと》 最後の瞽女《ごぜ》・小林ハル
下重暁子　不良老年のすすめ
下重暁子　「ふたり暮らし」を楽しむ 不良老年のすすめ
下重暁子　老いの戒め
下川香苗　はっこい
下村一喜　美女の正体
朱川湊人　水銀虫
朱川湊人　鏡の偽乙女 薄紅雪華紋様《うすべにせっかもんよう》
小路幸也　東京バンドワゴン
小路幸也　シー・ラブズ・ユー 東京バンドワゴン
小路幸也　スタンド・バイ・ミー 東京バンドワゴン
小路幸也　マイ・ブルー・ヘブン 東京バンドワゴン
小路幸也　オール・マイ・ラビング 東京バンドワゴン
小路幸也　オブ・ラ・ディ オブ・ラ・ダ 東京バンドワゴン
小路幸也　レディ・マドンナ 東京バンドワゴン
小路幸也　フロム・ミー・トゥ・ユー 東京バンドワゴン
小路幸也　オール・ユー・ニード・イズ・ラブ 東京バンドワゴン
小路幸也　ヒア・カムズ・ザ・サン 東京バンドワゴン
小路幸也　ザ・ロング・アンド・ワインディング・ロード 東京バンドワゴン
小路幸也　ラブ・ミー・テンダー 東京バンドワゴン
小路幸也　ヘイ・ジュード 東京バンドワゴン
白石一文　彼が通る不思議なコースを私も
白石一文　光のない海
白岩玄　たてがみを捨てたライオンたち
白河三兎　私を知らないで
白河三兎　もしもし、還る。
白河三兎　十五歳の課外授業
白澤卓二　100歳までずっと若く生きる食べ方
城山三郎　臨3311に乗れ
辛永清　安閑園の食卓 私の台南物語
辛酸なめ子　消費セラピー
新庄耕　狭小邸宅
新庄耕　ニューカルマ
真堂樹　帝都妖怪ロマンチカ ～猫又にマタタビ～
真堂樹　帝都妖怪ロマンチカ ～狐火の火遊び～

集英社文庫 目録（日本文学）

新堂冬樹 ASK トップタレントの「値段」(上)(下)
眞並恭介 牛と土 福島、3・11その後。
神埜明美 相棒はドM刑事《デカ》 ～女刑事・海月の受難～
神埜明美 相棒はドM刑事《デカ》2 ～事件はいつもアブノーマル～
神埜明美 相棒はドM刑事《デカ》3 ～横浜誘拐紀行～
真保裕一 ボーダーライン
真保裕一 誘拐の果実(上)(下)
真保裕一 エーゲ海の頂に立つ
真保裕一 猫背の虎 大江戸動乱始末
真保裕一 ダブル・フォールト
真保裕一 脇坂副署長の長い一日
周防柳 八月の青い蝶
周防柳 逢坂の六人
周防柳 虹
周防正行 シコふんじゃった。
杉本苑子 春日局

杉森久英 天皇の料理番(上)(下)
杉山俊彦 競馬の終わり
鈴木遥 ミドリさんとカラクリ屋敷
鈴木美潮 昭和特撮文化概論 ヒーローたちの戦いは報われたか
瀬尾まいこ おしまいのデート
瀬尾まいこ 春、戻る
瀬尾まいこ ファミリーデイズ
瀬川貴次 波に舞ふ舞ふ 平清盛
瀬川貴次 ばけもの好む中将 平安不思議めぐり
瀬川貴次 闇に歌えば 文化庁特殊文化財課事件ファイル
瀬川貴次 ばけもの好む中将 弐 姑獲鳥《うぶめ》と牛鬼
瀬川貴次 ばけもの好む中将 参 天狗の神隠し
瀬川貴次 ばけもの好む中将 四 踊る大菩薩寺院
瀬川貴次 暗夜鬼譚 春宵白梅花《しゅんしょうはくばいか》
瀬川貴次 ばけもの好む中将 伍 冬の牡丹燈籠
瀬川貴次 暗夜鬼譚 遊行天女《ゆぎょうてんにょ》

瀬川貴次 ばけもの好む中将 六 美しき獣たち
瀬川貴次 暗夜鬼譚 夜叉姫恋変化《やしゃひめこいへんげ》
瀬川貴次 ばけもの好む中将 七 花鎮めの舞
瀬川貴次 暗夜鬼譚 血染雪乱《ちぞめゆきみだれ》
瀬川貴次 ばけもの好む中将 八 恋する舞台
瀬川貴次 暗夜鬼譚 紫花玉響《むらさきたまゆら》
瀬川貴次 ばけもの好む中将 九 真夏の夜の夢まぼろし
瀬川貴次 暗夜鬼譚 五月雨幻燈《さみだれげんとう》
関川夏央 石ころだって役に立つ
関川夏央 「世界」とはいやなものである 東アジア現代史の旅
関川夏央 現代短歌そのこころみ
関川夏央 女流 林芙美子と有吉佐和子
関川夏央 おじさんはなぜ時代小説が好きか
関口尚 プリズムの夏
関口尚 君に舞い降りる白
関口尚 空をつかむまで

集英社文庫　目録（日本文学）

集英社文庫　目録（日本文学）

高梨愉人　二度目の過去は君のいない未来
高野秀行　幻獣ムベンベを追え
高野秀行　巨流アマゾンを遡《さかのぼ》れ
高野秀行　ワセダ三畳青春記
高野秀行　怪しいシンドバッド
高野秀行　異国トーキョー漂流記
高野秀行　ミャンマーの柳生一族
高野秀行　アヘン王国潜入記
高野秀行　怪魚ウモッカ格闘記　インドへの道
高野秀行　神に頼って走れ！　自転車爆走日本南下旅日記
高野秀行　アジア新聞屋台村
高野秀行　腰痛探検家
高野秀行　辺境中毒！
高野秀行　世にも奇妙なマラソン大会
高野秀行　またやぶけの夕焼け
高野秀行　未来国家ブータン
高野秀行　謎の独立国家ソマリランド　そして海賊国家プントランドと戦国南部ソマリア
高野秀行　恋するソマリア
高野秀行　清水克行　世界の辺境とハードボイルド室町時代
高橋一清　編集者魂　私の出会った芥川賞・直木賞作家たち
高橋克彦　完四郎広目手控
高橋克彦　天狗殺し　完四郎広目手控II
高橋克彦　いじん幽霊　完四郎広目手控III
高橋克彦　文明怪化　完四郎広目手控IV
高橋克彦　不惑剣　完四郎広目手控V
高橋源一郎　ミヤザワケンジ・グレーテストヒッツ
高橋源一郎　競馬漂流記　では、また、世界のどこかの観客席で
高橋源一郎　銀河鉄道の彼方に
高橋千劔破　江戸の旅人　大名から逃亡者まで30人の旅
高橋三千綱　和三郎江戸修行　脱藩
高橋三千綱　和三郎江戸修行　開眼
髙橋安幸　根本陸夫伝　プロ野球のすべてを知っていた男
高見澤たか子　「終の住みか」のつくり方
高村光太郎　レモン哀歌―高村光太郎詩集
瀧羽麻子　ハローサヨコ、きみの技術に敬服するよ
竹内真　粗《そ》忽《こつ》拳《けん》銃《じゅう》
竹内真　カレーライフ
武内涼　はぐれ馬借
武内涼　はぐれ馬借疾風の土佐
武田晴人　談合の経済学
竹田真砂子　牛《うし》込《ごめ》御《ご》門《もん》余《よ》時《じ》
竹田真砂子　あとより恋の責めくれば　御家人大田南畝
竹田津実　獣医師の森への訪問者たち
竹林七草　お迎えに上がりました。　国土交通省国土政策局幽冥推進課
竹林七草　お迎えに上がりました。　国土交通省国土政策局幽冥推進課2
竹林七草　お迎えに上がりました。　国土交通省国土政策局幽冥推進課3
竹林七草　お迎えに上がりました。　国土交通省国土政策局幽冥推進課4
竹林七草　お迎えに上がりました。　国土交通省国土政策局幽冥推進課5

集英社文庫

たてがみを捨《す》てたライオンたち

2020年9月25日　第1刷　　定価はカバーに表示してあります。

著　者　白岩《しらいわ》　玄《げん》
発行者　徳永　真
発行所　株式会社　集英社
東京都千代田区一ツ橋2-5-10　〒101-8050
電話　【編集部】03-3230-6095
【読者係】03-3230-6080
【販売部】03-3230-6393(書店専用)

印　刷　凸版印刷株式会社
製　本　加藤製本株式会社

フォーマットデザイン　アリヤマデザインストア　　マークデザイン　居山浩二

ISBN978-4-08-744154-3 C0193